明清文學散步

自序 perface

　　筆者對於明清文學的論述，大多完成於博士班時期。擔任大學教職多年，直到中年才回頭完成博士學業，這一段人生的補課，是在工作、家庭的隙縫中行進的，雖然有些艱難，但回想起來，那真是一段值得懷念的日子。彼時，閱讀與書寫之外，我最愛中正大學的後山靜僻小徑，散步既是日常，也是療癒身心之解方。在小葉欖仁與香樟樹的光影流動間，走過四時變化的輕靈，感受萬物一體的自然繫聯，與生命的豐盈。這是一段難得的奇妙旅程，也是自我回應存在的召喚，既離心又迴心的沉潛好時光。

　　因為散步於中正後山小徑的美麗記憶，在本書命名時，筆者也使用了「散步」一詞。以《明清文學散步》為書名，是因為這些文字一開始是由獨立發表的論文集結成書，並非是一本系統嚴密的專著。成書雖有不必然的隨意性，卻又同樣環繞著「明清文學」此一主軸而展開。內容上分別從不同的主題，探討《西遊記》、《金瓶梅》、《鴛鴦鍼》與《聊齋志異》等明清小說。此外，也以晚清才女薛紹徽為研究對象，旁涉婦女文學。各章內容如下：

　　第壹章〈神聖與褻瀆：《西遊記》諧謔書寫下的宗教觀〉，探討的是《西遊記》的宗教觀。在筆者看來，《西遊記》的宗教論述經常以諧謔書寫的方式呈現，宗教與遊戲、神聖與褻瀆，既衝撞又神奇的融合，相互為用而轉生新意。此「神聖與褻瀆」，佛、道二教同樣適用。《西遊記》對道教的諧謔書寫，包括人間「妖道」形象的諷刺與天上道教群仙的揶揄；對佛教則表現在玄奘取經英雄形象的脫冕。雖然如此，將道教諧謔一番，但煉丹術語卻隨處可見；刻意扭曲唐僧的

取經英雄宗教形象，「我佛慈悲」卻始終是小說主題。《西遊記》宗教觀可說是複雜又混亂，雖然此混亂也常見於民俗信仰與俗文學；但由於《西遊記》文本的宗教題材，透過作者精湛的遊戲之筆，讓此一世俗化宗教觀以更具吸引力的方式呈現，一再挑戰讀者的理解力。小說作者多次提出「修行之理則同」、「三教歸一」的看法，有意無意地模糊佛、道二教界線，從文學社會學的角度來看，它反映的是明中葉的政治、社會與宗教氛圍。《西遊記》以諧謔書寫進行宗教顛覆與解構；遊戲化宗教精神所傳達的重點，或許不是出自某一特定宗教視角的「輔教之書」，或「三教歸一」歸於哪一個「一」；而是一個「去中心化」的宗教思想。這當中雖存在不合乎佛、道教義的「誤讀」，這些「誤讀」傳遞出來的《西遊記》宗教觀，卻是「實出於遊戲，亦可語道」。

　　第貳章〈狂歡與哀感：《金瓶梅》的節日書寫〉，筆者則嘗試從節日書寫視角研究《金瓶梅》。狂歡式的情色書寫，使《金瓶梅》被公認是一部「淫書」，但小說人物的相繼死亡與家族衰敗，卻也讓它被看作一部「哀書」。「淫書」與「哀書」之間，筆者認為《金瓶梅》為數甚多的節日書寫，提供一個很好的研究角度。本論文從清明節與元宵節研究《金瓶梅》如何運用節日意象，作為小說的敘事背景。《金瓶梅》以元宵時空中的狂歡、失序特質，作為其情欲書寫的敘事架構。元宵的節日意象開展的生活世界，華麗與虛幻共存，隱喻著小說人物性格與家庭命運。此外，《金瓶梅》運用清明春遊與掃墓同在的節俗，將整部小說由狂歡進一步帶往哀感。生之歡樂與死之憂傷既鄰近又糾葛，揭示《金瓶梅》的生死觀──人世之無常與生死的虛幻。縱情狂歡後的物極必反，繁華落盡後的無盡蒼涼。「淫書」還是「哀書」？以元宵與清明為中心的節日書寫隱喻下的小說世界，二者或許

都可成立。但最後收束於清明掃墓哀傷氛圍的《金瓶梅》，或許「哀書」更是小說作者遊戲情色後，最終想傳達的主題。

第參章〈士與仕之間：從《鴛鴦鍼》談明末清初士人的困境與救贖〉則是以清初話本《鴛鴦鍼》作為探討的文本。《鴛鴦鍼》是第一篇以揭露科場弊端為主題的中篇儒林小說，在中國小說史上可說是《儒林外史》的先驅。作者對科舉態度不同於《儒林外史》冷嘲熱諷下的絕望、虛無與蒼涼；而是有所批判，亦有所肯定。肯定科舉制度存在的合理性，反對考官的貪婪昏聵與考生的暗通關節等科舉弊端。他認為國家之病在士風墮落，士風墮落之因在科舉弊端，無法任用真才。因此，只要杜絕科舉舞弊，士人既能夠突破困境得到救贖，同時也能經世致用，解決國家衰亡的危機。《鴛鴦鍼》反映明清士子的觀點——他們所期待的其實並不是廢除此一制度本身，而是希望透過弊端的革除，回復科舉制度原初之精神。作者透過道德思維與宗教勸懲雙管齊下，作為療癒科舉弊端的藥方。雖然有道德勸懲目的和思維，但由於能保有將故事說得精彩之才氣和高明的駕馭文字能力，以通俗小說標準而言，《鴛鴦鍼》有值得肯定的藝術性。它是一部好的話本小說，不能以所謂「詁誡連篇，喧而奪主」、「明人擬作末流」視之，或僅視之為一本「道德教科書」，否定其文學價值。

第肆章〈顛覆與成長：《聊齋‧醜狐》故事析論〉中，探討的是《聊齋志異》的狐仙書寫。歷來對於《聊齋志異》的狐仙故事研究，多環繞蒲松齡所編織的眾多美麗「狐仙夢」而展開。〈醜狐〉在《聊齋志異》為數眾多的狐仙書寫中，可以說顯得相當另類。以〈醜狐〉作為討論文本，用意是藉著〈醜狐〉中醜陋怪誕的身體來觀看：當「狐仙」、「女性」、「人狐戀」，這些議題都沒有改變，而「狐仙」卻不再

美麗時，故事還剩下什麼？筆者嘗試透過一系列的顛覆策略——男／女、美／醜、雅／俗、人／妖的顛覆，對〈醜狐〉文本進行再詮釋，以見蒲松齡對差異、多元世界的尊重。狐相較於人類是他者，美麗的狐仙群外的醜狐，更是他者中的他者。透過此顛覆策略，筆者企圖將《聊齋志異》的光環也投射到〈醜狐〉文本中狐仙的醜陋形象和怪異身體上，更豐富、深刻的詮釋蒲松齡「狐仙夢」的自我顛覆下，所要傳達的生命成長訊息。

第伍章〈薛紹徽的女學觀與婦女自我建構：以〈訓女詩〉十首為中心〉，則是以晚清才女薛紹徽的〈訓女詩〉為中心，研究其女學觀。筆者透過〈訓女詩〉十首和薛紹徽稱揚的女子楷模——班昭《女誡》做比較，探討晚清中國女教傳統面臨現代化的挑戰時，所產生的內在變化。薛紹徽在反省晚清士大夫提倡「興女學」所造成的問題後，她選擇重新肯定傳統女教之價值。她肯定婦女才學，也肯定儒家禮法；但在薛紹徽建構出來的婦女形象中，婦女不再是班昭《女誡》歷史條件下，被父權社會壓迫的卑弱婦女。傳統女教的德容言功、相夫教子，是婦女肯定家庭價值下的自我選擇。她進一步跨過一般女教的範疇，進入儒家君子之學所談的心性涵養層次。此中已有婦女作為「主體」的考量和選擇，而不僅是被規訓的「他者」。

延續第伍章的研究，第陸章〈晚清女作家與現代性的對話：以薛紹徽《黛韻樓遺集》為文本〉，筆者仍是以薛紹徽作為討論對象。作為晚清閨秀才女的佼佼者、女翻譯家，薛紹徽在晚清婦女作家群中具有一定的重要位置；在她身上可以看到現代化過程中婦女的切身思考與感受。晚清現代化過程中多音複調的複雜對話是傳統與現代的對話，也是男權話語與婦女思考的對話。薛紹徽積極吸收新知，她的眼

界與關懷，都走在同時代婦女的尖端，其文學有令人驚艷的現代性表現。但另一方面，她對婦女議題的看法，卻往往被研究者評論為比康梁等維新派人士的主張更為保守。筆者認為薛紹徽的婦女論述並不是拒絕現代性，而是針對晚清現代化過程中男性知識分子「救亡圖存」目標下所忽視的一個重要向度——婦女的切身感受，由此發聲所作出的不同回應。筆者以薛紹徽《黛韻樓遺集》作為討論的主要文本，呈現晚清世變之際的婦女——尤其是像薛紹徽這樣長於閨閣，又受過良好教育的婦女，她們在面對新、舊時代交替的挑戰時，如何自處？不同於以「救亡圖存」為唯一目標出發的宏大敘事觀點，而有一個作為主體的婦女發聲位置。

除了正文六章的明清文學研究之外，附錄另有〈《送行者：禮儀師的樂章》與《納棺夫日記》的死亡書寫與生死意象〉一文。《送行者》是關懷生死議題的知名電影，藉由與「死亡」的睹面相逢，彰顯對生命的終極關懷，是極具探討價值的生命教育與生死學題材。青木新門的《納棺夫日記》正是其原著小說。以《納棺夫日記》與《送行者》兩種文本互文對照，由死亡書寫與生死意象，探討其生死觀點。人們對「死亡」充滿恐懼與禁忌，從而將與「死亡」相關的工作者視為「穢」，在此歧視傳統下，納棺師被視為「污穢」、「賤業」。但弔詭的是最終仍須仰賴他們，為家人與自己的「人生最後旅程」送行。納棺師看盡人間百態、生死離合，小說與電影文本二者有著同樣的關懷，但也有差異性。《納棺夫日記》安頓生死於「不可思議的之光」，《送行者》則肯定生命的莊嚴來自於「倫理之愛」。

最後說明本書各章的發表與出版情形：

1. 〈神聖與褻瀆：《西遊記》諧謔書寫下的宗教觀〉，發表於《臺

北大學中文學報》19期（2016年3月）。

2.〈狂歡與哀感：《金瓶梅》的節日書寫〉，發表於《臺北大學中文學報》27期（2020年3月）。

3.〈士與仕之間：從《鴛鴦鍼》談明末清初士人的困境與救贖〉，發表於《高師國文學報》21期（2015年1月）。

4.〈顛覆與成長：《聊齋‧醜狐》故事析論〉，發表於：《臺北大學中文學報》16期（2014年9月）。

5.〈薛紹徽的女學觀與婦女自我建構：以〈訓女詩〉十首為中心〉，發表於《高師國文學報》20期（2014年7月）。

6.〈晚清女作家與現代性的對話：以薛紹徽《黛韻樓遺集》為文本〉，發表於《博雅與融通：2013吳鳳科技大學通識教育學術研討會論文集》（2014年1月）。

7.〈《送行者：禮儀師的樂章》與《納棺夫日記》的死亡書寫與生死意象〉，發表於《通識教育與跨域研究》19期（2019年6月）。

目次 contents

陸　晚清女作家與現代性的對話：以薛紹徽《黛韻樓遺集》為文本

附錄　《送行者：禮儀師的樂章》與《納棺夫日記》的死亡書寫與生死意象

參考文獻

壹

神聖與褻瀆：《西遊記》諧謔

書寫下的宗教觀

一　前言

　　百回本《西遊記》[1]的宗教問題一向爭論甚大，明清時期不少論著將《西遊記》視為闡釋特定宗教教義的「輔教」之書。[2]如果它是一部「輔教」之書，那麼究竟所輔之教為何？這是一個令人困惑的問題。因為儒釋道三教之說皆可在文本找到眾多支持自己的論據，但反對者亦同樣可隨處找出不同論點予以反駁。論者或主張《西遊記》一書敷演的是道教「金丹大道」[3]，但如果《西遊記》真是道教「輔教」書，書中為何充斥主要人物欲修成正果都有一個「由道向佛」的過程？妖精為何與道士身分密切關聯而形塑出種種「妖道」形象？作者為何對道教祖師太上老君與三清採取嘲諷不恭的態度？這些故事情節如何合理解釋？另一方面，《西遊記》取材自唐代高僧玄奘天竺求法的真實歷史，由此本事到《大唐三藏取經詩話》、《西遊記平話》、《西遊記

1　《西遊記》的版本甚多，本論文所據以探討的《西遊記》版本，是指以《李卓吾先生批評西遊記》（「李評本」，天一出版社景印日本內閣文庫藏本，未題刻書人姓名堂號。）為底本的里仁版《西遊記校注》。〔明〕吳承恩原著，徐少知校，朱彤、周中明注：《西遊記校注》（臺北市：里仁書局，1996年）。以下本文所用《西遊記》原文資料皆同此，將僅標示頁數，不再說明版本、出處。至於《西遊記》作者是否為吳承恩，學界仍未有定論，為避免爭議，本文行文間僅稱呼「小說作者」，而不具論人名。

2　如汪象旭：《西遊證道書》、陳士斌：《西遊真詮》、劉一明：《西遊原旨》、張含章：《通易西遊正旨》等。

3　以《西遊記》敷演道教「金丹大道」者如陳士斌評點的《西遊真詮》、劉一明《西遊原旨》，當代學者力主此說且有新意，受到學界重視者為李安綱。他認為小說主旨是「金丹大道」，全書反映一個凡人在修煉「金丹大道」過程中「修心成佛」的心路歷程。李安綱：〈心路歷程──《西遊記》主題新論〉，《晉陽學刊》1993年第5期。

雜劇》、百回本《西遊記》，在這個「世代積累型」集體創作小說的成書過程中，玄奘天竺求法由佛教歷史故事演變成為佛教文學故事，如果將《西遊記》視為佛教「輔教」書，原本應該是再自然不過的事。但論者亦發現「書中連篇累牘諷刺取經人和佛門，非特聖僧懦弱，連靈山勝境都不免行賄納賂，證明這部小說對釋教只有不敬，哪裡稱得上是舉發教義的『宗教小說』？」[4]《西遊記》對佛教的嘲諷和道教相比，大約也是五十步與百步的距離。《西遊記》對佛教與道教的觀點可說是既複雜又充滿矛盾，僅取某一宗教視角，難免給人以偏概全之感。但書中確實又存在著隨處可得的各種宗教題材與術語，因此論者或以「三教合流」、「三教歸一」說解釋《西遊記》的主題思想。但「三教歸一」究竟是歸於哪個「一」？至今說法仍是紛繁複雜。[5]

　　胡適、魯迅則反對種種的「輔教」說，提出知名的「遊戲」說。胡適認為：「《西遊記》被這三、四百年來的道士和尚秀才弄壞了，道士說，這部書是一部金丹妙訣；和尚說，這部書是禪門心法；秀才說，這部書是一部正心誠意的理學書，這些解說都是《西遊記》的大

4　持此說者如童思高：〈試論《西遊記》的主題思想〉；彭海：〈《西遊記》對佛教的批判態度〉。參李奭學：〈兩腳踏東西文化，一心評宇宙文章──《余國藩西遊記論集》編譯序〉，收入余國藩著、李奭學譯：《余國藩西遊記論集》（臺北市：聯經出版，1989年），頁16-17。

5　如楊峰研究指出此一《西遊記》的三教合流主題說「比較多的學者認為三教歸一『是以儒為主體，以釋道為補充的整合，儒高於釋，釋高於道。』」楊峰：〈20世紀80年代以來「佛教與《西遊記》的關係」研究綜述〉，《明清小說研究》2008年第1期（總87期），頁137。有的學者則認為「吳承恩『三教合流』的觀點傾向於禪宗『頓悟』和陸王心學的『明心見性』。」參毛曉陽、金甦：〈《西遊記》與三教合流觀〉，《運城高等專科學校學報》2000年第18卷第4期（2000年8月），頁20-23。

仇敵。……《西遊記》至多不過是一部很有趣味的滑稽小說，神話小說，他並沒有甚麼微妙的意思，他至多不過是有一點愛罵人的玩世主義。這點玩世主義也是很明白的；他並不隱藏，我們也不用深求。」[6]魯迅亦說：「此書則實出於遊戲，亦非語道，故全書僅偶見五行生剋之常談，尤未學佛，故末回至有荒唐無稽之經目，特緣混同之教，流行來久，故其著作，乃亦釋迦與老君同流，真性與元神雜出，使三教之徒，皆得隨宜附會而已。」[7]這兩種對《西遊記》主題的不同詮釋大致被歸類為「宗教主題說」與「遊戲主題說」。[8]「遊戲主題說」對民初以來的《西遊記》研究影響深遠，但論者卻也認為「這個說法，多少貶低了這部傑作的價值，所以難以苟同。說《西遊記》有遊戲精神尚可，因為它確實寫得幽默、詼諧、滑稽，但卻是寓莊於諧，頗有深意。」[9]

---

6 胡適：《中國章回小說考證》（上海市：實業印書館，1942年），頁366。

7 魯迅：〈明之神魔小說（中）〉，《中國小說史略》（上海市：上海古籍出版社，2011年），頁115。

8 參王紀人：〈成長與救贖──《西遊記》主題新解〉，《江西社會科學》（2007年12月），頁56-57。此文將歷來有關《西遊記》主題的研究分為「宗教主題說」、「遊戲主題說」、「政治主題說」、「哲理主題說」四大類型。此外，楊峰將《西遊記》主題研究歸納為「主要有宗教主題說、遊戲主題說、社會主題說等三種。」楊峰：〈20世紀80年代以來「佛教與《西遊記》的關係」研究綜述〉，《明清小說研究》2008年第1期（總87期），頁137。

9 王紀人：〈成長與救贖──《西遊記》主題新解〉，《江西社會科學》（2007年12月），頁57。此外，謝明勳亦就「西遊書中涉及『二心』、『多心』之事例」來說明「此數事率皆與『佛教』事物相涉，從中自不難看出，此類故事在文學之『故事性』、『趣味性』之外，實隱含有『宗教』、『哲理』之深層寓意。」參謝明勳：〈《西遊記》修心歷程詮釋：以孫悟空為中心之考察〉，《東華漢學》第8期（2008年12月），頁47。

　　「宗教主題說」與「遊戲主題說」間的論辯，道出《西遊記》的宗教論述與諧謔敘事間的複雜、糾葛關係。在某個層次上，「遊戲主題說」還原了《西遊記》作為一部「世代積累型」集體創作的通俗小說之娛樂性、趣味性面貌。明代文人將小說寫作、閱讀視為一種「文學遊戲」，並且也喜歡以三教的儒生、僧人、道士為揶揄對象，此有其文學傳統與社會氛圍。宋元間仁興堂刊《笑海叢珠》的笑話分類中就有「三教門」一類；根據王國良推測刊刻於明嘉靖、隆慶年間的《解慍篇》中，亦有「儒箴」、「方外」的類別。[10]對宗教人物的諧謔書寫，同樣也表現在以唐僧取經為主題的《西遊記》中，但此一諧謔書寫卻未必如上世紀初胡適所說只是「愛罵人的玩世主義」、「不用深求」；或魯迅所說《西遊記》「出於遊戲，亦非語道」，如此的輕淺。當代《西遊記》研究的重要學者余國藩〈宗教與中國文學──論《西遊記》的「玄道」〉一文，已注意到《西遊記》研究中「批評家經常針對宗教式的詮釋提出質疑：『小說中的宗教意義，如何與充斥全書的諷寓和幽默相提並論？』後二者不但尖銳無比，而且洋溢書中，正是《西遊記》所以生動的主因。」[11]並且試著藉由禪宗傳統的「笑謔之詞、幽默與真理如何能同時並存的道理」，來理解《西遊記》寓修身之道於諧謔嘲諷的敘事風格。劉瓊云〈聖教與戲言──論世本《西遊記》中意義的遊戲〉一文，則以小說尾聲（97-100回）取經人的靈山際遇

---

10 參劉瓊云：〈聖教與戲言──論世本《西遊記》中意義的遊戲〉，《中國文哲研究期刊》第36期（2010年3月），頁4。王國良對《解慍篇》文獻考察，見王國良：〈從《解慍篇》到《笑廣府》──談一部明刊笑話書的流傳與改編〉，《漢學研究集刊》第6期，頁113-128。

11 余國藩：〈宗教與中國文學──論《西遊記》的「玄道」〉，收入余國藩著、李奭學譯：《余國藩西遊記論集》（臺北市：聯經出版事業公司，1989年），頁214。

為研究對象，認為「經典因為質變導致神聖意義體系的鬆動，卻成就了百回本《西遊記》的精彩生命。作者穿插錯置來自不同系統的宗教意符，創造出取經人前所未與的宗教處境，此間源出多方的意指相互作用碰撞，結果或是荒謬，或是可笑，更或是對作者所處的時代宗教情境的反思。」[12]神聖與諧謔既衝撞又神奇的融合，劉瓊云因此提出：

> 檢視《西遊記》如何為戲，並非轉回上世紀初，學者們認為此書不過「出於遊戲」的觀點。而是奠基於過去近四十年，東西方學界對《西遊記》中儒、釋、道寓意的討論，更進一步探究此作中經典義理與諧謔語言之間複雜的作用。……「遊戲」概念，絕非輕淺小道，而是涵蓋聖教與戲言，用以檢視兩者在《西遊記》文本中如何相互為用以轉生新意的切入點。[13]

《西遊記》以其滑稽、諧謔的遊戲精神，進行宗教的顛覆、解構；這當中確實存在著一些不合乎佛、道教宗教思想與教義的「誤讀」，這些有意或無意的「誤讀」所傳遞出來的《西遊記》卻是「實出於遊戲，亦可語道」。《西遊記》諧謔語言的重要性必須就著其與書中宗教論述糾纏的關係被理解；另一方面，《西遊記》的宗教精神也同樣要在它與諧謔語言的互動、辯證過程中才得以呈現其面貌。本文擬在前輩學者的研究基礎上，在《西遊記》的諧謔書寫與宗教論述的糾纏中，呈現其不僅是禪宗，也不僅是佛教的聖教經典，而是三教語言雜然並陳、眾聲喧嘩的宗教觀。《西遊記》的遊戲精神同時也是其宗教

---

12 劉瓊云：〈聖教與戲言——論世本《西遊記》中意義的遊戲〉，《中國文哲研究期刊》第36期（2010年3月），頁35。

13 劉瓊云：〈聖教與戲言——論世本《西遊記》中意義的遊戲〉，頁6。

精神，如同巴赫金《拉伯雷研究》中對國王所進行的脫冕戲法，以及
毆打、辱罵、死亡下的廣場語言與狂歡，所傳遞出來打破秩序後的流
動與重生；《西遊記》的遊戲化宗教精神所傳達的重點，或許不是出
自某一特定宗教視角的「輔教之書」，或「三教歸一」的歸於哪一個
「一」；而是一個「去中心化」的宗教思想。《西遊記》的宗教觀看起
來亦佛亦道，卻又非佛非道，傳達出明代通俗小說作者的俗世化宗教
觀。

二 《西遊記》對道教與佛教的諧謔書寫

《西遊記》之所以不是出自某一特定宗教視角的「輔教之書」，首
先必須被正視的即是它對宗教神聖性的顛覆，書中充斥著尖銳諷刺、
戲謔笑鬧之詞，有些甚至如低級喜劇。這些對宗教神聖性的顛覆，最
常透過小說靈魂人物悟空之眼呈現。對於孫悟空此一角色，余國藩
說：

> 象徵下列矛盾性格的組合，十分有趣：普羅米修斯的勇氣與小
> 丑般的戲謔作風、一心奉獻與再三瀆神、鞭辟入裡的洞察力及
> 盲目的熱情。像悟空這類矛盾的性格，世界神話中不乏熟悉的
> 典型。皮爾登（Robert D. Pelton）嘗謂：「卑微的虛誇之辭，
> 腐朽的神聖感，乃及神聖的褻瀆，都是機智之徒要向我們的理
> 解力挑戰時所用的反諷語。」[14]

---

14 余國藩：〈宗教與中國文學——論《西遊記》的「玄道」〉，收入余國藩著、李奭
學譯：《余國藩西遊記論集》（臺北市：聯經出版事業公司，1989年），頁218。

　　正如悟空「一心奉獻與再三瀆神」的矛盾性格，《西遊記》書中所展示的宗教觀，也是一再的挑戰閱讀者的理解力，宗教與遊戲、神聖與褻瀆，其間存在著看似矛盾衝突，卻又巧妙融合的辯證過程。這個「神聖的褻瀆」佛道並舉，既嘲諷「不濟的和尚」，也戲謔「膿包的道士」。如第六十七回駝羅莊紅鱗大蟒作怪，描述和尚形象如下：

> 那個僧伽，披領袈裟。先談《孔雀》後念《法華》。香焚爐內，手把鈴拿。正然念處，驚動妖邪。風生雲起，徑至庄家。僧和怪鬥，其實堪誇。一遞一拳倒，一遞一把抓。和尚還相應，相應沒頭髮。須臾妖怪勝，徑直返煙霞。原來曬乾疤。我等近前看，光頭打的似簡爛西瓜！（頁1202-1203）

道士形象則如下：

> 頭戴金冠，身穿法衣。令牌敲響，符水施為。驅神使將，拘到妖魅。狂風滾滾，黑霧迷迷。即與道士，兩簡相持。鬥到天晚，怪返雲霓。乾坤清朗朗，我等眾人齊。出來尋道士，淹死在山溪。撈得上來大家看，卻如一簡落湯雞！（頁1203）

　　和尚只會念經做法事，道士慣用符籙收妖邪，但是在六十七回中與妖怪鬥法，二者半斤八兩，最後都落得被妖怪打死的下場。代表神聖宗教一方的和尚、道士慘死，在《西遊記》的書寫中卻如同一場笑鬧喜劇，作者帶領讀者觀賞和尚、道士的屍骸，和尚被打爆的光頭巧妙聯想為「似簡爛西瓜」，原本的血腥立刻變成令人發噱的滑稽畫面；道士「頭戴金冠，身穿法衣」，道袍如同公雞，淹死後原本雄赳氣昂

的公雞頓時「卻如一箇落湯雞」。這裡的毆打與死亡畫面很容易讓人聯想到巴赫金在《拉伯雷研究》中所提到的「狂歡式的毆打」，神聖的「『國王』的形象實質上是與歡樂毆打與歡樂辱罵聯繫在一起的。」[15] 毆打、辱罵乃是對神聖與權力（不管是政治的或宗教）的脫冕。在巴赫金看來：

> 我們已經確定了毆打、辱罵跟脫冕的本質關係。在拉伯雷小說裡，辱罵從不具有單純私人謾罵的性質；它們是包羅萬象的，並且歸根結底總是瞄準最高點。在每一個被毆打與被辱罵者後面，拉伯雷彷彿都看到了國王、過去的國王、王位覬覦者。而所有脫冕者形象同時又都是充分現實的和符合生活真實的。他所毆打著、驅趕著和辱罵著的這些執達吏、訟棍、陰騭的偽君子和毀謗者都是完全現實的。所有這些人物都是作為行將過時的權力和真理曾占統治地位的思想、法律、信仰、美德的個體化身，而遭受嘲弄、辱罵和毆打的。[16]

和尚與道士作為代表神聖宗教的個體化身，《西遊記》所描述的「狂歡式的毆打」，乃是一種對宗教神聖性的脫冕。此一宗教脫冕在書中俯拾皆是，不僅存在於六十七回。鄭明娳指出：「《西遊記》固然深深濡染三教的色彩，但它並不是一本傳教的書。從反方面看，它對

---

15 〔俄〕巴赫金：〈拉伯雷小說中民間節日的形式與形象〉，《拉伯雷研究》，收入〔俄〕巴赫金著，李兆林、夏忠實譯：《巴赫金全集》（石家莊市：河北教育出版社，1998年），頁225。

16 〔俄〕巴赫金：〈拉伯雷小說中民間節日的形式與形象〉，《拉伯雷研究》，頁243。

釋道二教且多諷刺揶揄。」[17]這個諷刺揶揄尤以道教為甚，以下先來看《西遊記》對道教的諧謔書寫。

（一）《西遊記》對道教的諧謔書寫

《西遊記》對道教的諧謔書寫，包括對人間道士形象的諷刺與天上道教群仙的揶揄兩方面。先來談《西遊記》中的人間道士形象。取經路上橫行的妖怪，往往以道士身分出現禍害人間，形塑出一個鮮明的「妖道」形象，道士一出場，幾乎就和邪惡、汙穢畫上等號。如：三十七至三十九回烏雞國中青毛獅怪作亂害死國王、竊奪王位，即以全真道士面目出現。[18]四十四至四十七回車遲國窮凶極惡、迫害僧眾的白鹿、黃虎、羚羊三怪，化成鹿力、虎力、羊力大仙，亦是以道士身分出現。這些道士都具有「術」，能「呼風喚雨」、「點石成金」，甚至「能奪天地之造化，換星斗之玄微」（頁806），但他們的本質都是禍國殃民的妖怪。「車遲國」三妖為何叫「鹿力」、「虎力」、「羊力」大仙？似乎和道教內丹修煉中的「鹿車」、「牛車」、「羊車」理論有著某種連結。王沐《〈悟真篇〉丹法要旨》說：「丹法在講運火採藥時，用火候有三個階段即羊車、鹿車、牛車。由尾閭關至頭脊關，細步慎行，如羊駕車之輕柔；由頭脊關至玉枕關巨步急奔，如鹿駕車之迅捷；由玉枕至泥丸，因玉枕關極細極微，必須用大力猛沖，如牛駕車之奮猛。」[19]脫胎自內丹修煉理論「鹿車」、「牛車」、「羊車」三車的

---

17 鄭明娳：〈內容的醞釀〉，《西遊記探源》下冊（臺北市：里仁書局，2003年），頁59。

18 《西遊記校注》，頁807。

19 王沐：《〈悟真篇〉丹法要旨（下）》（中國道教協會出版，1982年），頁63。

「鹿力」、「虎力」、「羊力」三妖道,「妖」與「道」的連結,何其緊密又何其諷刺!乃至七十二至七十三回黃花觀裡蜈蚣精化成「燒茅煉藥,弄爐火,提罐子的道士。」(頁1303)欲以毒茶謀害唐僧等人性命。七十八至七十九回比丘國南極仙翁坐騎白鹿下凡作亂,也是「打扮做道人模樣」;獻美后蠱惑君王,弄得君王「精神瘦倦,身體尪羸」(頁1390)。白鹿國丈因此建議用一一一個小兒心肝煎湯服藥做藥引的駭人情節,更可視為「妖道」禍國殃民的極致表現。人間道士的形象在《西遊記》中與汙穢醜陋畫上等號應該已經很清楚了。

　　《西遊記》對道教的脫冕除了危害人間的「妖道」外,對於道教至尊太上老君與三清[20],書中也極盡揶揄、褻瀆。第三十九回悟空為救烏雞國王,向太上老君借九轉還魂丹,書中寫道:

> 行者道:「老官兒,既然曉得老孫的手段,快把金丹拿出來,與我四六分分,還是你的造化哩;不然,就送你個『皮笊籬──一撈箇罄盡』。」那老祖取過葫蘆來,倒吊過底子,傾出一粒金丹,遞與行者道:「止有此了。拿去,拿去!送你這一粒,醫活那皇帝,只算你的功果罷。」行者接了道:「且休忙,等我嘗嘗看。只怕是假的,莫被他哄了。」撲的往口裡一丟,慌得那老祖上前扯住,一把揪著頂瓜皮,撘著拳頭罵道:「這潑猴!若要嚥下去。就直打殺了!」行者笑道:「嘴臉!小家子樣!那箇吃你的哩。能值幾箇錢?虛多實少的。在這裡不

20 道教建立之初,只供奉太上老君一位尊神。後來,道教徒看到佛教有過去、未來、三世佛,道教只有一個太上老君,未免勢單力薄,於是才有「老子一氣化三清」之說。因此,三清便是道教最尊貴的神靈。參曹炳建:《《西遊記》版本源流考》(北京市:人民出版社,2012年),頁10。

是？」（頁717）

　　服用道教金丹可以求長生，但諷刺的是身為道教至尊太上老君早已得長生，應該不再需要借助任何丹藥，仍然表現出對金丹的貪吝鄙態；道教祖師爺被形塑成猥瑣的小氣仙人，任由猴子戲耍、調侃、譏笑，玩弄於股掌間。除了太上老君被恣意揶揄，《西遊記》對三清所進行的「神聖的褻瀆」更為徹底。四十四回車遲國，悟空等三徒半夜到三清大殿要偷吃供品，八戒想移動三清，悟空說：「那裡面穢氣觸人，想必是箇五穀輪迴之所。你把他送到那裡去罷。」聽從悟空建議，將道教的三清聖人丟到糞坑。丟下糞坑還不忘「口裡嗺嗺噥噥的禱道」：

> 三清，三清，我說你聽：遠方到此，慣滅妖精。欲享供養，無處安寧。借你坐位，略略少停。你等坐久，也且暫下毛坑。你平日家受用無窮，做箇清淨道士；今日裡不免享些穢物，也坐箇受臭氣的天尊。（頁814-815）

　　因此，潘慎、王曉瓏說：「如果是一個虔誠的道徒，就應該維護本教的尊嚴和形象，尊敬本教的祖師──三清，可是作者卻讓一隻被騙了的青毛獅子變作全真道士，去篡奪烏雞國的王位，特別是『騙』了的。在車遲國，表面上是敬道滅僧，卻把三清像丟進了茅坑裡，讓三個國師道士虎力、鹿力、羊力喝尿，這能說『敬道』嗎？有人說那是作者反對旁門邪道，也未免有點『褻汙聖賢』。」[21]曹炳建也說：「筆

---

21 潘慎、王曉瓏：〈修身‧煉性‧悟空‧正心‧澄心‧無心〉，收入《西遊記文化學

者總在想，既然那些『奉道弟子』們把《西遊記》稱為一部宣揚道教金丹大道的道書。不知他們該如何解釋作品對道教的這種侮辱和褻瀆。」[22]三清與屎溺同在，可以被視為對道教的神聖褻瀆與脫冕，最極致、尖銳的表現。問題是，此一神聖褻瀆在文本中所要陳述的究竟應該如何被解讀？討論此一論題之前，先來一併看看《西遊記》文本所呈現的對佛教的態度。

（二）《西遊記》對佛教的諧謔書寫

故事本事源自佛教高僧玄奘取經的《西遊記》，在體質上與佛教的關係更為密切。小說作者對佛教的態度和道教相較也確實相對友善，除了取經人是佛教高僧，取的經是佛教經典，取經目的地是佛教靈山大雷音寺之外，唐僧師徒取經所經歷之國度多次上演的「佛道爭勝」糾紛中，作者顯然也是選邊站——以佛為正，以道為妖。不同於人間「妖道」形象的敷演，確實沒有在《西遊記》文本中出現「妖僧」；除了十六回觀音禪院老和尚貪圖袈裟而謀財害命，三十六回寶林寺和尚十足勢力、欺善怕惡之外。但《西遊記》宗教觀的複雜性卻也不是可以用「崇佛抑道」四字簡單的概括。以「佛道爭勝」主題中不斷上演的「妖道」禍國、迫害僧眾為例，這些國家之棄佛從道，往往來自於祈雨事件，僧祈雨無術，道祈雨有術。人間佛法雖高貴卻「無術」所導致的災難，被典型的體現在取經主人翁唐僧的「肉眼凡胎」上。

《西遊記》文本對佛教的諧謔書寫，大部分表現在玄奘取經英雄形象的顛覆、解構上。〈大唐大慈恩寺三藏法師傳〉所記載的玄奘是

刊》編委會：《西遊記文化學刊（1）》（北京市：東方出版社，1998年），頁256。
22 曹炳建：《《西遊記》版本源流考》（北京市：人民出版社，2012年），頁10。

個「孑然孤游沙漠」的獨力取經英雄，其形象是「踐流沙之漫漫，陟雪嶺之巍巍。鐵門巉嶮之塗，熱海波濤之路，始自長安神邑，終於王舍新城，中間所經五萬餘里。」在原本的宗教論述脈絡下取經的玄奘法師是令人讚嘆的「如來真子」：

> 嗟乎！若不為眾生求無上正法者，寧有稟父母遺體，而游此哉？昔王遵登九折之坂，自云我為漢室忠臣。法師今陟雪嶺求經，亦可謂如來真子矣。[23]

〈大唐大慈恩寺三藏法師傳〉對於玄奘取經行採取的宗教式神聖禮讚，到了《西遊記》，唐僧形象書寫卻出現大異其趣的反差。「宗教玄奘」到「小說三藏」，中間存在著一個對神聖性的脫冕，論者指出：「我們看到一個十世修行的和尚做了三個半路出家的徒弟的管理者，而西行一路走來，除魔的不是這個老和尚的『九環錫杖』或什麼《心經》，而是金公木母的配合加一些外援，惹禍的少有徒弟們的各種貪念，多是那位十世修行的好人一點元陽未洩的肉體。」[24]《西遊記》創造出來的唐僧有個「不凡」來歷，他是如來座下第二大弟子「金蟬轉世」，「十世修行」的好人。[25]可是唐僧的「十世修行」除了吸引一

---

23 〔唐〕慧立彥悰：〈大唐大慈恩寺三藏法師傳〉。參朱一玄、劉毓忱編：《西遊記資料彙編》（天津市：南開大學出版社，2002年），頁19-26。

24 劉辰瑩：〈《西遊記》中三教地位辨析〉，《華僑大學學報》（人文社科版）（2001年第3期），頁85。

25 小說唐僧的「十世修行」說的詳細、精闢討論，參謝明勳：〈百回本《西遊記》之唐僧「十世修行」說考論〉，《東華人文學報》第1期（1999年7月），頁122-123。此文〈附件一〉並進一步條舉百回本《西遊記》中言及唐僧「十世修行」的相關文字，凡十餘則。同前文，頁128-130。

路上的眾多男女妖精垂涎他的肉體之外，並沒有改變他來自於「肉眼凡胎」的特質，小說作者對唐僧的諧謔往往透過他和悟空的衝突來表現，悟空「經常抱怨師傅『膿包形』、『忒不濟』、『膽小』、『不識時務』。而師傅的毛病確實不少，比如好猜疑、耳朵根軟、喜埋怨、婆婆媽媽、嘮嘮叨叨、不識賢愚，對孫悟空有時心狠手辣、不仁不義。」[26]三藏的「肉眼凡胎」使他經常被虛妄表象所蒙蔽，對此余國藩有深刻的觀察：

> 玄奘在這種情況下學到的教訓，亦難讓他永誌心頭。作者不斷的把玄奘刻畫成一位喜劇人物，用嘲弄的態度來看待他的奮鬥。因此，筆下三藏的「自覺」，當然多屬吉光片羽，稍縱即逝，而不能激發任何行動上的改變。[27]

> 三藏堅拒女色，雖然因此贏得眾徒欽佩景仰不已，但是他一碰上狐仙樹精，不是變得軟弱無力，就是怕得無所適從。旅程鄰近結束，他的性格也一無改變的跡象，好似從未能自經驗中記取教訓一樣，更不用提道德或精神上會有任何進展。[28]

余國藩所觀察到的旅程鄰近結束，「小說三藏」性格也一無改變

---

26 王紀人：〈成長與救贖——《西遊記》主題新解〉，《江西社會科學》（2007年12月），頁60。

27 余國藩：〈《西遊記》的敘事結構與第九回的問題〉，收入余國藩著、李奭學譯：《余國藩西遊記論集》，頁17。

28 余國藩：〈源流、版本、史詩與寓言——英譯本《西遊記》導論〉，收入余國藩著、李奭學譯：《余國藩西遊記論集》，頁113。

的跡象所言不虛，九十八回即使到了「凌雲渡」，悟空告知三藏「要從那橋上行過去，方成正果哩。」（頁1707）「成正果」理應是修行者百千劫來的夢寐想望，歷盡千辛萬苦終於達到的最光榮、關鍵時刻，唐僧的「肉眼」仍是「不識」真相，其「凡胎」仍然一意執取佛教傳統中早該被捐棄的「身見」。面對凌雲渡的獨木橋，小說作者嘲諷寫道：「三藏心驚膽戰道：『悟空，這橋不是人走的。我們別尋路徑去來。』」（頁1708）寶幢光王佛慈航普渡划來「無底船」，讀者看到的仍是一個堅持求生、保身的「肉眼凡胎」僧：

> 長老還自驚疑。行者叉著膊子，往上一推，那師父踏不住腳，轂轆的跌在水裡，早被撐船人一把扯起，站在船上。師父還抖衣服，垛鞋腳，報怨行者。行者卻引沙僧、八戒，牽馬挑擔，也上了船，都立在之上。那佛祖輕輕用力撐開，只見上溜頭決下一箇死屍。長老見了大驚。行者笑道：「師父莫怕。那箇原來是你。」八戒也道：「是你，是你。」沙僧拍著手，也道：「是你，是你。」那撐船的打著號子，也說：「那是你，可賀！可賀！」他們三人也一齊聲相賀。（頁1709）

「橋」和「船」是佛教經典中描繪諸佛菩薩普渡眾生常用的意象。[29]對於肉身的執著，三藏不僅無法靠自力跨越那座銜接此岸與彼岸的「獨木橋」，即使佛菩薩慈悲為他撐來普渡眾生的無底法船，他也不識

---

29 《華嚴經‧入法界品》彌勒菩薩讚美財行菩薩功德：「為被四流漂泊者造大法船，為被見泥沒溺者立大法橋。」〔唐〕實叉難陀譯：《大方廣佛華嚴經》，卷78。收入《大正新脩大藏經》（東京：大正一切經刊行會，1924-1934年），第10冊，頁429a。

其意。悟空推他一把使他跌落水中，他只顧著抱怨。沉入水中是個象徵性的肉身死亡儀式，小說三藏的一生和「水」有緣，從江流兒出生的水難到凌雲渡成正果的落水，河流、水難的主題不斷的被運用在三藏身上。一直到水面漂來死屍，三徒與佛祖齊聲道賀，三藏才驚覺自己終於「金蟬脫殼」，已然脫去「肉眼凡胎」之身。[30]小說作者的「有詩為證」雖然大力讚嘆唐僧「脫卻胎胞骨肉身，相親相愛是元神。今朝行滿方成佛，洗淨當年六六塵。」（頁1709）劉瓊云卻指出：「這裡的『洗塵滌垢』似乎難以引發超越象徵意義，亦非神聖的宗教儀式，作者筆下的唐僧是在一不小心、萬般不願的情況下被推入水中，滿懷抱怨渾然不覺的行滿成佛。」[31]即使在唐僧行滿成佛的重大時刻，小說作者都沒有停止他的諧謔書寫，成佛的莊嚴神聖夾混唐僧一路的不甘不願、抱怨踩腳，形成一個強烈的喜劇性反諷效果，唐僧果然是一路到底的糊塗與「無術」，連成佛都是被挪揄的。

　　《西遊記》對佛教的諧謔除了表現在對取經聖僧宗教神聖性的脫冕之外，對於貫穿全書最重要的佛教經典《心經》也充滿了不少顛覆性的書寫。除了把《心經》說成《多心經》之外，十九回烏巢禪師授《心經》時曾交代唐僧「若遇魔障之處，但念此經，自無傷害。」（頁

---

30 關於「水」對三藏的獨特意義，余國藩以「河流母題」進行精闢的說明：「在主人公一生中，河流不但是毀滅的象徵，也是再生的徵兆。無庸置疑，玄奘心裡的河流經驗，乃包括生前的災難，出世後的遭棄，以及最後的獲救等等。這一切，皆和他一生的遭遇名實相符。」參余國藩：〈《西遊記》的敘事結構和第九回的問題〉，收入余國藩著、李奭學譯：《余國藩西遊記論集》，頁19。至於見水面浮出己身死屍一幕，余國藩提出小說是「把道教用的『尸解』一語揉合進佛家『脫骸』的觀念之中。」參余國藩：〈朝聖行——論《神曲》與《西遊記》〉，收入余國藩著、李奭學譯：《余國藩西遊記論集》，頁177。

31 劉瓊云：〈聖教與戲言——論世本《西遊記》中意義的遊戲〉，頁15。

383）《心經》是否如其經文所言，具有「度一切苦厄」的神效？二十回中小說文本一面描述「玄奘法師悟徹了《多心經》，打開了門戶。那長老常念長存，一點靈光自透。」（頁391）依前文烏巢禪師之意，讀者似乎應該預期著會看到《心經》如何大顯神通，讓持誦者化險為夷；接下來的畫面卻是虎精騙過行者、八戒，「那師父正念《多心經》，被他一把拿住，駕長風攝將去了。」（頁398）三藏並沒有因為念《心經》而逃過被捉的命運，類似情節在八十回黑松林中又搬演了一遍。《心經》是否真能成為「度一切苦厄」的保身之「術」？應該不言而喻了。後來故事發展中，每次遇魔障，幫助唐僧化險為夷的都是他那半路出家，曾經得道成仙的三徒，而不是佛教的神聖經典《心經》。《西遊記》神聖與褻瀆共在的諧謔書寫也沒有完全放過天上的佛菩薩們，雖然沒有把佛像連同三清像一併丟下所謂的「五穀輪迴之所」，但他的排泄書寫卻也在釋迦牟尼佛手上留下「到此一遊」的紀念品，撒了一泡猴尿。第七回寫道：

> 那大聖睜圓火眼金睛，低頭看時，原來佛祖右手中指寫著「齊天大聖，到此一遊」；大指丫裡，還有些猴尿臊氣。（頁131）

同樣也可視為「道在屎溺」式的戲耍。此外，七十七回悟空嘲笑佛教中地位最崇高的如來佛「你還是妖精的外甥哩。」（頁1381）即使面對受到最多尊敬的觀音菩薩，三十五回中透過悟空的嘴巴，小說作者也不改其刻薄、嘲諷：

> 大聖聞言，心中作念道：「這菩薩也老大慳懶！當時解脫老孫，教保唐僧西去取經，我說路途艱澀難行，他曾許我到急難

　　處親來相救；如今反使精邪揹害，語言不的，該他一世無夫！」（頁655）

　　按照以上諧謔思路，或許可以這麼說：三藏好儀表，內在是膿包；《心經》雖好，自救不了；我佛慈悲，與妖精同類；觀音言行不一，難怪嫁不出去。如此看來，孫大聖在佛手上撒泡臊尿也不奇怪！那麼，延續前一小節對道教信徒如果要把「《西遊記》稱為一部宣揚道教金丹大道的道書。不知他們該如何解釋作品對道教的這種侮辱和褻瀆。」的質疑和困惑；我們也可以接著問《西遊記》如何可以被視為一部佛教的輔教之書？鄭明娳說：「但如做為一部傳教之書，又何必曲改佛門典故，又處處揭露佛門弟子不法之事？歷史上玄奘的偉大事蹟，光輝人格，在《西遊記》中已被一百八十度的扭曲。」[32]如果要把《西遊記》視為一部宣揚佛教教義的佛書，又該怎麼處理這些對神聖的褻瀆？

三　《西遊記》神聖脫冕後的「去中心化」宗教精神

　　如前所說，《西遊記》諧謔語言的重要性必須就著其與書中宗教論述糾纏的關係被理解；另一方面，《西遊記》的宗教精神也同樣要在它與諧謔語言的互動、辯證過程中才得以呈現其面貌。談過《西遊記》對佛、道二教的諧謔書寫後，接下來的問題是——如果打算如上世紀初的「遊戲主題說」那般，僅把《西遊記》的遊戲視為不足以語

---

32 鄭明娳：〈內容的醞釀〉，《西遊記探源》下冊（臺北市：里仁書局，2003年），頁59。

道的遊戲，並不值得深究，那麼討論可就此打住。如果，遊戲可以不如此輕淺，那麼必然要接著追問該怎麼解釋這些神聖的褻瀆。神聖與褻瀆共存的排泄物書寫，在中國思想史上可以上溯到道家莊子與佛家禪宗傳統。莊子〈知北遊〉：

> 東郭子問於莊子曰：「所謂道，惡乎在？」莊子曰：「無所不在。」東郭子曰：「期而後可。」莊子曰：「在螻蟻。」曰：「何其下邪？」曰：「在稊稗。」曰：「何其愈下邪？」曰：「在瓦甓。」曰：「何其愈甚邪？」曰：「在屎溺。」東郭子不應。莊子曰：「夫子之問也，故不及質。正獲之問於監市履狶也，每下愈況。汝唯莫必，無乎逃物。至道若是，大言亦然。」[33]

道無所不在，在螻蟻、稊稗、瓦甓、屎溺，每下愈況，最後莊子駭人聽聞，卻擲地有聲的宣稱——最神聖、高貴的道也可以存在於最卑污、低下的屎溺之中。莊子「道在屎溺」式的真理顛覆遊戲，也常出現在禪宗的公案中，後者甚至更為生動精彩。余國藩點出《西遊記》的諧謔語言和禪宗的關聯，他說：

> 在中國宗教史上，毫無疑問，只有佛教才能提供最顯著的例子，說明笑謔之詞、幽默與真理如何能同時並存的道理。尤其在禪宗大師如謎一般的言談舉止中，戲謔笑鬧之詞和突兀之語，甚至是低級喜劇，都具有誘人省悟的功效。我們一讀到禪門各式各樣的語錄，難免邊讀邊笑，印象深刻。這種場合裡的

33　〔清〕郭慶藩輯：《莊子集釋》（臺北市：華正書局，1985年），頁749-750。

笑意，常意味著突如其來的洞見。禪宗長老所以借助於謎語、笑話和荒謬的推理，無非是要幫助和他對話的人，能及時參透真理和世俗推理間的矛盾性。[34]

禪宗公案的「喝佛罵祖」語言，辛辣到如雲門文偃禪師要將佛「一棒子打殺與狗子吃卻」的神聖褻瀆傳統，被更經典的體現在《五燈會元》卷七，德山宣鑑禪師的話語中：

這裡無祖無佛，達摩是老臊胡。釋迦老子是乾屎橛，文殊普賢是擔屎漢，等覺妙覺是破執凡夫，菩提涅槃是繫驢橛，十二分教是鬼神簿，拭瘡疣紙，四果三賢，初心十地是守古塚鬼，自救不了。[35]

佛菩薩是「乾屎橛」、「擔屎漢」，佛經是「拭瘡疣紙」，這可說是禪宗版的「道在屎溺」。莊子與禪宗「道在屎溺」脈絡下的著名公案，或許可以被視為桀驁不馴的悟空在佛祖右手中指灑尿，把三清神像丟到茅坑，欺騙三清信徒把自己的尿液當聖水喝，這些對宗教大不敬，卻喜感十足的惡作劇行為的靈感來源。

神聖與褻瀆可以巧妙的結合，共存於真理的兩端，經驗最為神聖的一刻，也可以摻雜著喜劇笑鬧式的瀆神之舉。那麼前面提到的曹炳建「那些『奉道弟子』們把《西遊記》稱為一部宣揚道教金丹大道的

---

34 余國藩：〈宗教與中國文學——論《西遊記》的「玄道」〉，收入余國藩著、李奭學譯：《余國藩西遊記論集》，頁216。

35 〔宋〕釋普濟：〈龍潭信禪師法嗣〉，《五燈會元》卷7（臺北市：德昌出版社，1976年），頁144下-145上。

道書。不知他們該如何解釋作品對道教的這種侮辱和褻瀆。」以及鄭
明娳「但如做為一部傳教之書，又何必曲改佛門典故，又處處揭露佛
門弟子不法之事？」的困惑似乎並非無解。余國藩認為：「如此大不
敬的小說，怎能稱得上宗教感十足呢？對於這個問題，我的回答是：
要視《西遊記》所推演的係屬何種宗教而定。」[36]至少在道家莊子、
佛家禪宗，都有對神聖性進行顛覆的諧謔書寫脈絡。《西遊記》對佛、
道二教的褻瀆就無礙其宗教性，與成為一部「喜劇性的宗教預言」的
可能。雖如此，筆者並無意將《西遊記》視為宣揚某一特定宗教的「佛
書」或「道書」。因為，如果要將《西遊記》文本的宗教性定於一尊，
成為高高在上的真理，馬上就會讓人想起巴赫金《拉伯雷研究》所做
的對權力與真理的「脫冕」。在巴赫金看來，毀滅／復活、脫冕／更
新是相聯繫的概念，權力與真理必須在被嘲弄的場面脫冕、顛覆之
後，生命或文化才得以更新、復活。巴赫金說：

> 所有的激戰、打架、毆鬥、嘲弄的場面，既對人（舊權力與舊
> 真理的代表）又對物（例如大鐘）的脫冕，無不是拉伯雷以民
> 間節日狂歡化的精神進行創作及確立其風格的。因此他們全都
> 是雙重化的：毀滅、脫冕跟復活、更新相聯繫，舊事物的死亡
> 跟新事物的誕生相聯繫：一切形象都被歸於垂死世界與新生世
> 界的矛盾統一體。[37]

---

36 余國藩：〈宗教與中國文學──論《西遊記》的「玄道」〉，收入余國藩著、李奭
學譯：《余國藩西遊記論集》，頁215。

37 巴赫金：〈拉伯雷小說中民間節日的形式與形象〉，《拉伯雷研究》，收入巴赫金：
《巴赫金全集》（石家莊市：河北教育出版社，1998），頁249。

　　將宗教神聖性脫冕後的《西遊記》宗教觀可能是什麼狀態？小說作者狠狠將道教諧謔了一頓後，讀者卻也同時可以輕易地發現道教煉丹術術語在小說中隨處可見，那麼把《西遊記》視為道教之書，看來又並非全然無稽。柳存仁〈全真教和小說《西遊記》〉的研究證明了小說作者嫻熟全真祖師王嚞和第二代掌門馬丹陽及再傳弟子思想的事實。[38]玄奘弟子們述及自己的出身時也都有一個不變的主題：對於道教內丹一心修煉的過程。他們都曾因此一道教修煉功夫而羽化登仙；也使他們有本事在取經過程中，成為唐僧降妖除魔的保護者，甚至是唐僧修煉時的指導者。至於佛教，即使小說作者刻意背離佛教史上唐僧的取經英雄歷史形象，進行喜劇性的扭曲改造，「佛祖的般若智慧和慈悲心腸，仍是他大力強調的主題。道教群仙就缺乏慈悲觀世的胸懷和睿智的宇宙觀。」[39]觀音的甘霖普及三藏及四徒，廣運佛祖慈悲，在取經行中出力最多。十七回降伏熊怪，饒其性命，令守普陀山，悟空也忍不住讚嘆道：「誠然是個救苦菩薩，一靈不損。」小說中的菩薩契合其傳統形象。雖然《西遊記》文本可以溯源佛教經典的情節並不多（除了《心經》），也不強調某一特定宗派的正統性（包括禪宗）；「我佛慈悲」卻始終是小說中要強調的主題。除此之外，原先學道的三徒儘管有通天本領，到底要在「無術」的佛教肉眼凡胎僧帶領下，棄道歸佛，才能完成層次更高的修行。那麼，把《西遊記》視為佛

38　柳存仁的研究見柳存仁：〈全真教和小說《西遊記》〉。此文一篇分5次連載於《明報月刊》233期（1985年5月），頁55-62。234期（1985年6月），頁59-64。235期（1985年7月），頁85-90。236期（1985年8月），頁85-90。237期（1985年9月），頁70-74。

39　余國藩：〈源流、版本、史詩與寓言〉，收入余國藩著、李奭學譯：《余國藩西遊記論集》，頁127。

書，也有一定的道理。

　　遊戲文字下的《西遊記》是佛書？非佛書？是道書？非道書？魯小俊說：

> 《西遊記》宗教「誤讀」及其解構性質，決定了它是一部「去中心化」的書。換言之，在宗教問題上謂《西遊記》「是某書」（佛教、道教或三教合一），試圖將其定於一尊，與它的解構性質迥不相侔。[40]

　　或者，如同劉瓊云所說：「小說以三教的語言、教理，構成了一部『不』指向真理的『遊戲之作』。」[41]但是這一部用三教語言表述的「『不』指向真理的『遊戲之作』」，卻也傳達出他對三教的一番看法。神聖脫冕後的《西遊記》宗教觀或許表現的是一個「去中心化」的解構態度，混雜喧鬧下的多音複調、眾聲喧嘩。

四　修心與煉丹：「三教歸一」的世俗化宗教

　　《西遊記》宗教觀乍看之下確實存在一個「棄道歸佛」的主題，原先學道的三徒儘管有通天本領，到底要在「無術」的佛教肉眼凡胎僧的帶領下，才能完成層次更高的修行。五十七回沙僧對悟空說道：

> 自來沒箇「孫行者取經」之說。我佛如來，造下三藏真經，原

40　魯小俊：〈《西遊記》的宗教『誤讀』及解構性質〉，《哈爾濱工業大學學報》（社會科學版）第13卷第3期（2011年5月），頁102。

41　劉瓊云：〈聖教與戲言——論世本《西遊記》中意義的遊戲〉，頁35。

著觀音菩薩向東土尋取經人求經，要我們苦歷千山，尋求諸
國，保護那取經人。菩薩曾言，取經人乃如來門生號曰金蟬長
老。只因他不聽佛祖談經，貶下靈山，轉生東土，教他果正西
方，復修大道。遇路上該有這般魔瘴，解脫我等山人，與他做
護法。兄若不得唐僧去，那簡佛祖肯傳經與你？卻不是空勞一
場神思也。（頁1037）

道教修行者就算有通天法術，也無法取得真經，修成正果。但是
九十八回「凌雲渡」脫本骸，取經任務尾聲讀者看到的卻是：

行者道：「兩不相謝，彼此皆扶持也。我等窺師父解脫，借門
路修功，幸成了正果；師父也賴我等保護，秉教伽持，幸脫了
凡胎。」（頁1710）

小說中三徒和三藏間的關係，其實也是作者對道教和佛教關係的
看法。二者之間雖一路充滿緊張、衝突，但最後要修成正果，卻需彼
此相扶持。佛教的修行一向重視「修心」，從第十三回三藏在西行之
前與「眾僧們燈下議論佛門定旨，上西天取經的原由」時，就已經揭
示佛門教法中獨重「修心」的宗旨：

三藏箝口不言，但以手指自心，點頭幾度。眾僧們莫解其意，
合掌請問道：「法師指心點頭者，何也？」三藏答曰：「心生，
種種魔生；心滅，種種魔滅。我弟子曾在化生寺，對佛說下洪
誓大願，不由我不盡此心。」（頁264）

　　在佛教看來，魔的生滅可以歸結為心的問題，靠「修心」即可解決，各種「修心」意象在《西遊記》中的地位確實十分顯題，小說在佛典中獨重《心經》也和此有關。但是，《西遊記》小說結構中還有其他不同成分，從三藏誦持《心經》卻仍免不了被魔捉，似乎也意味著宗教修持不單僅是「修心」就能解決一切的問題，「道」之外還要有「術」。余國藩說：「我們必須記住：《西遊記》強調的不僅止於修心的寓言，還應該包括修身、修道和修煉等課題。如此觀之，反映各種修行的意象，便又會突顯出所謂的『煉丹之術』。」[42]《西遊記》的內容中「修心」與「煉丹」同樣的顯題，想要怯魔有術，宗教修持需要正視「身體」層面的修煉，否則，儘管是佛教「十世修行」的聖僧，在小說文本描繪下仍是個「肉眼凡胎」的麻煩製造者。身體修煉，卻正是道教內丹學的擅場，佛教師父卻也要仰賴道教三徒的「煉丹術」保護，才能了卻「凡胎」（肉身）。另一方面，取經三徒雖然精通丹道修煉，而可位列仙班，求得長生；但小說作者顯然認為這並不是最高層次的宗教修持，所以他們即使法力高強，也不免成為天庭的逐客。[43]必經「棄道從僧」過程，以及取經行的重重考驗。說明宗教修持也不應僅是煉丹術「逆反先天」的內化旅行，而必須在護師取經的實際旅程中通過試煉魔難，在這個過程中同時學習大乘菩薩濟世度人

---

42 余國藩：〈朝聖行——論《神曲》與《西遊記》〉，收入余國藩著、李奭學譯：《余國藩西遊記論集》，頁171。

43 取經三徒加上龍馬，除了悟空大鬧天宮，情節嚴重外，其餘八戒、悟淨、龍馬皆因微罪謫降。此問題余國藩指出：「現代讀者或許會認為他們刑罰過重，但是，刑罰顯非主要問題，作者其實是想藉此深思另一『層次更高』的目的。」參余國藩：〈源流、版本、史詩與寓言——英譯本《西遊記》導論〉，收入余國藩著、李奭學譯：《余國藩西遊記論集》，頁128。

精神，如在比丘國救———一小兒免於被屠殺，降妖除魔的同時，也才能真正降伏自己的心魔，累積個人功德果位，達到更高層次的體悟與修行。道教徒也要借佛教「門路修功，幸成了正果」。因此，《西遊記》的宗教觀重點並不在誰是「中心」、誰是最高的宗教，而是佛道合體後，彼此的兩相扶持。

　　小說作者對其所處時代宗教情境的反思是什麼？儒釋道三教間在歷史上一路爭鋒較量，各有擅場。小說作者在第一回就藉著通臂猿猴之口說出「如今五蟲之內，惟有三等名色，不伏閻王老子所管。……乃是佛與仙與神聖三者，躲過輪迴，不生不滅，與天地山川齊壽。」（頁8）肯定儒釋道的聖佛仙同樣都能達到超越生死的宗教境界。但由於儒家原為士階層的文化思想，後來雖因佛、道教衝擊而帶有相當的宗教性，但此一宗教性不管是就宗教組織或宗教儀式來看，和佛、道相比都相對薄弱。三教中，儒家是不是也可以被認定為一個嚴格意義下的宗教，非本文所能處理。但就佛教傳入中國以來的歷史事實來看，三教間一路爭鋒較量確實集中在「佛道爭勝」的問題上，形成宗教迫害現象也多在佛、道之間，如「三武一宗」就是以道滅佛顯例。《西遊記》對三教宗教問題的論述便集中在佛、道二教上。[44] 以《西遊記》來說，取經過程中不斷出現的「佛道爭勝」、「崇道滅佛」主題，從文藝社會學角度看，《西遊記》部分內容也反映了明中葉的政治與宗教氛圍。明世宗崇道，好用丹藥求長生，搞得整個社會烏煙瘴氣，

---

44 李奭學認為「確然，比起小說中充斥的佛道語詞，儒教意象薄弱的多了，『成聖』的需求因之相形失色。但是，我們不要忘了新儒學本合釋道生成，儒教的多數思想已寓於二教某些義理之中，《西遊記》作者也就無需特別拈出成聖之道。」參李奭學：〈兩腳踏東西文化，一心評宇宙文章——《余國藩西遊記論集》編譯序〉，收入余國藩著、李奭學譯：《余國藩西遊記論集》，頁20。

明沈德符《萬曆野獲編》提到：「嘉靖中葉，上餌丹藥有驗，至壬子冬，命京師內外選女八歲至十四歲者三百人入宮。乙卯九月，又選十歲以下者一百六十人。蓋從陶仲文言，供煉藥用也。」[45]除了這則以童女提煉丹藥，《萬曆野獲篇》還有一則更令人驚駭的記載，太監高寀「謬聽方士言，食小兒腦千餘，其陽道可復生如故，乃遍買童稚潛殺之。久而事彰聞，民間無肯鬻者，則令人遍往他所盜至送入。」[46]比丘國白鹿國丈欲以一一一一個小兒心肝做藥引，和《萬曆野獲篇》的記載有一定的相似性連結。[47]這也是《西遊記》宗教觀雖然一面諧謔佛、道，一面要佛、道相扶持，卻也忍不住對道教進行更多批判的歷史因素。

對於「佛道爭勝」問題，小說作者以遊戲之筆多次提出「修行之理則同」、「三教歸一」的看法，為「佛道爭勝」宗教糾紛解套。第四十七回悟空解決鹿力三怪，對車遲國王說：「望你把三道歸一，也敬僧，也敬道，也養育人才。我保你江山永固。」（頁856）余國藩也指出：「《西遊記》伊始，作者就已強調所謂『三教歸一』的思想，而這也正是小說的宗教觀。『三教歸一』亦為《道藏》裡眾多宋元作者的思想。」[48]這種「三教歸一」思想，小說作者有意無意的模糊佛、

---

45 〔明〕沈德符：《萬曆野獲編補遺》（北京市：中華書局，1959年），卷1，頁803-804。

46 〔明〕沈德符：《萬曆野獲編》（北京市：中華書局，1959年），卷28，頁725。

47 比丘國故事與明世宗服食丹藥「求長生」（其實是春藥）的研究，參謝明勳：〈《西遊記》與明世宗：以「比丘國」故事為中心考察〉，收入《傳播與交融：第二屆中國小說戲曲國際學術研討會論文集》（臺北市：里仁書局，2006年），頁681-706。

48 余國藩：〈源流、版本、史詩與寓言——英譯本《西遊記》導論〉，收入余國藩著、李奭學譯：《余國藩西遊記論集》，頁106。除了余國藩，鄭明娳也指出「唐

道二教間的界線，不論是人物、建築、教義與經典。如悟空，「悟空之名雖源自佛門，但是他的姓——如同須菩提所述——說明的乃是『嬰兒』之本。在內丹術語裡，後一名詞指的是人體內『聖胎』成熟時的長生正壽狀態。」[49]除了悟空之名，「須菩提」明明是釋迦十大弟子「解空第一」人物，但在《西遊記》文本中，他口中吟的卻是：「道最玄，莫把金丹做等閑。」（頁32）開講的大道是「說一會道，講一會禪，三家配合本如然。」（頁29）唐僧前身「金蟬子」，從命名來看，應是道教人物，小說作者卻說他是釋迦第二大弟子。不管是悟空、須菩提，還是金蟬子，這些人物身上處處可見佛道混融之跡。必須說明的是雖然「三教歸一」宗教觀，使得《西遊記》呈現三教混融、佛道合體現象，小說作者說的是「三教歸一」，而不是「三教合一」。並非提出一個具體方案，將三者合成一個完整的宗教體系，以「一教」取代「三教」。[50]而只是如三十三回三藏對妖道所說：「先生呵，你我都是一命之人，我是僧，你是道。衣冠雖別，修行之理則同。」（頁614）同時尊重、保留三教多元價值，要求執政者「也敬僧，也敬道，

孫思邈亦作『三教論』。《遼史》太祖紀神冊三年五月，詔建孔子廟、佛寺、道觀，以示三教並重。明代，林兆恩更欲合三教為一。故三教思想，多同時為人所接受，其影響於民間習俗信仰，往往混雜不辯，而呈三教混融之跡。反映在俗文學中處處可見。《西遊記》亦然。」鄭明娳：〈內容的醞釀〉，《西遊記探源》下冊（臺北市：里仁書局，2003年），頁56。

49 余國藩：〈源流、版本、史詩與寓言——英譯本《西遊記》導論〉，收入余國藩著、李奭學譯：《余國藩西遊記論集》，頁106。

50 潘慎、王曉瓏：「作者『三教歸』的具體行動方案，但並未把儒、釋、道三教基本教義融合在一起成為一個整體的教義，只是把三教的中心思想『歸』在一本書裡，雞是雞，肉是肉，是大雜燴式而已。」參潘慎、王曉瓏：〈修身·煉性·悟空·正心·澄心·無心〉，收入《西遊記文化學刊》編委會：《西遊記文化學刊（1）》（北京市：東方出版社，1998年），頁261。

也養育人才（儒）」。讓三教的多音複調能在不被政治干預中有一個對話空間，彼此扶持，共生共榮。

《西遊記》的宗教觀確實既複雜又混亂，這種複雜、混亂其實在民間習俗信仰與俗文學中也常常可見。只是由於小說文本的宗教題材，以及作者精湛的遊戲、諧謔之筆，讓此一世俗化的宗教觀以更具有吸引力的方式被呈現，一再的挑戰讀者的理解力。第五回悟空仗著酒撞入兜率天宮，看到的畫面卻是「原來那老君與燃燈古佛在三層高閣朱丹陵臺上講道，眾仙童、仙將、仙官、仙吏，都侍立左右聽講。」（頁94）六十六回「東來佛祖」彌勒笑和尚赴道教元始天尊的盛宴「元始會」，（頁1193）天上的「仙佛一家」、「佛道為友」，或許正是小說作者對人間「佛道爭勝」宗教糾紛的最大諧謔之筆。

五　結語

《西遊記》寓修身之道於諧謔嘲諷，其宗教論述與諧謔敘事間關係既複雜又糾葛。此一諧謔書寫未必只是「愛罵人的玩世主義」、「不用深求」；或「出於遊戲，亦非語道」，如此的輕淺。宗教與遊戲、神聖與褻瀆既衝撞又神奇的融合，相互為用又轉生新意。《西遊記》書中所展示的宗教觀，從一開始便一再挑戰閱讀者的理解力。這個「神聖與褻瀆」佛道並舉，對道教包括人間道士「妖道」形象的諷刺與天上道教群仙的挪揄；對佛教則表現為玄奘取經英雄神聖形象的脫冕。「宗教玄奘」到「小說三藏」，小說作者不斷的把玄奘刻畫成一位喜劇人物，用嘲弄的態度來看待他的奮鬥；對於《心經》與佛菩薩，也有不少諧謔。神聖與褻瀆共存的諧謔書寫，在中國可上溯至道家莊子與佛家禪宗傳統，莊子與禪宗「道在屎溺」脈絡下的著名公案，可被視

為佛手灑尿，三清像丟茅坑，這些對宗教大不敬，卻喜感十足的惡作劇行為之靈感來源。

將宗教神聖性脫冕後的《西遊記》宗教觀，可說是「非佛」、「非道」；「亦佛」、「亦道」。小說作者將道教諧謔一番，道教煉丹術語卻在小說中隨處可見；至於佛教，即使小說作者刻意背離佛教史上唐僧的取經英雄歷史形象，進行喜劇性的扭曲改造；「我佛慈悲」卻始終是小說的主題。遊戲文字下的《西遊記》是一部用三教語言表述的「『不』指向真理的『遊戲之作』」，表現一個「去中心化」的解構態度，混雜喧鬧下的多音複調、眾聲喧嘩。佛、道關係如同三藏、三徒間的關係，一路充滿緊張、衝突，卻需彼此扶持，才能修成正果。佛教重視「修心」，各種「修心」意象在《西遊記》十分顯題，小說在佛典中獨重《心經》也和此有關。但是，三藏誦持《心經》卻仍免不了被魔捉，似乎也意味著宗教修持不單僅是「修心」就能解決一切問題，還應該包括「身」之修煉，才能有「道」亦有「術」。身體修煉，卻正是道教內丹學的擅場。《西遊記》的內容中「修心」與「煉丹」同樣顯題，想要怯魔有術，宗教修持需要正視「身體」層面的修煉。佛教師父卻也要仰賴道教三徒的「煉丹術」保護，才能了卻「凡胎」（肉身）。《西遊記》的宗教觀重點並不在誰是「中心」、最高的宗教，而是佛道合體後，彼此的兩相扶持。《西遊記》以諧謔書寫、遊戲精神，進行宗教顛覆、解構；遊戲化宗教精神所傳達的重點，或許不是出自某一特定宗教視角的「輔教之書」，或「三教歸一」的歸於哪一個「一」；而是一個「去中心化」的宗教思想。

小說作者對其所處時代宗教情境的反思是什麼？儒釋道三教間在歷史上一路爭鋒較量，取經過程中不斷出現的「佛道爭勝」、「崇道滅佛」主題，或許反映了明中葉的政治、社會與宗教氛圍。這也是《西

遊記》雖然一面諧謔佛、道，一面要佛、道相扶持，卻忍不住對道教形象進行更多批判的歷史因素。小說作者以遊戲之筆多次提出「修行之理則同」、「三教歸一」的看法，作為「佛道爭勝」宗教糾紛的解答；並且有意無意的模糊佛、道二教界線，不論是人物、建築、教義與經典。《西遊記》的宗教觀確實既複雜又混亂，這種複雜、混亂常見於民間習俗信仰與俗文學；但由於《西遊記》小說文本的宗教題材，以及作者精湛的遊戲之筆，讓此一世俗化宗教觀以更具有吸引力的方式被呈現，一再的挑戰讀者的理解力。天上的「仙佛一家」、「佛道為友」，或許是小說作者對人間「佛道爭勝」宗教糾紛下的另一諧謔之筆。《西遊記》以其諧謔書寫與遊戲精神，進行宗教的顛覆、解構；這當中確實存在著一些不合乎佛、道教義的「誤讀」，這些有意或無意的「誤讀」，傳遞出來的《西遊記》卻是「實出於遊戲，亦可語道」。

貳

狂歡與哀感：《金瓶梅》的節
日書寫

一　前言

　　《金瓶梅》所涉及的節日書寫頗多。[1]此書「借宋寫明」，雖依託宋代事，反映的其實是明代社會中的世態人情。[2]因此，如要了解明代社會的歲時習俗與文學的關係，《金瓶梅》是一個相當好的研究對象。透過《金瓶梅》的節日書寫，可以生動的呈現明代城市的節日習俗、氣氛與生活場景，也有助於掌握文學的象徵意義與豐富意涵。這些特殊節日的敘事運用，讓《金瓶梅》的時空安排看起來別具匠心，更加具有文學的渲染力。西門慶家庭如何盛極而衰？小說中那些眾多的排場甚大、令人眼花撩亂的節日書寫，提供了很好的觀察點。

　　關於節日，李豐楙曾以「常」與「非常」兩個概念來說明節日與日常生活的不同。他說：

　　　　孔子提出中國常民生活中的張弛哲學，可從「常與非常」的觀點理解，非常期的節日、慶典是建立在週期性、定點性之上，

1　包括春節2次、元宵節4次、清明節3次、端午節3次、中元節1次、中秋節5次、重陽節2次、臘八節2次。《金瓶梅》提到的春節2次在23、78回；元宵節4次在15-16、24、41-46、78-79回；清明節3次在25、48、89-90回；端午節3次在16、51、97回；中元節1次在83回；中秋節5次在19、33、59、83、95回；重陽節2次在13、61回；臘八節2次在22、79回。

2　關於《金瓶梅》的「借宋寫明」，霍現俊說：「《金瓶梅》『借宋寫明』，這已得到『金學』界的公認，但《金瓶梅》是以什麼方式反映明代歷史的，它寫的究竟是明代哪個時期的事情，是正德朝、嘉靖朝還是萬曆朝，抑或別的時期？研究者各執一詞，爭論不休。……如果按目前『金學』界的一般看法，《金瓶梅》反映的時代，上限為明武宗正德，下限為明神宗萬曆中期。」霍現俊：《《金瓶梅》藝術論要》（天津市：天津古籍出版社，2010年），頁3。

按照季節、行業而有年循環，此為國人所共有。[3]

　　人們透過節日的不工作、盡情吃喝，追求感官的滿足。節日之「節」，是為了調節在日常工作壓力下累積的情緒而作的補償。這種節慶所形成的「非常的時間與空間」，在傳統農業社會中工作與休息的區隔，乃是與節氣、農作息息相關的。節日相較於日常生活，論者指出：「歡慶的氛圍中，作／息、常／非常、內／外、男／女、理智／情欲的界線，在此刻都被有意的忽略與模糊。除了表現對自然力量的崇拜，人們從挑戰社會規範的『逾矩』行為中，回歸到初民社會的原始，得到某種程度的心靈補償，釋放了『規矩』下所積累的壓力與情緒。」[4]也就是說，節日是為了使人們在釋放壓力後，得以再由「非常」重新回到「常」的生活軌道而設。此是節慶文化既不同於日常生活，卻具有重要調節意義與價值之處。但是，《金瓶梅》的生活世界卻似乎並不是如此。六十九回透過文嫂之口說西門慶家「端的是朝朝寒食，夜夜元宵」（頁1120）[5]，節慶文化是尋常百姓的「非常」，卻是西門家的「常」。密集眾多、鋪張豪奢、縱欲享樂的節慶活動，使得《金瓶梅》的節日書寫相當精彩，卻也同時隱喻了西門家何以迅速傾敗。

　　「朝朝寒食」、「夜夜元宵」之說，乃是由於唐代以來「寒食同清

3　李豐楙：〈由常入非常：中國節日慶典中的狂文化〉，《中外文學》（臺北市：中外文學月刊社，1993），22卷第3期，頁116-150。引文見頁128。

4　許珮甄：《明清節慶中的女性節俗與性別文化——以元宵節為中心》，臺灣師範大學歷史學系碩士論文（2009年6月），頁1。

5　本文所使用的《金瓶梅》版本為〔明〕笑笑生著：《金瓶梅》（臺北市：里仁書局，2007）。以下引文將只標示頁數，不再說明出處。

明」，二者時常混用，寒食節元代後逐漸被清明節兼併、取代。[6]「朝朝寒食」之「寒食」可直接置換成「清明」。《金瓶梅》的節日書寫，也正是集中在元宵節與清明節這兩個節日之上。張瑞指出：「在《金瓶梅》中真正展開來寫的是元宵節與清明節，四次元宵節的回目數占到十回，三次清明節的回目數占到三回。」[7]因此，本文即以此二者為對象。

由於燈會的出現，隋唐以後元宵節就具有很強的娛樂性[8]，甚至被視為「東方式的狂歡節」。[9]在《金瓶梅》的節日書寫中，元宵回目最多，篇幅最長。元宵節俗的華麗、狂歡、失序，表現在《金瓶梅》的四寫元宵上，一寫元宵，燦爛燈火背後，西門慶偷歡守喪的李瓶兒（15-16回）；二寫元宵，藉著解除宵禁、「走百病」，潘金蓮、宋蕙蓮

---

6 《話說清明》：「據《唐會要》，在大曆十二年二月十五日，朝廷有敕令：『從今以後，寒食同清明。』晚唐、五代以後，禁火、食冷之俗轉衰，到元代此俗大體消亡，『寒食』的名稱自然越來越少被人提及，而本來是節氣名稱的『清明』突顯出來，以之概括這一段節期的人漸多。到明清，『清明』之稱多於『寒食』，成取代後者之勢。」參上海古籍出版社編：《話說清明》（上海市：上海古籍出版社，2008），頁24。

7 張瑞：〈《金瓶梅》的節日描寫與敘事框架〉，《文學評論》（2011年9月），頁40。

8 《隋書·柳彧傳》：「見近代以來，都邑百姓每至正月十五日，作角牴之戲，遞相誇競，至於糜費財力，上奏請禁絕之。」〔唐〕魏徵撰：《隋書·柳彧傳》，收入《二十五史》（上海市：上海古籍出版社，1986年），第5冊，卷62，頁178-1，總頁3426。隋文帝時御史大夫柳彧在正月十五見到京城人們的各種荒唐慶祝行徑，以及所衍生出來的種種社會問題，而上奏請凶禁斷正月十五的慶祝行為，卻也正好反證早在隋代已出現百姓大肆狂歡慶祝元宵的景象。也可以說，此節日「狂歡」的特質在隋代已經逐漸顯現出來。

9 彭恆禮：「從巴赫金對狂歡文化的定義看，中國的元宵節也具有類似的屬性。」因此，可以被視為「東方式的狂歡節」。參彭恆禮：〈元宵演劇的娛樂性和狂歡化的特徵〉，《元宵演劇習俗研究》（廣州市：廣東高等教育出版社，2011年），頁191。

調情於陳敬濟（24回）；三寫元宵，正是西門慶權勢最顯赫之時。放煙花帶著強烈的炫富意味、展示性質。但一如燈花亦碎、煙火亦散，已隱隱透露繁華榮景，自有煙消火滅時；四寫元宵（78-79回），煙花盛況已不如前，緊接而來的是西門慶縱欲過度而死（79回）。西門慶死後，書寫重點由元宵轉寫清明。[10]清明節，在唐代以後由於整合寒食與上巳，其節俗同時具有掃墓與春遊，這兩個悲戚與歡樂共存的矛盾特性。甚至為執政者所不容，以為傷風敗俗。[11]《金瓶梅》三次寫清明，一寫清明（25回），只寫春遊之歡樂，西門慶同朋友到「郊外耍子去了」，家中的婦女則恣意打鞦韆嬉鬧取樂；二寫清明（48回），正是西門慶生子得官時，雖然帶入掃墓祭祖節俗，但主要情調卻是「叫的樂工雜耍扮戲」、「裡外也有二十四五頂轎子」、「響器鑼鼓，一齊打起來。」（頁709、710）在歡娛氣氛中進行；三寫清明（89-90回），西門家已然衰敗，吳月娘「寡婦上新墳」，踏青、春遊節俗依舊，但已與西門家無關。不管是郊外踏青，還是院落內的鞦韆，西門家只能是旁觀者。吳月娘說的是「『好傷感人也！』拜畢，掩面痛哭。」（頁1518）

　　狂歡與哀感之間，小說從元宵狂歡基調，收束於清明寡婦上墳的淒涼。本文擬透過《金瓶梅》的節日隱喻，呈現書中既矛盾又共存的豐富情調。

---

10 魏遠征：〈歲時節日在《金瓶梅》中的敘事意義〉，《安慶師範學院學報》（2004），第23卷，第6期，頁86-90。

11 唐高宗李治龍朔二年（西元622年），朝廷發布了一道詔令，禁止民間「或寒食上墓，富為歡樂。坐對松檟，曾無戚容。既玷風獻，並宜禁斷。」〔宋〕王溥：《唐會要》（臺北市：世界書局，1974年），上冊，卷23。參上海古籍出版社編：《話說清明》，頁21。

二 《金瓶梅》的元宵節書寫及其隱喻

　　元宵節是中國傳統的重要大節，也是小說著墨最多的節日。元宵節又叫上元節，由於其節俗的重頭戲是賞燈，因此又被稱為燈節。唐代上元賞燈成了國家級的重要慶典，唐中宗時解除「宵禁」，根據劉肅《大唐新語》的記載：「京城正月望日，盛飾燈影之會。金吾弛禁，特許夜行。貴遊戚屬及下吏工賈，無不夜遊。」[12]宋代陳元靚《歲時廣記》則提到唐玄宗：「京師街衢，有金吾曉暝傳呼，以禁夜行，為正月十五夜，金吾弛禁，前後各一日，以看燈。」[13]為了方便百姓賞燈，宵禁制度暫時被解除，允許夜行，而且由一日延伸到弛禁三日；由此元宵成為連續性的「節期」，並且逐漸地延長，喬繼堂說：「就節期而言，從漢代的一天到唐代的二天、宋代的五天，一直是延長的趨勢，而到明代，節期又增加到十天，自初八至十七夜罷，畫為市，夜為燈，蔚為壯觀。據《明會典》記載，當時的皇帝還曾詔令元宵節自正月十一日起百官賜假十天，以度佳節。」[14]節期到明成祖永樂年間已延至百官放假十天，燈會也持續十天。燈火形制也更加講究，燈火盛況更顯繁華，這些都被大量記載在筆記野史，乃至小說中。

　　《金瓶梅》對於元宵勝景的燈火、煙花，與其他元宵節俗（包括走百病、食元宵、打上元醮等），多有摹寫。筆者擬從賞燈、放煙火、走百病談起，分析其元宵節俗及文學隱喻。

---

12 〔唐〕劉肅：《大唐新語・文章第十七》（上海市：商務印書館，1937年），第2冊，卷8，頁91。

13 〔宋〕陳元靚：《歲時廣記》，收入《叢書集成初編》（上海市：商務印書館，1930年），第36冊，卷10，〈弛夜禁〉條，頁97。

14 喬繼堂：《中國歲時禮俗》（天津市：天津人民出版社，1991年），頁46。

（一）《金瓶梅》筆下的元宵節俗及其隱喻

1. 賞燈

元宵既然稱為燈節，「賞燈」自然是最鮮明的主題，古代元宵花燈種類名目之多，工藝技術的水平，令人嘆為觀止。張燈之風既盛，自然會形成販賣花燈的「燈市」。周密《乾淳歲時記》提到宋代「天街茶肆漸以羅列燈球等求售，謂之燈市。至此以後，每夕皆然。」[15]燈市到明代隨著節期不斷延長，規模更加可觀，蕭放指出：「正月八至十八日，在東華門外，形成燈市，賣燈的商販，買燈的顧客，觀燈的遊客絡繹不絕，人物齊湊，熱鬧非凡。明代燈市十六更盛，『天下繁華，咸萃於此。勳戚內眷燈樓觀看，了不畏人。』」[16]十五回透過李瓶兒邀吳月娘、李嬌兒、孟玉樓、潘金蓮登樓看燈，以居高臨下的視角做了一番全景式的摹寫：

> 見那燈市中人煙湊集，十分熱鬧。當街搭數十座燈架，四下圍列些諸行買賣。玩燈男女，花紅柳綠，車馬轟雷，鰲山聳漢。怎見好燈市？但見：
>
> 山石穿雙龍戲水，雲霞映獨鶴朝天。金蓮燈，玉樓燈，見一片珠璣；荷花燈，芙蓉燈，散千圍錦繡。繡毬燈，皎皎潔潔；雪花燈，拂拂紛紛。……王孫爭看，小欄下蹴踘齊雲；仕女相攜，高樓上妖嬈衒色。卦肆雲集，相幕星羅；講新春造化如何，定一世榮枯有準。又有那站高坡打談的，詞曲楊恭；到看這搞響鈸遊腳僧，演說三藏。賣元宵的，高堆菓餡；粘梅花

---

15 同前註，頁51。

16 蕭放：《話說春節》（上海市：上海古籍出版社，2008年），頁98。

的，齊插枯枝。剪春娥，鬢邊斜插鬧東風；禱涼釵，頭上飛金光耀日。圍屏畫石崇之錦帳，珠簾繪梅月之雙清。雖然覽不盡鰲山景，也應豐登快活年！（頁203）

十五回透過「燈市」的繁華景觀來描寫元宵節民間之「鬧」，社鼓、百戲、燈市繁華喧鬧，燈市中無所不賣，包括古董玩器、書畫瓶爐，有卜卦、看星象的，有賣元宵、黏梅花的，做生意的小販，穿梭其間的王孫，高樓上的仕女……，小說書寫了這一幅幅流動喧嘩的、充滿生命力的元宵風景。遊人觀賞的焦點自然是花燈，這一篇燈賦說明當時花燈之眾多與耀眼。

在眾多花燈中，居然出現「金蓮燈」、「玉樓燈」、「琉璃瓶」，巧妙的將潘金蓮、孟玉樓、李瓶兒之名嵌入其中。這意味著她們既在看燈，同時也是被看的燈。十五回續寫道：

惟有潘金蓮、孟玉樓同兩個唱的，只顧搭伏著樓窗子，引下人觀看。那潘金蓮一逕把白綾襖袖子摟著，顯他遍地金襖袖兒，露出那十指春蔥來，帶著六個金馬鐙戒指兒，探著半截身子，口中嗑瓜子兒，把嗑的瓜子皮兒，都吐下來，落在人身上，和玉樓兩個嘻笑不止。一回指道：「大姐姐，你來看！那家房檐底下，掛的兩盞繡球燈，一來一往，滾上滾下，且是倒好看！」一回又道：「二姐姐，你來看，這對門架子上挑著一盞大魚燈，下面還有許多小魚鱉蟹兒跟著他，倒好耍子！」一回又叫孟玉樓：「三姐姐你看！這門首裡，這個婆兒燈，那老兒燈！」正看著，忽然一陣風來，把個婆子兒燈下半截刮了一個大窟窿。（頁203-204）

居高臨下的潘金蓮正在賞燈，嬉鬧不止的輕佻中也帶著對美貌與身分的驕傲。但在觀看者的眼中，對她們身分的臆測，從「貴戚王孫家的豔妾」、到「院中小娘們」（妓女），到「他是閻羅大王的妻，五道將軍的妾」（頁204），最後勾出潘金蓮私通西門慶，害死親夫武大的醜事。西門家的女人看似高高在上，但在元宵的狂歡中就像一盞盞的花燈般，只是路人觀賞、物化的議論對象。她們到底是尊貴的王孫豔妾？還是卑賤的院中妓女？其實並無差別。透過元宵看燈所隱喻的人物命運，就如同這些華麗的花燈一般，璀璨卻脆弱，如風一吹就馬上「割了一個大窟窿」的婆兒燈。

2. 放煙火炮仗

元宵節俗中最能為不眠之夜增色的是煙花。雖不似燈火長明，但剎那即逝的閃爍卻比燈火更加耀眼，有聲有色，攝人心魄，因此，在元宵狂歡氣氛中，煙花是不可被取代的重要角色。明代煙火製作的神奇與燃放盛況，也被明末張岱記錄在《陶庵夢憶・魯藩煙火》中：

> 及放煙火，燈中景物又收為煙火中景物。天下之看燈者看燈燈外，看煙火者看煙火煙火外，未有身入燈中、光中、影中、煙中、火中，閃爍變幻，不知其為王宮內之煙火，亦不知其為煙火內之王宮也。……端門內外，煙焰蔽天，月不得明，露不得下。看者耳目攫奪，屢欲狂易。[17]

張岱所見這些巧奪天工的煙火，四十二回「逞豪華門前放煙火，

---

17 〔明〕張岱：《陶庵夢憶・西湖夢尋》（臺北市：漢京文化，1984年），頁13。

賞元宵樓上醉花燈」中，同樣有精彩絕倫的摹寫：

> 一丈五高花椿，四周下山棚熱鬧。最高處一隻仙鶴，口裡啣著
> 一封丹書，乃是一枝起火。起火革律一道寒光，直鑽透斗牛
> 邊。然後正當中一個西瓜炮迸開，四下裡人物皆著，霄剝剝萬
> 個轟雷皆燎徹。彩蓮舫，賽月明，一個趕一個，猶如金燈沖散
> 天星；紫葡萄，萬架千株，好似驪珠倒掛水晶簾箔。……樓臺
> 殿閣，頃刻不見巍峨之勢；村坊社鼓，仿佛難聞歡鬧之聲。貨
> 郎擔兒，上下光煙齊明；鮑老車兒，首尾迸得粉碎。五鬼鬧
> 判，焦頭爛額見猙獰；十面埋伏，馬到人馳無勝負。總然費卻
> 萬般心，只落得火滅煙消成灰燼！（頁627-628）

西門慶生子得官，人生最得意時，放煙火帶著強烈的炫富意味，
一面要求「拿杆欄攔人，休放閑雜人挨擠。」一面頻頻詢問「有人看
沒有？」聽到「擠圍著滿街人看。」（頁626）收集到夠多的豔羨目光，
才心滿意足的燃放。四十二回確實把明代元宵節俗的煙花之景寫得美
不勝收，但作為文學隱喻，卻也點明一切繁華都正如煙花，「巍峨之
勢」會「頃刻不見」；機關算盡，「總然費卻萬般心，只落得火滅煙消
成灰燼！」因此，美不勝收的煙花奇景，在如夢似幻的氛圍中，卻也
透露出些微的恐怖、詭異。「鮑老車兒，首尾迸得粉碎。五鬼鬧判，
焦頭爛額見猙獰。」這樣的煙花景象，彷彿是第一〇〇回「韓愛姐路
遇二搗鬼，普靜師幻化孝哥兒」中，普靜老和尚薦拔幽魂，誦念解冤
經咒時所出現的景象：

> 少頃陰風淒淒，冷氣颼颼，有數十輩焦頭爛額、蓬頭垢面者，

> 或斷手折臂者，或有刳腹剜心者，或有無頭跛足者，或有吊頸
> 枷鎖者，都來悟領禪師經咒，列於兩傍。（頁1690）

二者何其神似！元宵的喜慶狂歡，竟像是恐怖死亡結局的預告
片。歡樂通向死亡，《金瓶梅》既繁華又虛幻的世界，隱喻西門慶的
家族命運，就像煙花，雖然製造瞬間懾人魂魄的璀璨，卻終將消失在
無邊無際的黑夜裡。

3. 走百病

賞燈、放煙花和「火」的關聯，說明這些元宵節俗，原初應與宗
教儀式有關，但它們後來的功能幾乎被娛樂性取代。但還有一些和儀
式、信仰有關的元宵節俗，仍被保留下來，「走百病」即是屬於此性
質。明代周用描述元宵夜婦女「走百病」的盛況：

> 都城燈市春頭盛，大家小家同節令。姨姨老老領小姑，攢撮梳
> 妝走百病。俗言此夜鬼穴空，百病盡歸塵土中。不然今年且多
> 病，臂枯眼暗偏頭風。踏穿街頭雙繡履，勝引醫方二鍾水。誰
> 家老婦不出門，折足躃跚曲房裡。今年走健如去年，更乞明年
> 天有緣。蘄州艾葉一寸火，只向他人肉上燃。[18]

沈榜《宛署雜記》也說：「婦女群遊，祈免災咎，前令人持一香
辟人，名曰走百病。凡有橋之所，三五相率一過，取度厄之意，或云

---

18 〔明〕劉侗、于奕正：《帝京景物略》（上海市：上海古籍出版社，2001年），頁
101。

終歲令無百病。」[19]「走百病」具有儀式性質，它須有一人持香在前引導開道，其他人尾隨在後；並且要過橋，走過橋可以度災厄。[20]它具有一整年不生病的奇效，許珮甄指出：

> 從巫術的角度來看，走百病是透過實際上的「走動」儀式，如到廟裡上香、郊外踏青、或至城中街陌遊觀等形式，來祈求未來一年健康無病。從醫療的角度來看，因為婦女平日的生活空間多侷限在閨閣之中，趁著佳節的特殊時空出外活動，多少可避免因狹促的空間所造成的腰腿宿疾與心病。至於婦女走百病「必歷三橋」、「行走百步」才能治疾的說法，這種以不能治疾的負面角度來告誡婦女不走動的後果，實是正向鼓勵平日無法出門的大家閨秀或老婦多加活動。[21]

《金瓶梅》在四次書寫元宵中，多次提到此節俗。[22]對於「走百病」的書寫，主要集中在二十四回：

> 當下三個婦人，帶領著一簇男女。來安、畫童兩個小廝，打著

---

19 〔明〕沈榜：《宛署雜記》，收入《筆記小說大觀》（臺北市：新興書局，1986年），第35編，第4冊，卷17，頁190。

20 關於走橋與度厄的關係，陶思炎提出此說與古代的「祓禊」信仰有關。參陶思炎：《祈禳：求福、除殃》（臺北市：臺灣珠海出版，1993年），頁88-90。古人於春秋時臨水，以水淨身祓除不祥，走橋儀式有可能是由此演變而來， 或許可以被視為上古水祓巫術的變形。

21 許珮甄：《明清節慶中的女性節俗與性別文化——以元宵節為中心》，頁80-81。

22 如第24回（頁336-337、339、340）即4次提到「走百病」；第45回（頁664）也提到「走百病」。

一對紗吊燈跟隨，女婿陳敬濟躧著馬，點放煙火花炮與眾婦人瞧。宋蕙蓮道：「姑夫，你好歹略等等兒，娘們攜帶我走走！我到屋裡搭搭頭就來。」敬濟道：「俺們如今就行。」蕙蓮道：「你不等，我就是惱你一生！」於是走到屋裡，換了一套綠閃紅緞子對襟衫兒，白挑線裙子。又用一方紅銷金汗巾子搭著頭，額角上貼著飛金三個香茶翠面花兒，金燈籠墜子，出來跟著眾人走百病兒。月色之下，恍若仙娥，都是白綾襖兒，遍地金比甲，頭上珠翠堆滿，粉面朱唇。敬濟與來興兒，左右一邊一個，隨路放慢吐蓮、金絲菊、一丈蘭、賽月明。出的大街市上，但見香塵不斷，游人如蟻，花炮轟雷，燈光雜彩，簫鼓聲喧，十分熱鬧。左右見一隊紗燈引導一簇男女過來，皆披紅垂綠，以為出於公侯之家，莫敢仰視，都躲路而行。（頁336-337）

二十四回潘金蓮、孟玉樓、宋蕙蓮帶著家中一簇男女「走百病」，女婿陳敬濟也同行。她們對服裝特別講究，喜愛穿「白綾襖兒」。[23]宋代周密《武林舊事》說：「元夕節物，婦人皆戴朱翠、鬧娥、玉梅、雪柳、菩提葉、燈球、銷金台、貂蟬袖、項帕，而衣多尚白，蓋月下所宜也。」[24]楊士奇〈燈市竹枝詞〉說：「鴉髻盤雲插翠翹，蔥綾淺鬥月華嬌。」其下有注：「正月十六夜，京師婦女……多著蔥白

---

23 《金瓶梅》多次提到「走百病」要穿「白綾襖兒」，第14、15、24、45、46、78回都出現過。

24 〔宋〕周密：《武林舊事》，收入《筆記小說大觀》（臺北市：新興書局，1962年），第28編，第2冊，卷2，頁9，總頁717。

米色綾衫，為夜光衣。」[25]明代京師婦女在元宵夜穿白色綾衫已成時尚，並有「夜光衣」美稱。大概是因為在月色中白衣較顯眼，穿著白綾衫踏月而行，有吸引目光的效果。

二十四回「走百病」的描寫，集中在來旺婦宋蕙蓮與西門慶女婿陳敬濟的公然調情之上。「走百病」像一場夜間的嘉年華踩街活動，帶著狂歡與失序。小說描述她們走過的空間：

> 須臾，走過大街，到燈市裡。金蓮向玉樓道：「咱如今往獅子街李大姐房子裡走走去。」於是吩咐畫童、來安兒打燈先行，迤邐往獅子街來。小廝先去打門，老馮已是歇下，房中有兩個人家賣的丫頭，在炕上睡。慌的老馮連忙開了門，讓眾婦女進來，旋戳開爐子炖茶，挈著壺往街上取酒。（頁337）

元宵夜她們走過大街、走進燈市，也走進一個失序的世界中。在潘金蓮的提議下，這群婦女最後停腳的地方是妓女李桂姐家，一群婦女在妓院接受招待。此外，因為婦女成群結隊「走百病」，無人在家，加上官府跟著放假，所衍生的治安問題，小說如此描寫：

> 走到家門首，只聽見賃房子的韓回子老婆韓嫂兒聲喚。因他男子漢答應馬房內臣，他在家，跟著人走百病兒去了。醉回來家，說有人夜晚剜開他房門，偷了狗，又不見了些東西，坐在當街上撒酒瘋罵人。（頁339）

---

25 參王利器、王慎之、王子今：《歷代竹枝詞》（西安市：陝西人民出版社，2003年），第1冊，頁655。

元宵夜未眠，婦女醉醺醺，這種失序，不僅表現在婦女行為上，也表現在治安上——小偷闖空門，因為弛禁而出現的失竊事件，也算是在「非常」的狂歡後，再度回到「常」的世界，要面對的樂極生悲之後果。

（二）元宵非常、怪誕時空下的《金瓶梅》情欲世界

《隋書·柳彧傳》中記載：

> 竊見京邑，爰及外州，每以正月望夜，充街塞陌，聚戲朋游。鳴鼓聒天，燎炬照地，人戴獸面，男為女服，倡優雜技，詭狀異形。以穢嫚為歡娛，用鄙褻為笑樂，內外共觀，曾不相避。高棚跨路，廣幕陵雲，袨服靚粧，車馬填噎。肴醑肆陳，絲竹繁會，竭貲破產，競此一時。盡室并孥，無問貴賤，男女混雜，緇素不分。穢行因此而生，盜賊由斯而起。[26]

隋代即開始狂歡慶祝元宵，充斥著各種荒唐行徑。到後代，隨著元宵節放假時間的延長，此節日的狂歡、失序特質更為明顯。可以說，元宵節慶的「非常」時間，也製造怪誕空間。《金瓶梅》的走百病，讓婦女們成群走進妓院，嬉鬧、喝酒。張岱說：

> 相傳十五夜燈殘人靜，當壚者政收盤核，有美婦六、七人買酒，酒盡，有未開瓮者。買大罍一，可四斗許，出袖中菰果，

---

26 〔唐〕魏徵撰：《隋書·柳彧傳》，收入《二十五史》，第5冊，卷62，頁178-1，總頁3426。

頃刻罄罍而去。疑是女人星，或曰酒星。又一事，有無賴子於城隍廟左借空樓數楹，以姣童實之，為簾子胡同。是夜有美少年來狎某童，翦燭嚥酒，媟褻非理，解襦乃女子也，未曙即去，不知其地、其人，或是狐妖所化。[27]

美婦以更勝男人的海量群聚喝酒，女子到胡同去嫖狎男童，恰巧都發生在元宵夜此一「非常」時間。父權社會中發生這樣的事件既不可思議，又駭人聽聞，因此，被認定是非人類所為，而是「酒星」或「狐妖」所化。事實與否？無從得知。但卻說明了在元宵的這一段「非常」時間中，人的生活世界也容易出現異於常軌的怪誕現象。

作為下人的宋蕙蓮與陳敬濟公然調情，不把潘金蓮看在眼裡，除了她的性情與對美貌的自負外，也來自於這一天西門慶家宴，闔家歡樂飲酒之際，她所看到的偷情畫面：

> 卻說西門慶席上，見女婿陳敬濟沒酒，吩咐潘金蓮去遞一巡兒。這金蓮連忙下來滿斟一杯酒，笑嘻嘻遞與敬濟，說道：「姐夫，你爹吩咐，好歹飲奴這杯酒兒。」敬濟一壁接酒，一面把眼兒斜溜婦人，說：「五娘，請尊便，等兒子慢慢吃！」婦人將身子把燈影著看，左手執酒，剛待的敬濟用手來接，右手向他手背只一捏，這敬濟一面把眼瞧著眾人，一面在下戲把金蓮小腳兒踢了一下。婦人微笑，低聲道：「怪油嘴，你丈人瞧著待怎的？」看官聽說：兩個只知暗地裡調情頑耍，卻不知宋蕙蓮這老婆只自一個兒在隔子外，窗眼裡被他瞧了個不亦樂

---

27 〔明〕張岱：《陶庵夢憶‧龍山放燈》，頁71-72。

乎。正是：當局者迷，傍觀者清。雖故席上眾人倒不曾看出
來，卻被他向窗隙燈影下觀得仔細。口中不言，心下自思：
「尋常在俺們跟前，倒且是精細撇清，誰想暗地卻和這小夥子
兒勾搭。今日被我看到破綻，到明日再搜求我，自有話說。」
（頁334-335）

一幕丈母娘與女婿勾搭的不倫情欲戲碼，正在元宵節家中的酒宴
悄悄上演，兩人以為神不知鬼不覺，卻被站在窗外的宋蕙蓮清清楚楚
地看在眼裡。這樣挑戰道德倫常的情欲書寫，在十五、十六回就已經
出現過。守喪孝服未滿的寡婦李瓶兒，也利用元宵節慶的喧鬧掩人耳
目，「十五日請月娘和李嬌兒、孟玉樓、孫雪娥、潘金蓮，又捎了一
個帖兒，暗暗請西門慶，那日晚夕赴席。」（頁201）暗渡陳倉，和西
門慶幽會偷歡。

元宵的狂歡、失序的節日意象，也隱喻了《金瓶梅》人物的性格
與命運。七十九回四寫元宵，這是小說最後出現的元宵燈節，卻也正
是西門慶油盡燈枯之時。西門慶偷歡何千戶娘子藍氏後，又和潘金蓮
交好。最後得了個「不可告人的暴疾」，只見：

婦人慌做一團，便摟著西門慶問道：「我的哥哥，你心裡覺怎
麼的？」西門慶亦甦醒了一回，方言：「我頭目森森然，莫知
所之矣！」金蓮問：「你今日怎的流出恁許多來？」更不說他
用的藥多了。看官聽說：一己精神有限，天下色欲無窮。又
曰：嗜欲深者，其天機淺。西門慶只知貪淫樂色，更不知油枯
燈盡，髓竭人亡。原來這女色坑陷得人有成時必有敗，古人有
幾句格言道得好：花面金剛，玉體魔王，綺羅織就豺狼。法場

斗帳，獄牢牙床。柳眉刀，星眼劍，絳唇槍。口美舌香，蛇蠍心腸，共他者無不遭殃！纖塵入水，片雪投湯。秦楚強，吳越壯，為他亡。早知色是傷人劍，殺盡世人人不防！二八佳人體似酥，腰間仗劍斬愚夫；雖然不見人頭落，暗裡教君骨髓枯！（頁1378）

西門慶死在小說的最後一個元宵中，得年僅三十三歲。《金瓶梅》的元宵書寫，從燈花璀璨到油盡燈枯，正是「夜夜元宵」的必然結果。張瑞指出：

節日相對於日常生活來說是一種調節，其自身是非常態的，或者說，是以它的非常態來調節常態生活，並必然要回歸常態，元宵節也是如此。這也正像《紅樓夢》裡李紈回答黛玉提及賭博聚飲事時所說的那樣，「這有何妨。一年之中不過生日節間如此，並無夜夜如此，這倒也不怕。」反過來，當西門慶家以「夜夜元宵」，而將元宵節慶活動這樣的非常態生活拓展得漫無邊際時，節慶活動對日常生活的調節意味也就失去，生活的節律也被破壞。[28]

正如變態的性狂歡快速耗盡西門慶的生命能量，「夜夜元宵」，以「非常」為「常」，失去調節日常生活的意義，西門家族迅速樓起樓塌的衰敗命運亦是如此。以元宵節日意象作為隱喻的《金瓶梅》生活世

---

28 張瑞：〈論《金瓶梅》中的節日意象——以元宵節意象為中心〉，《蘭州教育學院學報》第27卷第5期（2011年10月），頁17。

界，華麗與虛幻共存，燈火再燦爛，一轉眼即是煙消火滅時。

三 《金瓶梅》的清明節書寫及其隱喻

　　大致上來說，《金瓶梅》前七十九回以元宵節穿插其間，為小說前半部的敘事背景；後二十一回則以清明節作為敘事中心。清明節與元宵節便同時成為研究《金瓶梅》小說中如何運用節日，最重要的兩大觀察點。七十九回西門慶死後《金瓶梅》不再出現元宵節的相關描寫；節日書寫的重點轉至清明。雖然如此，事實上清明節的節日書寫並不僅出現在七十九回西門慶死後，在二十五、四十八、八十九至九十回，《金瓶梅》一共出現了三次的清明節。在這三次清明節日與習俗的敘事中，透過清明節獨特且繁複的節日意象之運用，使得《金瓶梅》文學的象徵意義更加豐盈，情節的安排也別具匠心。

（一）清明、寒食、上巳合併的三合一節日及其節俗

　　清明節是一個意象繁複的節日。首先，它既是節氣也是節日；二是以戶外活動（掃墓、踏青等）為主；三是兼有悲傷、悼念（祭掃活動）與歡樂（踏青、遊玩活動）兩種截然不同的情感氛圍。這樣的特色與其來源相關。清明節是「清明」節氣、寒食節、上巳節三合一，融合而成的「複合型」節日。清明節的源流十分複雜，它既和二十四節氣之「清明」有關，也和寒食節、上巳節有關。翁敏華說：「這三個節日，若按過節的時間順序排列，應該是寒食、清明、上巳，若按其誕生先後論，則應該是上巳、寒食、清明的排列。」[29]由於清明與

---

29 翁敏華：〈清明與清明劇〉，《政大中文學報》第5期（2006年6月），頁69-70。

寒食、上巳時間上非常接近，它們的節期與節俗既相連、混合又互相影響。

1. 清明與寒食

清明節既然稱為「清明」，它原本是二十四節氣之一，「春分」過十五天為「清明」，大約是陽曆四月五日左右，而農曆則不固定，有時在三月初，也有可能在二月底。此時，中國大部分地方氣候變暖，降雨增多，正是春耕與種植的好時機。[30]此外，春光明媚的春季，氣候宜人，萬物生機勃勃。雖然後代所談的清明節雖然主要是指節日，而不是節氣，但是清明節氣的時間與氣候特點，卻也為節俗的形成提供了重要的條件。杜甫〈清明詩〉：「著處繁華矜是日，長沙千人萬人出。渡頭翠柳艷明媚，爭道朱蹄驕齧膝。」就描寫唐代清明節遊春熱鬧場景。

至於寒食的節期並不固定，它的「參照點有兩個，一是清明，一是冬至。」[31]寒食是與冬至有關的節日，它通常是指冬至後的第一〇五日、一〇六日。[32]南朝梁宗懍《荊楚歲時記》說：「去冬節一百五日，即有疾風甚雨，謂之寒食。禁火三日，造餳、大麥粥。按曆合在清明

---

30 《話說清明》：「農諺有『清明前後，點瓜種豆』，『植樹造林，莫過清明』等，說的正是這個道理。東漢崔寔《四民月令》記載：『清明節，命蠶妾，治蠶室……』說的是這時開始準備養蠶。當然，文中的『清明節』還只是一個節氣，不是節日。」參上海古籍出版社編：《話說清明》，頁5-6。

31 喬繼堂：《中國歲時禮俗》，頁66。

32 寒食節作為與冬至有關的節日，參李亦園：〈寒食與介之推——一則中國古代神話與儀式的結構學研究〉，收入李亦園：《宗教與神話論集》（臺北市：立緒文化事業公司），頁303-321。

前二日，亦有去冬至一百六日者。」[33]它的算法除了與冬至有關，另一方面由於與清明的時間十分接近，也出現了清明前兩天為寒食節的說法。寒食最早出現的節俗是禁火、食冷，因此，又被稱為「禁火節」。[34]由於寒食不舉火，人們只能吃冷食，等到清明改新火，人們自然要好好犒賞自己，所以唐代《輦下歲時記》記載當時的長安：「清明尚食。」[35]清明「尚食」之風「至宋有過之而無不及。《東京夢華錄》載：『京師清明日，四野如市，芳樹園圃之間，羅列杯盤，互相酬勸，歌舞遍滿，抵暮而歸。』這盛景，正是繪畫長卷《清明上河圖》所表現的。」[36]

寒食節俗後來還包括掃墓。這在唐代就已經很盛行。上墳祭掃的習慣和古代的喪葬禮俗有關，唐以前雖有墓祭的記載，卻還沒有固定的日子，因此也還未形成節俗。唐高宗龍朔時期朝廷曾發布了一道詔令，禁止民間「或寒食上墓，富為歡樂。坐對松檟，曾無戚容。既玷風猷，並宜禁斷。」（《唐會要》卷23）[37]這道禁令之發布正好說明了當時寒食掃墓已成民間常見的習俗。這道禁令沒有維持太久，唐玄宗開元二十年解除禁令，《唐會要》記載：「寒食上墓，禮經無文，近世

---

33 〔南朝梁〕宗懍：《荊楚歲時記》，《歲時習俗資料彙編》第30冊（臺北市：藝文印書館，1970年），頁26。

34 關於寒食節的禁火，除了紀念介之推燒死而不舉火的傳說外；另一說則認為「寒食起源於周代『改火』的習俗。」參李道和：《歲時民俗與古小說研究》（天津市：天津古籍出版社，2004年），頁49。

35 〔唐〕闕名撰：《輦下歲時記》，《歲時習俗資料彙編》第30冊（臺北市：藝文印書館，1970年），頁2。

36 翁敏華：〈清明與清明劇〉，《政大中文學報》第5期（2006年6月），頁70。

37 〔宋〕王溥：《唐會要》（臺北市：世界書局，1974），上冊，卷23。參上海古籍出版社編：《話說清明》，頁21。

相傳，浸以成俗。士庶有不合廟享，何以用展孝思？宜許上墓，用拜掃禮。於塋南門外奠祭，撤饌訖，泣辭。食餘於他處，不得作樂。仍編入禮典，永為常式。」（卷23）[38]朝廷仍然兼顧民情，准許寒食上墓；只附帶規定要以哀情、孝思來進行祭掃活動。從此，寒食掃墓之俗更為盛行，為了方便官員回鄉祭掃，開始規定放假的日期，玄宗開元二十四年敕「寒食、清明四日為假。」（《唐會要》卷82）德宗貞元時則增加到七天，宋代寒食也放假七天。[39]寒食與清明，唐代以後就形成一個活動連成一片、連續放假的節期。寒食與清明也出現混用的情形，「據《唐會要》，在大曆十二年二月十五日，朝廷有敕令：『至今以後，寒食同清明。』晚唐、宋代以後，禁火食冷之俗轉衰，到元代此俗大體消亡，『寒食』的名稱自然越來越少被人提及，而本來是節氣名稱的『清明』突顯出來，以之概括這一段節期的人漸多。到明清，『清明』之稱多於『寒食』，成取代後者之勢。」[40]也就是說，唐代以後，清明與寒食逐漸融為一體，到明清甚至被清明取代，人們最後便習慣只使用清明節一詞來稱呼這一段節期了。

2. 清明與上巳

上巳節比清明時間稍晚，上古時以農曆第一個巳日為「上巳」，又名「元巳」、「三巳」，後來定時間為三月三，因此又被稱為「重三」。[41]上巳在先秦即已存在，在漢代正式立為節日，此日主要的行事

---

38 《舊唐書‧玄宗紀》亦記載：「寒食上墓，禮往無文，近代相沿以成俗，士庶之家，宜許上墓，編為五禮，永為常式。」

39 上海古籍出版社編：《話說清明》，頁22。

40 同前註，頁24。

41 李道和的考證，上巳的時間與稱謂，經過一段從不固定到固定的演變歷程；也有

是在水邊祓禊沐浴。[42]在水邊祓禊的同時，由於正值春光明媚的暮春三月，蟄居了一個寒冬的青年男女們，成群結伴到郊野修禊踏青，上巳的祓禊也結合了會合男女的風俗，「青春男女在郊野水際嬉戲野合，儼然就是祭祀『高媒』（婚姻之神）節日或行事的延伸。」[43]《詩經·鄭風·溱洧》就是上巳水邊祓禊兼男女嬉戲會合的最佳寫照。此外，從王羲之〈蘭亭集序〉看來，晉代的上巳節盛行「曲水流觴」之戲，雖然不少上巳節俗研究多提到〈蘭亭〉的「曲水流觴」，勞榦〈上巳考〉卻認為：「〈蘭亭〉的『曲水流觴』就完全是文人的雅興，和實際的生活就相去比較遠了。」[44]不管民間是否進行「曲水流觴」之戲，晉代以後上巳節俗由原先的祓禊，轉而成為交際宴飲的春季歡樂節日。

　　除了寒食和清明的混同，上巳在唐代以後也有和清明混同的跡象[45]，從王維〈寒食城東即事〉：「少年分日作遨遊，不用清明兼上巳。」

可能是由於干支記日便為序數記日所造成。參李道和：《歲時民俗與古小說研究》（天津市：天津古籍出版社，2004年），頁97-100。在李道和之前，勞榦〈上巳考〉已提出「干支記日與用數目記月日完全是兩個不同系統」，前者「用起來比較繁複，而沒有太大的實用性。」「這也就使得魏晉以後採用三月三來代替上巳，就不必去選期擇日，要去查三月中的巳日。」參勞榦：〈上巳考〉，《中央研究院民族學研究所集刊》29期（1970年），頁248。

42　先秦上巳水邊祓禊的習俗，如《周禮·春官宗伯·女巫》：「女巫掌歲時祓除釁浴。」鄭玄注：「歲時祓除，如今三月上巳如水上之類。釁浴謂以香薰草藥沐浴。」〔東漢〕鄭玄注、賈公彥疏：《周禮注疏》，收入《十三經注疏》（臺北市：臺灣古籍出版社，2001年），頁812。

43　蔡欣欣：〈歲時長生／切利情永——清傳奇《長生殿》「死與再生」的節令意涵〉，頁648。

44　勞榦：〈上巳考〉，《中央研究院民族學研究所集刊》29期（1970年），頁247。

45　上巳併入清明的原因，學者各有不同的解釋，勞榦認為：「因為三月三日是陰曆

來看，清明、上巳、寒食已混為一談，而且不管到底是哪一個節日，這幾天少年們全部用來四處遨遊。翁敏華認為：「本來，清明節的文化含義遠沒有上巳節富繁，特別是沒有男女交往這方面的含意。後來有了。這是上巳節俗的滲入。」[46]對於清明、上巳、寒食三節的消長，清代毛奇齡曾做過清晰的概括說明：

> 太初（筆者案：漢武帝年號）以前清明未顯，焉得有清明上墓之事？為寒食上墓則六朝、初唐早有之，如李山甫、沈佺期寒食詩皆有「九原」、「報親」諸語，全不始開元二十年之敕。蓋寒食上墓前此所有，而開元則始著為令耳。若清明則自六朝以迄唐末，凡詩文所見並不及清明上墓一語。延及五代，吳越王時羅隱有〈清明日曲江懷友詩〉，始有「二年隔絕黃泉下」句，至宋詩則直曰「清明祭掃各紛然」，竟改寒時為清明矣。……而曆家只取清明諸節編入曆中，至寒食上巳諸節皆不及。因之，世但知清明而不知寒食，逐漸漸以寒食上墓事歸之清明，理固然也。[47]

按照毛奇齡說法，清明節不僅在唐代已與寒食節融合成為一體，而且還在宋代吸收，進而取代了上巳節。此後，世人就僅知道清明

的日期，在氣候的定點上來說，是不固定的。清明節在華北農業上來說，卻是一個非常重要的定點。本來三月三日和寒食是不同的節令。宋代合併的結果，清明對於節後比較固定，因而三月三日就合併到清明了。」勞幹：〈上巳考〉，頁248。

46 翁敏華：〈清明與清明劇〉，頁72。

47 〔清〕毛奇齡：《辨定祭禮通俗譜》卷2。

節，而不再熟悉寒食與上巳了。由於清明節整合寒食與上巳的傳統，其節俗活動就同時具有源自寒食節俗的掃墓，與上巳傳統的男女春遊，這兩個悲戚與歡樂共存的矛盾特性。

　　清明節的祭祀活動，人們一般稱之為清明「掃墓」或「上墳」，墓祭的節俗使得它成為中國的鬼節之一。[48]這也是今人對清明節的主要認知，認為清明最重要節俗是掃墓。掃墓的情緒、氣氛自然應該是肅穆、哀傷的；但來自於清明節作為春天自然節氣之特徵，再加上這段期間另外整併的上巳節傳統（魏晉以後上巳演變成純粹交游宴飲的節日），它同時也是一個適合春遊的快樂節日。二者的節日氣氛看起來矛盾，卻一直共在。清明節期唐宋以後放假多日，掃墓的工作一天內即可完成，其他時間正可拿來盡情享樂。清明節的春遊活動非常豐富，《話說清明》提到：「常見的有踏青、插柳、食賜火、放風箏、盪

---

48 關於清明節作為鬼節之一的說法，《話說清明》：「中國有三大鬼節：清明節、中元節（或稱盂蘭盆節，在農曆七月十五）、『祭祖節』（在農曆十月初一）。……但與另兩個鬼節重在安撫鬼魂，不讓惡鬼、野鬼作祟不同，清明所祭祀的主要是善鬼、家鬼或親近者的亡魂，重在表達孝思親情，體現了『飲水思源，慎終追遠』的中國傳統美德。」參上海古籍出版社編：《話說清明》，頁37。黃濤說：「作為鬼節，清明之祭主要祭祀祖先和去世的親人，表達祭祀者的孝道和對死者的思念之情。清明節屬於鬼節而通常不被冠以鬼節之名，就在於它所祭祀的主要是善鬼、家鬼，或親近者的亡魂，重在表達孝思親情。另外兩個鬼節則連惡鬼、野鬼也一併祭祀，重在安撫鬼魂，不讓它們作祟。但也不能一概而論。有些地方也有清明節祭祀其他鬼神的做法。上海舊俗就有在清明節舉行的專祭屬鬼的祭臺會儀式，祭祀那些餓鬼、幽鬼孤魂，防止它們成為惡鬼作亂。這種祭臺叫祭屬臺。舊上海還有清明節的前一天迎請城隍神的做法。在清明這天，城隍神要坐大轎出巡祭屬臺，以賑濟安撫孤魂野鬼，其場面十分盛大熱鬧。」參黃濤：〈清明節的源流、內涵及其在現代社會的變遷與功能〉，《民間文化論壇》2004年第5期。

秋千、蹴鞠、拔河、鬥雞、撲蝶、採百草、植樹……」[49]可以說，元宵的燈火之「鬧」，雖令人眼花撩亂，清明的春遊之「樂」，也同樣讓人目不暇給。只是元宵節慶活動集中於夜間、市集；而清明節慶活動則多在白天、郊外。喬繼堂說：

> 如果說元宵是我國村街狂歡節的話，那麼踏青就是野外的狂歡節。同樣，元宵節促成不少美滿愛情，踏青節也是無限風流。這個節日，又是一個弛禁的日子，士女野外游樂，接觸的機會更多，而蓬勃春意又最逗人春情。[50]

這也是六十九回文嫂以「朝朝寒食，夜夜元宵」連用，來說明西門慶家豪奢淫逸無度，日日享受節慶歡樂的脈絡。「朝朝寒食，夜夜元宵」典故出自元代白樸雜劇《唐明皇秋夜梧桐雨》第一折正末扮演唐明皇的一句夾白：「寡人自從得了楊妃，真所謂朝朝寒食，夜夜元宵也。」翁敏華〈清明與清明劇〉說：「這裡的『寒食』與『元宵』，竟都成了男歡女愛的代名詞。」[51]這已不是原來禁火食冷的寒食節了，而是整併寒食、清明、上巳三個春季節日，「寒食其外，上巳其裡」的三合一節期。此一「寒食」，甚至沾染源自上巳的春遊、男女情色意味；再加上原來清明舉新火的重「食」傳統，三合一的清明就存在著「食色性也」的狂歡主題。

　　《金瓶梅》寫清明，對於春遊與掃墓兩大節俗，都有細膩的描

49　同前註，頁48-49。

50　喬繼堂：《中國歲時禮俗》，頁76-77。

51　翁敏華：〈清明與清明劇〉，頁84。

寫。在三寫清明的敘事架構中，說明西門家如何過清明，同時巧妙運用清明節俗中狂歡與哀感共在的節日意象，將整部小說由狂歡帶往哀感之路，來作為西門慶家族與人物命運的隱喻。

（二）《金瓶梅》筆下的清明節俗及其隱喻

1. 打鞦韆

清明節俗遊戲中，以鞦韆為戲是重要的內容，稱為「盪鞦韆」或「打鞦韆」。據說鞦韆原本不是中原的產物，而是北戎的健身遊戲，用來鍛鍊身體的輕快敏捷。《荊楚歲時記》記載：「《古今藝術圖》云：『鞦韆本北方山戎之戲，以習輕趫者。』後中國女子學之，乃以綵繩懸木立架，士女炫服，坐立其上，推引之，名曰鞦韆。」[52]具體勾勒出鞦韆如何從山戎之戲，變成漢人遊藝的線索。春季婦女打鞦韆，在南北朝就已經存在。唐代風流天子唐玄宗對鞦韆戲更是著迷，《開元天寶遺事》記載：「天寶宮中至寒食節競豎秋千，令宮嬪輩戲笑以為宴樂。帝呼為半仙之戲，都中士民因而呼之。」以「半仙之戲」作為盪鞦韆的美稱。後來的寒食詩詞中，便處處可見女子在春風中盪起鞦韆的美麗身影。[53]「元、明、清三代更是把清明節定為『秋千節』。」[54]《金瓶梅》第一次寫清明是在二十五回「吳月娘春畫鞦韆，來旺兒醉中謗仙」，通篇沒有看到上墳祭祖，只描寫如何打鞦韆為樂：

---

52 〔南朝梁〕宗懍：《荊楚歲時記》，《歲時習俗資料彙編》第30冊，頁17-18。

53 如：〔唐〕王維〈寒食城東即事〉：「蹴鞠屢過飛鳥上，秋千竟出垂楊裡。」〔唐〕王禹偁〈寒食〉：「稚子就花拈蛺蝶，人家依樹系秋千。」〔宋〕李清照〈點絳唇〉：「蹴罷秋千，起來慵整纖纖手。露濃花瘦，薄汗輕衣透。」

54 上海古籍出版社編：《話說清明》，頁57。

話說燒燈已過，又早清明將至。西門慶有應伯爵早來邀請賞佳
節，先在花園內捲棚下擺飯。看見許多銀匠，在前廳打造生
活。說孫寡嘴作東，邀了郊外耍子去了。先是，吳月娘花園中
扎了一架鞦韆。至是西門慶不在家，閒中率眾姊妹遊戲一番，
以消春晝之困。先是月娘與孟玉樓打了一回，下來，教李嬌兒
和潘金蓮打。李嬌兒辭以身體沉重，打不的，卻教李瓶兒和金
蓮打。打了一回，玉樓便叫：「六姐過來，我和你兩個打個立
鞦韆看，如何？」吩咐：「休要笑。」當下兩個玉手挽定綵繩，
將身立於畫板之上。月娘卻教宋蕙蓮在下相送，又是春梅。正
是：得多少紅粉面對紅粉面，玉酥肩並玉酥肩；兩雙玉腕挽復
挽，四隻金蓮顛倒顛。（頁345）

西門慶和朋友們到「郊外耍子去了」，清明節對西門慶這個享樂
主義者來說，正是個「野外的狂歡節」；妻妾們則在家中架起鞦韆，
透過身體運動，達到「消春困」的保健效果。盪鞦韆有不同的方式，
一種是坐在鞦韆板子上，由旁人推送，來回飄盪；或者以足點地，自
己借力使力的盪起來。除了坐，也可以直接站立在鞦韆板子上盪起
來，此稱之為打「立鞦韆」。打「立鞦韆」，除了膽子大，還要身體輕
盈。能夠打「立鞦韆」的是李瓶兒、潘金蓮和孟玉樓，她們「紅粉
面」、「玉酥肩」、「玉腕」、「金蓮顛倒顛」，女人的美與媚更具活色
生香的吸引力。壓軸卻是宋蕙蓮，小說寫道：

這蕙蓮手挽綵繩，身子站的直屢屢，腳踩定下邊畫板。也不用
人推送，那鞦韆飛起在半天雲裡，然後抱地飛將下來，端的卻
是飛仙一般，甚可人愛。月娘看見，對玉樓、李瓶兒說：「你

63

看，媳婦子他到會打。」（頁347）

　　唐玄宗曾以「半仙之戲」作為盪鞦韆的美稱，二十五回也透過宋蕙蓮飛在「半天雲」裡的搖曳身姿，來表現「飛仙」的美感。這是春天最美麗的風景。宋蕙蓮不久之後自縊身亡，得年二十五歲。小說以「世間好物不堅牢，彩雲易散琉璃脆」（26回）的感傷，為這位地位不高的嬌點女性悲劇的一生畫下休止符。生之歡樂與死之憂傷既鄰近又糾葛，似乎正隱喻著《金瓶梅》的生死觀──人世之無常與生死的虛幻。

2. 掃墓

　　《金瓶梅》二十五回沒有提到掃墓，四十八回二寫清明，八十八至九十回三寫清明，掃墓出現過兩次。四十八回掃墓的主祭者是一家之主西門慶，當時正是他的人生得意時。他因為「生了官哥，並做了千戶，還沒往墳上祭祖。」（頁709）「生子」與「得官」正是他人生雙喜臨門的光榮時刻。李瓶兒生的這個孩子就叫「官」哥。此子被他認為「腳硬」──八字好，可以庇蔭他，讓他既升官又發財。[55]光宗耀祖的榮耀感，讓西門慶覺得清明節必須掃墓祭祖，告慰先祖。小說寫道：

　　　　清明日上墳，要更換錦衣牌扁，宰豬羊，定桌面。三月初六日

---

[55] 《金瓶梅》43回寫道西門慶：「口中不言，心中暗想道：『李大姐生的這孩子，甚是腳硬。一養下來，我平地就得此官，我今日與喬家結親，又進這許多財。』」（頁426）寵愛自不在話下，也因此引發潘金蓮的醋意和殺心，造成官哥之死與李瓶兒傷心而亡。

清明，預先發柬，請了許多人，搬運了東西，酒米、下飯、菜蔬。叫的樂工雜耍扮戲的。小優兒是李銘、吳惠、王柱、鄭奉；唱的是李桂姐、吳銀兒、韓金釧，董嬌兒。官客請了張團練、喬大戶、吳大舅、吳二舅、花大舅、沈姨夫、應伯爵、謝希大、傅伙計、韓道國、雲理守、賁第傳，並女婿陳敬濟等約二十餘人。堂客請了張團練娘子、張親家母、喬大戶娘子、朱台官娘子、尚舉人娘子、吳大妗子、二妗子、楊姑娘、潘姥姥、花大妗子、吳大姨、孟大姨、吳舜臣媳婦鄭三姐、崔本妻段大姐，並家中吳月娘、李嬌兒，孟玉樓、潘金蓮、李瓶兒、孫雪娥、西門大姐、春梅、迎春、玉簫、蘭香、奶子如意兒抱著官哥兒，裡外也有二十四、五項轎子。（頁709）

此次掃墓祭祖，一方面是告慰祖先；一方面也有強烈的展示成就意味。因此，西門慶不管民間習俗的禁忌與吳月娘的善意勸阻，堅持要帶著「顖門還未長滿」的嬰兒到墳前，去給祖先磕頭。他自己則「穿大紅冠帶，擺設豬羊祭品桌席祭奠。」清明掃墓應該是個人祭自己的家鬼，如《論語》說：「非其鬼而祭之，諂也。」四十八回中西門慶家的祭祖卻是賓客雲集，彷若廟會慶典般，都來參與西門慶家的清明掃墓活動。男女官客、堂客們也跟著祭拜西門慶家先祖，祭奠過程中，一面敲鑼打鼓。即使是上墳，小說情節鋪排的重點仍是節慶的「鬧」，而不見祭掃的蕭穆、哀傷。祭拜過祖先，燒紙錢。這些儀式完成後，接下來進行的活動，則是清明節俗中來自上巳影響的春嬉，春天桃紅柳綠下的交遊宴飲，看戲、聽彈唱、喝酒、吃點心、打鞦韆；此時只見「金蓮與敬濟兩個，還戲謔做一處。金蓮將那一枝桃花兒，做了一個圈兒，悄悄套在敬濟帽子上。」（頁712）清明作為春季節日

的氣氛，甚至還包括男女的嬉戲會合。

三寫清明，是在八十九回「清明節寡婦上新墳，永福寺夫人逢故主」，這是小說中西門慶家第二次的掃墓上墳，也是整部小說最後的節日書寫。此次上墳，發生在西門慶死後，吳月娘以寡婦身分祭拜亡夫，其時西門慶家已衰敗，縱欲而亡的西門慶，由主祭者成了被祭拜的對象。兩次描寫清明掃墓，今昔對比下，顯得無限悲涼：

> 一日，三月清明佳節，吳月娘備辦香燭金銀冥紙、三牲祭物酒肴之類，抬了兩大食盒，要往城外五里原新墳上，與西門慶上新墳祭掃。……出了城門，只見那郊原野曠，景物芳菲，花紅柳綠，仕女游人不斷。……端的春景，果然是好！到的春來，那府州縣道與各處村鎮鄉市，都有游玩去處。有詩為證：清明何處不生煙，郊外微風挂紙錢。人笑人歌芳草地，乍晴乍雨杏花天。海棠枝上綿鶯語，楊柳堤邊醉客眠。紅粉佳人爭畫板，綠繩搖拽學飛仙。（頁1517-1518）

作為「野外的狂歡節」的春天踏青、遊樂的清明節俗，八十九回中仍被小說作者仔細地描繪。清明節仍有人歌人笑，仍有紅粉佳人在學「飛仙」盪鞦韆。但在這一幅春光無限旖旎的清明行樂圖中，已與西門慶家不再相干。踏青春遊之樂，僅是西門慶家破人亡對比的背景。清明節已不見生之樂，但見死之哀：

> 月娘插在香爐內，深深拜下去，說道：「我的哥哥，你活時為人，死後為神。今日三月清明佳節，你的孝妻吳氏三姐、孟三姐，同你周歲孩童孝哥兒，敬來與你墳前燒一陌錢紙。你保佑

他長命百歲，替你做墳前拜掃之人。我的哥哥，我和你做夫妻
一場，想起你那模樣兒並說的話來，是好傷感人也。」……玉
樓向前插上香，也深深拜下，哭唱〔前腔〕：燒罷紙，滿眼淚
墮。叫了聲人也天也，丟的奴無有個下落。實承望和你白頭廝
守，誰知道半路花殘月沒。（頁1519）

四十八回清明祭掃，西門慶家賓客雲集，轎子就有二十四、二十
五頂；到八十九回已面臨「雇不出轎子來」的窘境。吳月娘祭西門
慶，手裡拈的是寥寥五炷香，墳前拜掃之人除了自己、孟玉樓、西門
慶的遺腹子孝哥，來同祭的只剩下他娘家兄嫂吳大舅、大妗子。西門
慶走入死亡，家庭也由繁華而頹敗，狂歡不再，僅存哀感。

（三）淫書到哀書：以清明節繁複節日意象收束的《金瓶梅》

清明節狂歡與哀感並存的節日意象，為《金瓶梅》提供充滿張力
的敘事空間。小說中的清明書寫，運用唐代以來民間「或寒食上墓，
復為歡樂。坐對松檟，曾無戚容。」（《唐會要》卷23）之風俗。掃墓
後充滿歡樂、調笑，死／生，哀／樂強烈對比的節俗文化，表現在四
十八回祭掃時的鑼鼓喧天，祭掃後的恣意享樂，不見死之哀，只見生
之樂。但回末總結語說：「正是：樹大招風風損樹，人為名高名喪
身。」（頁720）西門慶家如何過清明節的節日書寫，傳達了一個物極
必反、盛極而衰的自然法則。

清明節書寫的打鞦韆節俗，二十五回的打鞦韆，彷若特寫鏡頭般
近距離摹寫西門慶家婦女引人遐思的女體——紅粉面、玉酥肩、三寸
金蓮，那是孟玉樓、潘金蓮、李瓶兒，還有宋蕙蓮律動中的青春身
體。八十九回三寫元宵仍有人打鞦韆，但那已是「隔水不知誰院落，

鞦韆高掛綠楊煙」。小說的敘事手法用一個遠距鏡頭，將清明行樂畫面拉遠、縮小，遠到盪鞦韆的婦女已不知是在遙遠的誰家院落。但那也已經不重要了！盪鞦韆雖然歡樂，卻再無相干。此時的西門慶家已成清明春遊的旁觀者。活色生香的宋蕙蓮死了，李瓶兒死了，潘金蓮也死了。隨著打鞦韆人物的變化與鏡頭的移轉，清明歡樂的節俗笑聲已歇，只剩下人世流轉下的滄桑，和西門慶那有情有義糟糠賢妻——吳月娘的哭泣。

「食色性也」的狂歡，小說的露骨情色書寫，《金瓶梅》長久以來被視為「淫書」。縱情狂歡所導致的財力與精力的過度虛耗，也容易物極必反，快速地走入衰敗與死亡，這也正是小說中西門慶與其家庭的命運。《金瓶梅》的縱欲狂歡，收束於「寡婦上新墳」的清明節日敘事架構中，表達出繁華落盡後的無限哀感，如此華麗又萬般蒼涼。《金瓶梅》因此也被視為一部「哀書」。

四　結語：「淫書」與「哀書」之間

《金瓶梅》眾多狂歡式的情色書寫，使它被公認是一部「淫書」，但主要人物的相繼死亡與家族衰敗，卻也讓它同時被視為是一部「哀書」。在「淫書」與「哀書」之間，所開展出來豐富文學解讀，小說中為數甚多的節日書寫，提供一個很好的研究角度。《金瓶梅》以元宵與清明作為節日書寫之中心，透過元宵節時空中的華麗、狂歡、失序特質，作為其情欲書寫的敘事架構。元宵節日意象，甚至可以被視為《金瓶梅》人物性格與家庭命運的隱喻。正如變態的性狂歡快速耗盡西門慶的生命能量，密集眾多、鋪張豪奢、縱欲享樂的節慶活動，以「非常」為「常」，西門慶家族迅速樓起樓塌的衰敗命運，亦是符

合自然法則的必然之路。以元宵節日意象作為隱喻的《金瓶梅》生活世界，華麗與虛幻共存，燈火再燦爛，一轉眼即是煙消火滅時。清明節的節日書寫，環繞著春遊與掃墓兩大節俗而展開，說明西門慶家如何過清明節，同時也巧妙地運用清明節俗中，狂歡與哀感同在的節日意象，將整部小說由狂歡帶往哀感之路，來作為西門慶家族與人物命運的隱喻。生之歡樂與死之憂傷既鄰近又糾葛，似乎正揭示著《金瓶梅》的生死觀——人世之無常與生死的虛幻。

　　壓力需要「調節」，欲望卻也需要「節制」，當過節的「非常」生活型態，成了「朝朝」、「夜夜」的常態，便失去了節日原本應有的調節功能，《金瓶梅》慣以節慶的「非常」，作為平日的「常」；充斥於「朝朝寒食，夜夜元宵」的西門慶家庭中。節日的狂歡文化，不再是原本為了調節平日生活工作壓力而來的調劑與休養生息；更多的是「食色性也」的性狂歡。小說的情色書寫，這使它長久以來被視為「淫書」。縱欲狂歡所導致的財力與精力的過度虛耗，物極必反的快速走入衰敗、死亡，繁華落盡後的蒼涼，《金瓶梅》同時也被視為一部「哀書」。《金瓶梅》究竟是「淫書」還是「哀書」？以元宵與清明為中心的節日書寫隱喻下的小說世界，二者似乎都可成立。但最後收束於清明掃墓哀傷氛圍的《金瓶梅》，或許「哀書」更是小說作者遊戲情色後，最終想傳達的主題。

參

士與仕之間：從《鴛鴦鍼》談
明末清初士人的困境與救贖

一　前言：明清科舉與儒林小說

　　科舉制度源自唐朝，是中國古代選拔人才最重要的方式，錢穆甚至提出「科舉社會」一詞來稱呼唐以下的中國社會。[1]明清社會和科舉的關係尤為緊密，明太祖朱元璋立國之初即下召開科取士，甚至規定「非科舉，毋得為官。」[2]清代科舉大抵沿明制，變化不大。[3]可以說明清時期科舉成為讀書人唯一的進身之階，不論是讀書人的思維、心態或社會風俗，幾乎都環繞著科舉為核心而展開。在歷代選拔人才的方式中，科舉制度其實相對公平、合理，因為它不問門第出身，將所有的讀書人置於同一條起跑線上，提供了一個「一舉成名天下知」，步入仕途、實現理想的機會；雖然如此，由於明清兩朝開科次數有限，取中數額亦極其有限，每次參加科考的人數卻成千上萬，隨著秀才──舉人──進士科舉身分逐步提高，困難度也跟著相對增加。明清時人常把科舉比作「獨木橋」，足見其得以取中的難度和錄取率的

1　錢穆：《中國歷史研究法》第三講（北京市：生活、讀書、新知三聯書店，2001年），頁46。

2　明太祖洪武三年（1370年）詔令：「特設科舉，以取懷才抱德之士，務在經明行修，博古通今，文質得中，名實相稱。其中選者，朕將親策於廷，觀其學識，品其高下，而任之以官，果有才學出眾者，待以顯擢。使中行文武，皆由科舉而選，非科舉，毋得為官。」〔清〕張廷玉等撰：《明史》卷70《志四十六‧選舉二》（北京市：中華書局，1974年）第6冊，頁1695。

3　明代科舉在洪武十七年「始定科舉之式，命禮部頒行各省，後遂以為永制。」（〔清〕張廷玉等撰：《明史》卷70《志四十六‧選舉二》第6冊，頁1696。）此「永制」延續到清末，《清史稿》：「有清以科舉為掄才大典，雖初至多沿明舊，而慎重科名，嚴防弊竇，立法之周，得人之盛，遠軼前代。」趙爾巽等撰：《清史稿》卷180《志八十三‧選舉三》（北京市：中華書局，2003年）第12冊，頁3149。清代雖然在防止科舉弊端上立法更為周密，但科舉制度的內容上大抵是沿明制的。

低微。[4]明清政府對有科舉功名的讀書人是禮遇的,即使是科舉制度下最基層的秀才。明太祖朱元璋除了規定「非科舉,毋得為官」外,為了強調對教育與人才培養的重視,明代政府也提出一連串的政策規定秀才可以減免田賦、徭役,採取「詔除書籍稅」等優惠措施;在國子監讀書的秀才更受優惠,未娶者「賜錢婚聘」,已婚者「養諸生之妻子」。[5]這些禮遇一方面直接、間接減免秀才的負擔,一方面也揭示這些科舉制度下基層的讀書人社會地位高於其他社會階層。胡萬川說:「『刑不上大夫』使古代做官的人有許多特權,秀才見官不受挨打,是沾上了這一點點邊。『禮不下庶人』,秀才必須講究一些百姓講不起的,可穿戴百姓不能隨便穿用的衣衿。」[6]明清社會中的秀才形成了一個非官非民、不上不下的奇特階層。以「士」的觀點來看待「秀才」這樣未有官職的讀書人,在許多方面是很合適的。胡萬川又說:

> 不管「士」這類人原來屬性如何,當初確實是黏著於卿、大夫這一系列的。但是,幾曾何時,士又成了「士農工商」的四民之首,變成了未有官職的讀書人的專稱。總之,歷史上士在社會上下階層當中常常有些模糊,有些上下矛盾的。用這個「士」的觀點來看待後來的「秀才」,在許多方面是頗為合拍的。[7]

4　王玉超:《明清科舉與小說》(北京市:北京商務印書館,2013年),頁73。

5　〔清〕張廷玉等撰:《明史》卷69《志四十六·選舉一》(北京市:中華書局,1974)第6冊。陳大康:〈書生的困惑、憤懣與墮落——從小說筆記看明代儒賈關係之演變〉,《古代小說研究及方法》(北京市:中華書局,2006),頁140。

6　胡萬川:〈士之未達,其困何如——明末清初通俗小說中未達之秀才〉,《真假虛實——小說的藝術與現實》(臺北市:大安出版社,2005年),頁147。

7　同前註,頁146-147。

　　「士」緊鄰著官，又不是官；作為民，又位於四民之首，不是一般的民。這一大批未達的「士」——秀才，雖然表面上看起來身分高於普通平民，實際上仍位居於社會底層，他們如果不是出身自富豪地主、官紳之家，物質生活實際上是長期處於生活貧困、營生無術的窘境之中。他們絕大部分認同要突破「士」階層不上不下的困境，唯一途徑就是「仕」——參加更高科名的科舉考試來出仕，脫離「民」而正式晉身於官的階層才能徹底解決。從「士」到「仕」之間，就是一條藉由科舉考試而「指望一朝騰霄漢」的路，基層士子改變現實窘境的唯一救贖。

　　科舉對這一大批位於科舉社會底層的秀才如此重要，問題是科舉窄門原本就僧多粥少，再加上看似公平競爭的考試，竟還充斥著內神外鬼的種種作弊伎倆，對於未達的士來說，這真是雪上加霜。科舉制度的弊端，使讀書人這條從「士」到「仕」之路真是天長路遠魂飛苦。明清士人對科舉的態度，通常有所肯定亦有所批判，他們深知科舉制度取士的好處，卻也一路抨擊明清的科舉，認為其積弊、流毒甚深，對讀書人心性與人格的戕傷和扭曲為害尤鉅。這些批評焦點多集中在明清科舉必須以八股體製應舉的規定，以及實行過程中逐漸形成的各種弊端之上。明清通俗小說的作者大多出身科舉，尤其是科舉身分較低者，如貢生、秀才等，他們的小說和科舉之間關係更為密切，他們當中「大多數人所參加的最高級別也只是鄉試，而且很多是累試不第者，故而抑鬱、憂憤，內心極為不平，藉小說以發洩，或轉而不再應舉，遊戲於小說之中。」[8]小說作者對於科舉制度所衍生的問題若非親身經歷，也是親耳見聞，落魄秀才本來就是他們最熟悉的一種人，他

8　王玉超：《明清科舉與小說》（北京市：北京商務印書館，2013年），頁36。

們往往一方面批判科舉，卻又同時流連科舉，可以說其中相當一部分的作品是在作者考場失利的直接刺激下產生。[9]因此，這種情境下以讀書人遭遇為題材的「儒林小說」開始產生。何謂「儒林小說」？一般是指那些內容書寫「士人在寒微時受人輕賤的遭遇、讀書參加科舉的經過、中進士後的表現等等。」[10]的小說。「儒林小說」在明朝末年還不算普遍，一直到清朝初年才多起來，到了清朝中期才有最知名的《儒林外史》出現。《儒林外史》堪稱是中國諷刺小說的名著，也是儒林小說的高峰[11]，雖然在《儒林外史》之前，中國小說中並沒有一部作品像它一樣，全面性的以科舉制度下的士人為題材作為書寫對象，但是，一部偉大作品的成就多非憑空而來，在吳敬梓之前，科舉弊端與弊端下扭曲變形的文人形象、人間百態早已存在，並且陸陸續續被記錄在通俗小說這一個文學形式中。

其中特別值得注意的是華陽散人的《鴛鴦鍼》，徐志平指出：

9　最典型的例子是蒲松齡，71歲援例補為貢生前屢應不第，卻又屢敗屢戰，南村說他：「聊齋少負絕才，牢落名場無所遇，胸填氣結，不得以為是書。余觀其寓意之言，十固八九，何其悲以深也！」〔清〕南村：〈聊齋志異跋〉，〔清〕蒲松齡撰，張有鶴整理：《聊齋志異》（會校、會註、會評本）（臺北市：漢京文化事業公司，1984）

10　「儒林小說」的定義見徐志平：〈本期話本小說的題材表現〉，《清初話本小說之研究》（臺北市：臺灣學生書局，1998），頁604。

11　雖然描寫儒林的集大成之作《儒林外史》既是「中國諷刺小說的名著，也是儒林小說的高峰」，不過並非所有的「儒林小說」都同時具有「諷刺」的色彩，徐志平指出：「本期（清初）描寫儒林的話本小說具有諷刺色彩的也有不少，但有不少是在表現讀書人的淒涼遭遇或高尚志節，不得盡以諷刺小說目之，故此處以題材的性質，稱之為『儒林小說』。」徐志平：〈本期話本小說的題材表現〉，《清初話本小說之研究》（臺北市：臺灣學生書局，1998年），頁605。

「（《鴛鴦鍼》）是第一篇以揭露科場弊端為主題的中篇小說。」[12]王汝梅也說：「它早於吳敬梓《外史》一個世紀，堪稱為明末清初的一部短篇《儒林外史》，其作者可以說是文木老人吳敬梓的先驅。」[13]因此，《鴛鴦鍼》可以被定位為早於《儒林外史》一百年的儒林小說、《儒林外史》的先驅。《鴛鴦鍼》為清初話本小說，全書共四卷，卷各四回，每卷各演一故事。作為儒林小說的《鴛鴦鍼》不僅四卷的內容中有三卷寫儒林人物，作者並多次在書中自曝其讀書人身分，所設定的「隱含讀者」也是以士人為主體。[14]可以說不論是就《鴛鴦鍼》的敘事、故事、閱讀的層面來看，皆環繞著儒林而展開，其審美觀和道德觀是屬於知識分子，而非一般百姓。當中以第一卷的徐必遇（鵬子）與丁全（協公）故事「揭露科舉弊端最令人感到驚心」[15]，因此，本論文即以《鴛鴦鍼》第一卷為討論的主要文本，探討明清社會科舉制度下

---

12 徐志平：〈對明朝滅亡的檢討以及明末清初士風吏治的批判〉，《清初話本小說之研究》（臺北市：臺灣學生書局，1998年），頁275、276。

13 王汝梅：〈《鴛鴦鍼》及其作者華陽散人〉，收入《金瓶梅探索》（長春市：吉林出版社，1990年）第七講〈瓶外三題〉，頁178。

14 所謂的「隱含讀者」是西方接受美學的觀點，乃作家心中所希望的讀者，「是作者自言自語時的聆聽對象。」（邱運華主編：《文學批評方法與案例》，北京市：北京大學出版社，2005年，頁243）關於《鴛鴦鍼》一書所設定的隱含讀者，徐志平說：「《鴛鴦鍼》一書的審美觀和道德觀是屬於知識分子的，其『隱含讀者』應是以士人為主體，而非如《三言》、《二拍》那樣偏於一般人民。」徐志平：〈明末清初話本小說的勸懲意識──一個接受美學的觀點，並以《清夜鐘》和《鴛鴦鍼》為例〉，收入中國社會科學院文學研究所中國古代小說研究中心主編：《中國古代小說研究》第四輯（北京市：人民文學出版社，2010年），頁123。

15 徐志平：「本期話本小說中揭露科舉弊端最令人感到驚心的是《鴛鴦鍼》第一卷。」徐志平：〈對明朝滅亡的檢討以及明末清初士風吏治的批判〉，《清初話本小說之研究》（臺北市：臺灣學生書局，1998年），頁275、276。

的科舉弊端與士人處境。筆者將指出作為《儒林外史》先驅的《鴛鴦
鍼》，即使在書寫「揭露科舉弊端最令人感到驚心」的儒林故事時，
作者對科舉制度的態度並不同於《儒林外史》對科舉制度與文化，幾
近於「造反式」的進行全面性的批判和反思，以及對熱中功名士人冷
嘲熱諷下的虛無與蒼涼。[16]《鴛鴦鍼》作者對於科舉制度的立場並非
全盤否定，他批判的只是科舉弊端，而不是科舉制度本身，他仍是相
信科舉的，認同只要能革除科舉弊端，那麼科舉不失為取得真才的好
辦法。因此，寫此書目的在揭露科舉弊端，但這些揭露並非只是消極
的批判、否定、諷刺現實，而是自譬為「醫王」，要開出藥方以「活
國」，診斷出國家之病，然後再下「金鍼」。他認為國家之病在士風墮
落，士風墮落之因在科舉弊端，以至於無法任用真才。因此，透過道
德思維與宗教勸懲雙管齊下，作為療癒科舉弊端的藥方，一方面解決
士人懷才不遇的困境，一方面也可以為國家揀擇出真正有用的人才。
如此，懷才不遇的士人既能突破困境得到救贖，同時也能經世致用、
「醫王活國」，解決國家的衰亡危機。對於科舉文化有所批判，亦有所
肯定——肯定科舉取士的好處與科舉制度存在的合理性；反對科舉制
度逐漸形成的弊端，考官的貪婪昏聵與考生的暗通關節。《鴛鴦鍼》

---

16 李子廣說：「吳敬梓深切地感受到科舉文化的危機，並進而否定了這一文化，因
　而他的思想也便出現了危機。金克木先生不無精闢的指出，《儒林外史》與《鏡
　花緣》是兩部地地道道的造反書。……《儒林外史》反君權，以隱士之儒反求官
　之儒。其他造反不過是換朝代，這兩部卻是要換思想。然而，換成什麼思想？恐
　怕連吳敬梓本人也不明確。」「一切都消失了，一切又都依舊。作者將歸向何處？
　我們似乎看到了吳敬梓彷徨歧路的無奈與蒼涼。」李子廣：〈《儒林外史》的科舉
　文化批判〉，《科舉文學論》（北京市：中國社會科學出版社，2012年），頁172、
　173。另參金克木：〈古典小說：《儒林》、《鏡花》〉，《咫尺天顏應對難》（北京市：
　人民日報出版社，1996年）。

對科舉的看法和《儒林外史》相較，更接近大部分明清士子的觀點——他們所期待的其實並不是廢除此一制度本身，而是希望透過弊端的革除，回復科舉制度原初的精神。這種希冀、想望或許可以解釋明清士子，包括眾多的小說作者，何以一面反對、批判科舉，一面卻又難以忘情的流連科舉，這種看似矛盾行為下的糾結心態。

二　《鴛鴦鍼》的主題意識與敘事結構

《鴛鴦鍼》為清初話本小說，全稱《拾珥樓新鐫繡像小說鴛鴦鍼》，題「華陽散人編輯」、「蚓天居士批閱」，僅存一卷。卷首有序，署「獨醒道人漫識於蚓天齋」，有圖八幅，藏大連圖書館，上海古籍出版社《古本小說集成》第一批據以影印。[17]除此之外，大連圖書館另藏有《拾珥樓新鐫繡像小說一枕奇》二卷，《拾珥樓新鐫繡像小說雙劍雪》二卷（上海古籍出版社《古本小說集成》第二批影印清刊本），因此，大連圖書館所藏拾珥樓新鐫繡像小說共有《鴛鴦鍼》、《一枕奇》、《雙劍雪》三種。袁世碩根據《鴛鴦鍼》八幅圖像的說明，並對照《一枕奇》、《雙劍雪》與《鴛鴦鍼》的回目，斷定《鴛鴦鍼》、《一枕奇》、《雙劍雪》三書實為一書，他在《古本小說集成‧鴛鴦鍼‧前言》說：

> 可斷三書實為一書，原名《鴛鴦鍼》。書凡四卷，卷各四回，演一故事。後書肆析之為二，分別易名為《一枕奇》、《雙劍

17　徐志平：〈清初前期話本小說考論〉，《清初話本小說之研究》（臺北市：臺灣學生書局，1998年），頁43。

雪》。[18]

　　以上是袁世碩對於本書版本問題所做的論斷。此外,《鴛鴦鍼》作者「華陽散人」究竟為何人?成書年代為何?王汝梅〈《鴛鴦鍼》及其作者初探〉一文據卓爾堪《明遺民詩》卷十四前目錄下遺民詩人吳拱辰小傳說道:「字襄宗,號華陽散人,丹徒孝廉,肆志山水,終於茅山。」並進一步針對《明遺民詩》所選二詩的內容與《鴛鴦鍼》相互比對,初步認定《鴛鴦鍼》編撰者「華陽散人」,即明遺民詩人吳拱辰。至於他的科舉身分,據光緒本《丹徒縣志·選舉志》卷二十二〈舉人〉目所載,吳拱辰乃崇禎九年舉人。卓爾堪《明遺民詩》載吳拱辰「終於茅山」,而《明遺民詩》編輯成書時間約在康熙十四年左右,因此,大約可以斷定吳拱辰活動的年代應在明末至康熙初年之間。[19]《鴛鴦鍼》寫作、刊行的年代則約在清康熙初年。[20]

18　袁世碩:《古本小說集成·鴛鴦鍼·前言》(《古本小說集成》第一批影印清初刊本,上海市:上海古籍出版社據以影印),頁1。

19　關於《鴛鴦鍼》作者為明遺民詩人吳拱辰,與吳拱辰生卒年的相關考證,參王汝梅:〈《鴛鴦鍼》及其作者初探〉,收錄於李昭恂點校本:《明末清初小說選刊·鴛鴦鍼》(瀋陽市:春風文藝出版社,1984年),頁223-232。

20　李昭恂認為:「《鴛鴦鍼》殘存一卷,為康熙刊本。《一枕奇》、《雙劍雪》,是清初刻乾隆後印本。」(李昭恂點校本:《明末清初小說選刊·鴛鴦鍼·點校後記》)徐志平進一步從《鴛鴦鍼》對康熙諱的用法等多方論證:「獨醒道人的〈鴛鴦鍼序〉有『玄扃絳府』句,而卷一第二回提到『天地玄黃』,『玄』字都不缺筆,未避康熙諱,因此本書的寫作、刊行,似當在順治初年治康熙初年之間。此外,為本書作序的獨醒道人另編有小說《枕上晨鐘》(收入《古本小說集成》第三批),題『鴛水獨醒道人編』,知其為嘉興人。《枕上晨鐘》作於清初,前有不睡居士甲寅年的序文,此甲寅年當為康熙十三年,《鴛鴦鍼》的刊行年代大概也不會離著個時間太遠。」徐志平:〈清初前期話本小說考論〉,《清初話本小說之研究》,頁44。《鴛

　　《鴛鴦鍼》的寫作目的與主題意識為何？從卷首獨醒道人之序，可以約略了解。序云：

> 醫王活國，先工鍼砭。……世人黑海狂瀾，滔天障日，總氾濫
> 名利二關。智者盜名盜利，愚者死名死利，甚有盜之而死，甚
> 有盜之而生，甚有盜之而出生入死，甚有盜之而轉死回生。撐
> 挽空輪，撐持色界，窔奧於玄扃絳府，而曰「膏之下，肓之
> 上」，是扁鵲之望而卻走者也。古德拈一語云：「鴛鴦繡出從君
> 看，莫把金鍼度與人。」道人不惜和盤托出，痛下頂門毒棒。
> 此鍼非彼鍼，其救度一也。（《鴛鴦鍼序》，頁2-5）[21]

　　《鴛鴦鍼》作者吳拱辰身分是明遺民，面對亡國傷痛，痛定思痛之餘，對於國家覆亡原因提出他的反思，作為「醫王活國」之藥方。在他看來，「治國的主體在官，官的來源在士，士的問題解決，才能解決國家的問題。因此這部小說用了四分之三的篇幅描繪士人的各種面貌：正直善良的士人，就是後來的『清官』、『良吏』；營私舞弊、心術不正、追求虛名的士人，就是後來的『貪官』、『酷吏』、『叛臣』。」[22]作者除多次在小說中直接表明其讀書人身分外，他所設定的

鴦鍼》寫作、刊行的年代和吳拱辰的活動年代大致相符。因此，在沒有新的資料被發現前，本文採用以上學者的論斷，認定《鴛鴦鍼》的作者為吳拱辰，寫作、刊行的年代約在清康熙初年。

21 〔清〕華陽散人編撰：《鴛鴦鍼》（《古本小說集成》第一批影印清初刊本，上海市：上海古籍出版社據以影印），頁2-5。以下本文所以《鴛鴦鍼》版本同此，引文僅標頁數。

22 徐志平：〈明末清初話本小說的勸懲意識——一個接受美學的觀點，並以《清夜鐘》和《鴛鴦鍼》為例〉，收入中國社會科學院文學研究所中國古代小說研究中心主

隱含讀者亦是讀書人。他認為世人之病在「名利」二字，往往病入膏肓，為之生生死死。獲取名利最直接快速的捷徑，就讀書人而言自然是透過科舉考試，「一個窮秀才，不上半年之間，中了舉人、進士，就去帶紗帽坐堂，宰百官、治萬民，耀祖光宗，封妻蔭子。」（《鴛鴦鍼》，頁3）窮秀才考上舉人、中了進士，取得官職，一方面對國家可以發揮宰官治民，經世致用的效能；一方面也可以提升自身的社會地位，改頭換面、名利雙收、光宗耀祖。為了達到這個目的，有人一生坎坷，皓首窮經，終老場屋；有人不擇手段，透過種種奇奇怪怪的作弊方式來盜取功名。《鴛鴦鍼》第一卷〈打關節生死結冤家，做人情始終全佛法〉，篇名即點出故事的主題在對科舉考試制度展開檢討與批判，揭露科舉不公──「打關節」的作弊行為，以及貫穿其間的或可憐、或可惡的士人群相。因為科舉弊端叢生，致使有才學的士人當不了官，沒有才學的反而高居廟堂，結果自是禍國殃民。因此，高舉「醫王活國」大旗的《鴛鴦鍼》，想要「先工鍼砭」，目標自然是要從檢討、批判、揭露科舉弊端下手，並且企圖達到遏止科舉舞弊的效果，使科舉能取得真正的才學之士，為國所用。那麼，如何有效遏止科舉舞弊行為？《鴛鴦鍼》作者希望透過小說移風易俗的滲透性來發揮其影響力，他的思考是基於一個善的信仰──結合道德思維與宗教勸懲同時來進行的。好的士人將來也會成為好官，他們除了有才學外，也具備良好品德；但若無法保證具備良好品德的才學之士，能在科舉中脫穎而出，得到應有的報酬，是無法撫慰士人之心的。因此，在標榜道德思維之外，同時置入宗教式的命數說和勸懲論，來彌合道德的應然與現實的實然這兩個層次上的裂縫。《鴛鴦鍼》一開卷作者

編：《中國古代小說研究》第四輯（北京市：人民文學出版社，2010年），頁120。

就開宗明義的說：

> 凡人一飲一酌，莫非前定，沒有可強求得來的道理。縱有因求
> 而得，也是他精神堅定，福力應之，就是不去求也應該得，所
> 以道前定二字，冷淡了許多覬覦的念頭，消磨了許多爆躁的手
> 腳。（《鴛鴦鍼》，頁2）

希望透過宗教的命數說——功名前定，不可強求，勸戒那些心術
不正的士人停止「覬覦的念頭」、「爆躁的手腳」，不可「害人之功名，
以成自己之功名」（《鴛鴦鍼》，頁4），否則善惡到頭終有報，透過宗
教式勸懲論來宣揚「妄求非福」的道理，藉以達到遏止科舉舞弊歪風
的目的。

《鴛鴦鍼》高舉「醫王活國」大旗的創作動機，很容易讓人聯想
到梁啟超「小說救國」的主張，雖然時代一為明末清初，一為清末民
初，但都是讀書人在世變之際感時憂國下的產物。《鴛鴦鍼》的「小
說救國」連著道德教化、勸懲來進行，道德教化、勸懲之說在明末清
初話本小說中並不孤單，它們也同樣見於《清夜鐘》、《醉醒石》、《西
湖二集》、《石點頭》、《照世杯》等作品中。因此魯迅在《中國小說
史略》直接批評：「明人擬作末流，乃諀誠連篇，喧而奪主。且多艷
稱榮遇，回護士人，故形式僅存而精神與宋迴異矣。」[23]這段帶有貶
義的批評經常被引用，幾乎形成民國以來研究者判定明清話本小說價
值不高的既定刻版印象之來源。郭璉謙說：

---

23 魯迅：〈第二十一篇、明人之擬宋市人小說及其選本〉，《中國小說史略》（上海
　　市：上海古籍出版社，2011年），頁143。

長久以來，學界在討論古典白話小說時，往往落入一組詮釋模
式：鍼砭時事、反映社會，屬於「進步文學」；勸世教化、忠
孝節義，則為「思想迂腐」，尤其是大陸學者幾乎一面倒，常
以此種立場來閱讀小說。[24]

　　視之為「為封建社會或為維護皇權政治而作。」忽略了創作話本
小說的明清社會時代中，作者、讀者、出版商以怎麼樣的態度看待
「道德思維」和「勸教之作」。從他們為了維護道德秩序不遭受破壞
（未必和所謂的封建思想掛鉤），對善世界的信仰看來，「或許『道德
思維』和『勸教之作』正是明清話本小說賴以維生的養分之一。」[25]
如果可以暫時擱置將「道德教化」、「宗教勸懲」等同於封建落後思
想，以今論古的詮釋成見，那麼或許可以對明清話本的文學價值有不
同角度的思考。魯迅說：「文藝之所以為文藝，並不貴在教訓，若把
小說便做修身教科書，還說什麼文藝。」[26]魯迅「文藝」與「教訓」
對立的詮釋理念有其思想價值，但亦有其五四的時代精神和限制；後
五四時代的研究者，或許可以思考：即使小說有強烈道德說教目的和
色彩，但是如果作者有足夠的才氣，可以駕馭這些道德事理，而仍然
能夠將故事敘述得精彩，那麼是否無礙於其成為一部有價值的小說？
《鴛鴦鍼》一書的創作目的雖不出道德勸善思維，但並非無可觀之
作。他所選擇的題材有時代性，作者敘述故事時並不是採用單純宣教

24 郭璉謙：〈試論「醒心覺世」影響話本小說衰落夭折說〉，《東華人文學報》第16
　　期（2010年1月），頁43。

25 同前註，頁51。

26 魯迅：〈中國小說的歷史變遷〉，《魯迅中國小說史論文集及其他》（臺北市：里仁
　　書局，2003年），頁524。

式的「善有善報，惡有惡報」平鋪直述的敘事方式，而是改採雙主線同時進行的敘事法，以便容納更多人物，使故事呈現較豐富的面貌。

《鴛鴦鍼》第一卷〈打關節生死結冤家，做人情始終全佛法〉描寫明朝嘉靖年間事，主要人物徐必遇（字鵬子）是杭州府仁和縣窮秀才，頗有才學，卻多次未能中舉，此次科舉他信心滿滿，自覺必中，且自信必在前五名內。不料同學丁全（字協公）雖無才學，卻頗會鑽營，透過「打關節」等種種的卑劣手段，暗中將徐鵬子考卷據為己有，因而高中，並造成徐鵬子意外落榜。徐鵬子落榜後要查落選考卷，反被誣陷殺人而銀鐺入獄，三年後徐鵬子被釋放，輾轉流落他鄉，最後在貴人盧翰林協助下，否極泰來，終於考中進士，授刑部主事。故事中的雙主線——科舉制度下的秀才徐鵬子與丁協公兩位主角，分別代表一善一惡、正反兩面人物，兩條主線原本各自平行。依照「善有善報，惡有惡報」的道德律則，有實力又努力的正面人物徐鵬子應該中舉，沒有實力又不努力的反面人物丁協公應該落第。但卻因「科舉制度的不公」——「打關節」的考場舞弊事件而發生命運錯置，造成兩人位置的逆轉，使整個故事充滿了戲劇張力。

先來說明何謂「打關節」。「打關節」和「買字眼」往往連用，是科舉考試中因應糊名制度而生的作弊方式，清代趙翼說：

> 關節二字起于唐，然不盡指科場言也，《杜陽雜編》：元載嬖其妾薛瑤瑛，瑤瑛之父曰宗本，兄曰從義，母曰趙娟娟，與中書主吏卓倩等廣購賄賂，號為關節，是凡營私信息皆號關節。……蓋關節之云，謂竿牘請囑，如過關之用符節耳。至後世舉子所謂關節，則用字眼于卷中以為識別者。《宋史‧劉師道傳》：「弟幾道舉進士，因廷試卷糊名，陳堯咨為考官，教幾

道于卷中密為識號。」此則近代科場關節之所仿也。（《陔餘叢考》卷二十九）[27]

所謂的「打關節」、「買字眼」在宋代以後成了賄賂主試者的專用名詞，主試者私下通知考生以幾個特殊的字做記號寫在試卷的某些地方，以便記認，到時主試者便將有該文字記號者取中。更大膽的考官乾脆就直接賣題目給考生。[28]《鴛鴦鍼》也提到「到臨場時，莫推官果然首取入簾，即將字眼關節寫了，彌封緊密，差的當人送與丁協公。」（《鴛鴦鍼》，頁18）但如果丁協公的作弊方式僅止於「打關節」、「買字眼」，也未必會和徐鵬子「生死結冤家」，關鍵在於丁協公程度實在太差，即使「打關節」、「買字眼」也怕交了白卷或文理不通，丟人現眼，沒有必中的把握。因此，故事安排了一個「全不事舉子業」、「終日醉醺醺」、「湊趣奉承，販賣新聞」的負面秀才人物——周德（綽號白日鬼）穿針引線，透過他那在考場內負責謄寫文字的表兄——老秀才陳又新與他互通聲氣、狼狽為奸，直接「割卷」——「選那《春秋》上好的文字，截了他的卷頭。」（《鴛鴦鍼》，頁25）截取了徐鵬子文章據為己有，造成徐鵬子的落榜。因此，《鴛鴦鍼》卷名雖以「打關節」稱呼丁協公的科場作弊，但此故事之所以讓人觸目驚心在於作弊方式更大膽、粗暴，直接移花接木，掠奪他人文章據為己有。

徐鵬子與丁協公原本平行的雙主線在故事中共有兩次交錯，都和「打關節」、「割卷」的科場作弊有關。第一次交錯造成徐鵬子窮愁潦倒，鋃鐺入獄，流落他鄉，徐妻王氏為了尋夫險遭狼吻，夫妻二人吃

27　〔清〕趙翼：《陔餘叢考》（上海市：商務印書館，1957年12月初版），頁611-612。

28　胡萬川：〈「碰上的秀才」——傳統小說重的科舉考試作弊〉，《真假虛實——小說的藝術與現實》，頁424。

盡苦頭；而奪人功名、作惡多端的丁協公卻一路平步青雲，當到福建知縣。此時「善有善報，惡有惡報」的道德律則，反轉成了「善有惡報，惡有善報」。這樣的命運錯置要到丁協公，第二次再以「打關節」等科場舞弊方式故技重施，另一名被害者因會試卷子被割走而致家破人亡的蕭掌科出現，兩條主線再度交錯——歷盡千辛萬苦的徐鵬子在貴人盧翰林的幫助下，終於考上進士，當了刑部主事；壞事做盡的丁協公在嚴嵩父子垮臺後，樹倒猢猻散，他的案子居然落到苦主徐鵬子的手上。故事的結局是徐鵬子福壽雙全，庇蔭子孫；丁協公被罷官，永不錄用。兩條主線在第二次交錯後，又回到符合「善有善報，惡有惡報」，合乎人情期待的因果法則。《鴛鴦鍼》故事的雙主線敘事結構如下：

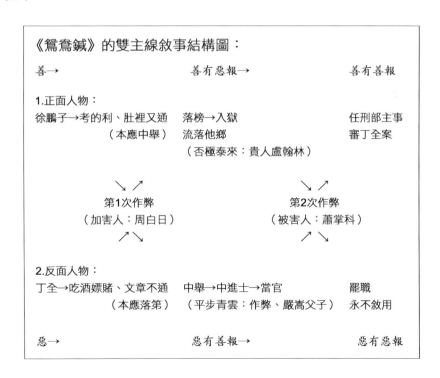

《鴛鴦鍼》的雙主線敘事結構圖：

善→　　　　　　　　善有惡報→　　　　　　　善有善報

1.正面人物：
徐鵬子→考的利、肚裡又通　　落榜→入獄　　　　　任刑部主事
　　（本應中舉）　　流落他鄉　　　　　審丁全案
　　　　　　　　　（否極泰來：貴人盧翰林）

　　　　　　　　第1次作弊　　　　　　　　第2次作弊
　　　　　（加害人：周白日）　　　　　（被害人：蕭掌科）

2.反面人物：
丁全→吃酒嫖賭、文章不通　　中舉→中進士→當官　　罷職
　　（本應落第）　　（平步青雲：作弊、嚴嵩父子）　永不敘用

惡→　　　　　　　　惡有善報→　　　　　　　惡有惡報

87

　　雙主線敘事結構的交錯設計，使《鴛鴦鍼》的故事情節更具有張力，並且能容納更多人物，顯出作者在故事結構的設計上是用心經營的，有其不落平鋪直述的高妙之處。在《鴛鴦鍼》情節的安排上，徐志平評論：

> 徐鵬子對於自己為何當初落榜，如何被陷害入獄，一直不明就裡，直到丁協公事敗才真相大白，這一大懸疑和蕭掌科部分的小懸疑都處理得相當高明。作者在布局時非常沉得住氣，這是小說作家一個非常重要的修養。佛斯特曾說：「對讀者推心置腹喋喋不休是其大病，這是過去小說中最引人非議之處。」《鴛鴦鍼》的作者無疑具有一流作家的氣度。[29]

　　《鴛鴦鍼》在情節的安排和布局上，能沉得住氣、避免過度喋喋不休，製造出懸念的效果，徐志平認為作者「具有一流作家的氣度」。因此，《鴛鴦鍼》這部清初話本小說，雖然有創作時有其道德勸懲的目的和思維——也就是魯迅所批評的「道德教科書」，但是由於作者寫小說時仍能保有將故事說得精彩的才氣和駕馭文字的能力，必須承認《鴛鴦鍼》有其藝術性，它是一部好的話本小說，不能以所謂的「誥誡連篇，喧而奪主」的「明人擬作末流」視之，否定其文學價值。

---

29 徐志平：《清初話本小說之研究》，頁628。

三　科舉弊端與營生無術：《鴛鴦鍼》對明清士人困境的書寫

　　《鴛鴦鍼》的文學價值和藝術性，除了敘事結構上的巧妙設計外，在人物形象的書寫上亦有其細膩深刻之處。一般話本小說由於對人物的安排往往以詩詞或駢文帶過，人物性格的塑造容易給人單調扁平之感，尤其是短篇話本小說。因此，話本小說中的人物書寫有時會被研究者批評為：「這些短篇話本小說的簡略、淺浮，要害在忽視了對人物形象的塑造，而把更大的關注投入情節的安排上，雖有其長處，然其疏謬也在於此。」[30]或者是：「相對於《三言》和《二拍》而言，此類作品對人物心理情感的刻畫要遜色許多，缺乏深入細膩的體察和描摹，而僅僅將筆墨停留在人物一般性的心理和思想動機上。也就是說，重敘事而輕寫人。」[31]這些對話本小說「重敘事而輕寫人」的觀察和立論雖非全無道理，不過筆者將指出《鴛鴦鍼》作為一部擁有一定文學水準的話本小說，除了具有以上所談的敘事上的佳處外，它在人物形象的塑造上，亦有可觀，有其「深入細膩的體察和描摹」之處。這些人物形象塑造的藝術性，可以被聚焦在它對落魄士人的書寫上來觀察，包括他們一心盼望科舉及第的焦慮、急切、不安，以及落第後失魂落魄、憤世嫉俗，他的描寫都非常深刻出色。透過《鴛鴦鍼》的人物書寫，既可看出明清科舉制度下的士人困境，亦可突顯《鴛鴦鍼》的小說藝術價值。

　　如前所云，明清士人的困境主要來自科舉。士人在傳統社會應該

30　蕭欣橋、劉福元：《話本小說史》（杭州市：浙江古籍出版社，2003年），頁367。

31　王慶華：《話本小說文體研究》（上海市：華東師範大學，2006年），頁129。

是普遍受到尊重的，但在明清通俗小說的描述看來，似乎不是如此。明清科舉社會中這一大群為數眾多的秀才，形成一個非官非民的奇特階層，並且卡在一個尷尬處境中：他們的未來發展充滿可上可下的可能（關鍵在中舉與否，他們可能成為官，可能有輝煌騰達的一日，所以人們通常也不會去得罪這群將來有機會改變社會階級的秀才）；但即使擁有這個可能，他們的現實處境卻又往往不上不下（中舉近乎無望，卻又自恃身分，做不來也不願意做庶民的工作）。無官可當，又無法營生，那些長期屢試不第的秀才，雖不是庶民，卻往往過得比庶民還要窮愁潦倒，既窮又羞，成了十足的社會邊緣人。

科舉這座「獨木橋」的困難無望，使得當中的一部分秀才成了文化流氓，行跡不堪，危害鄉里，大違「士不可不弘毅，任重而道遠」的聖人之教。明清話本小說中對這些「流氓無賴文人、假書生」的描寫不少，《二刻拍案驚奇》卷二十六入話中描寫了廣東沿海某地的一群秀才，平時從不念書，只是在海上做「生意」，等到上司來了，才穿上衣巾、擺好姿勢接一接送一送。《西湖二集》第二卷中則塑造了「會賭能嫖，喝紅叫綠在行，攏絡妓女有術；胸中學問平平，肚裡知識空空；卻靠招搖撞騙戴頂巾子，假裝斯文，全賴哄人過日子。」的無賴太學生吳爾知。[32]在《鴛鴦鍼》的人物書寫中，此類士人的代表人物是丁協公和周德（綽號白日鬼）。《鴛鴦鍼》描寫出身世家卻不學無術的丁協公，其形象如下：

> 這丁協公偏會經營，又時常到他年家門生各處，括他幾個抽

---

32 參孫一珍：《明末白話短篇小說抉美》（北京市：中國社會科學出版社，2011年），頁388。

豐。他的家事，只有日掙起來的，除吃喝嫖賭之外，沒有一文
錢放空，錯與了人。只是逢考之年，就要破費，他些須了頭一
件要買頭二等，第二件就要在大場裡，弄些手腳。也有遭把被
人紮夥團騙了他，他卻此念不休，每科定要鑽頸覓縫，到處摸
索。（《鴛鴦鍼》，頁16）

丁協公作為反面主角，他的秀才形象是既貪又吝，吃喝嫖賭樣樣
來，十足文化流氓。但不學無術並沒有讓他放棄對科舉的希冀，他想
的是如何有錢能使鬼推磨，如何摸索鑽營出種種門路去買功名，甚至
是奪人功名。至於周白日沒有丁協公的家世背景，他並不指望在科舉
考試中奪魁，轉而在現實社會中扮演趨炎附勢、為虎作倀的角色，占
些便宜、得些好處。周白日的形象如下：

這人雖是秀才，全不事舉子業。今日張家，明日李家，串些那
白酒肉吃。別人看棋，也在旁邊算子鬧采；別人打牌，他插身
加一的拈頭。終日醉醺醺，吃不饜飽。……到那有財勢的人
家，又會湊趣奉承，販賣新聞。又專一拴通書僮俊僕，打聽事
體。攛掇是非，撰那些沒脊骨的銀錢。（《鴛鴦鍼》，頁21）

周白日靠著趨炎附勢、搬弄是非來賺那些「沒脊骨的銀錢」，以
為謀生伎倆，他在小說中吃乾抹淨、貪婪醜陋的無賴小人嘴臉，被描
寫得十足生動鮮明，這些可惡的讀書人可說是儒家傳統下「士」形象
的破產。不過這些行跡不堪的惡劣秀才，雖然大違聖人之教，但他們
的惡劣還是具有不同於一般庶民的特殊性格，胡萬川說：

他們是有了足以自矜身分的讀書人，因此他們又和社會上一些
無業游民不同，和經濟蕭條凋弊時期脫離土地與工作的農人和
工人也有不同。他們是不會成群結隊謀造反，也不曾去落草為
寇當盜匪的。因為即使再窮，他們也沒有豁出去的勇氣。秀才
身分使他們覺得他們並不是一無所有。這便是所謂的「秀才造
反三年不成」。他們能做的儘多的是那些哄、騙、耍無賴，再
多也只是結交官府、欺壓良善而已。[33]

胡萬川的觀察同樣也可以說明《鴛鴦鍼》中所描述的惡劣秀才之
無賴性格。除了丁協公、周白日這一類自覺靠實力與科舉絕緣、自甘
墮落的流氓士人外，《鴛鴦鍼》作者主要想書寫的士人形象是另一類
有真才實學、安分守己，卻又困在科舉弊端下的士。他們在科舉窄門
下屢試不第，以至於士氣消損，為求三餐溫飽，卻又除了讀書外謀生
無術，受盡世態炎涼、冷眼風霜，形成一幅窮愁潦倒，終身困於場屋
的可憐落第秀才眾生相。《鴛鴦鍼》第一卷中對這一類士人及其困境
的書寫包括徐鵬子、蕭掌科，他們的人生困境來自於科舉不第，而不
第的原因來自於科舉不公、考場舞弊。《鴛鴦鍼》對他們落榜後的悲
苦心情、悲慘際遇有著生動的書寫：

（一）窮愁潦倒的徐鵬子

《鴛鴦鍼》中描寫落第士子的悲苦，代表人物有徐鵬子和蕭掌
科。徐鵬子是《鴛鴦鍼》第一卷中的主角，雖出自宦族，但家業並「不

---

33 胡萬川：〈士之未達，其困何如──明末清初通俗小說中未達之秀才〉，《真假虛
實──小說的藝術與現實》，頁161-162。

甚富厚」，因此讀書雖是「第一流的事」，他的現實生活卻仍困窘。故事一開始便敘述他的生活窘境：

> 終日捏著的是那兩本子書，曉得甚麼叫做營生？坐吃山空，日久將乃祖做官時，幾片房屋賣了。後來又將祖遺下幾畝田兒也賣了，單單剩得一片老屋，是乃祖發跡的地方，自家留著住，動不得的。（《鴛鴦鍼》，頁13）

徐鵬子是個典型的只知讀書、不懂營生的窮秀才。但令徐鵬子仍可自我安慰的是「自從進學後，一等二等」的優異表現，他認為自己的文章字字錦繡，「除非是瞎了眼的房師，摸著嗅香也該取了。」（《鴛鴦鍼》，頁28）一味認為自己科舉定然有望，對於脫貧充滿種種樂觀的想像，考試前十足的信心滿滿。《鴛鴦鍼》也刻畫了他等待放榜時的心情：

> 徐鵬子夫妻兩口那裡睡得著，聽見打了五更，心下疑鬼，精神的就如熱鍋上的螞蟻，那裡由得自己。約莫打過五更，一會兒還不見動彈，又漸次東方發白了，聽得路上鬧哄哄的，此時身子也拴不住，兩隻腳只管要往門外走。（《鴛鴦鍼》，頁28）

從試前的歡天喜地，等待發榜時的期待、緊張與焦慮，《鴛鴦鍼》都作了細緻的描寫。這些歡喜、期待突顯後來落榜的意外，從喜轉悲的對比使整個故事充滿戲劇張力，更使得他的落第顯得「悲的痴迷」：

> 看後面著從前直看著直到榜末，又從榜末直看到前，著行細

讀，並不見有自己名字在上面。此時身子已似軟癱了的，眼淚
不好淌出來，只往肚子裡擺，靠著那榜邊柱子，失了魂的一般
痴痴迷迷。（《鴛鴦鍼》，頁29、30）

走到自家門口，那隻腳就是千百斤重，門檻也跨不進去。（《鴛
鴦鍼》，頁31）

　　徐鵬子落第後回家的路舉步維艱、寸步難行，狼狽猶如「敗北將
軍失節婦，刺字強徒贓罪官；低頭羞見故鄉面，舉子落第更應難。」
（《鴛鴦鍼》，頁30）落榜除了現實上無法擺脫「窮」外，還有心理上
過不去的「羞」。這種無法面對妻子、親友的「羞」之巨大，對落第
舉子而言比之戰敗將軍、失節婦人，有過之而無不及。

　　《鴛鴦鍼》並沒有使用一筆帶過式的寫法交代故事情節，而是帶
領讀者一窺科舉考試過程中人物複雜的內心世界。這個過程中人物內
心感受上的煎熬，以及表現出來的具體身體動作姿態，它作了深入細
膩的體察和描摹，這種細緻恐怕要曾經身歷其中的人才容易精確地捕
捉。《鴛鴦鍼》中徐鵬子落第由喜而悲的「悲的痴迷」與《儒林外史》
中的經典書寫——范進中舉由悲轉喜的「喜的痴迷」，兩大「痴迷」
前後輝映，《鴛鴦鍼》的人物書寫具有一定的藝術性，其寫法已經超
出一般話本小說容易給讀者「重敘事而輕寫人」的既定印象了。

（二）家破人亡的蕭掌科

　　蕭掌科是丁協公第二次科場舞弊事件的受害者，相較於徐鵬子落
第後的窮愁潦倒、坎坷際遇，蕭掌科家破人亡的悲慘際遇，更是驚心
動魄。《鴛鴦鍼》對蕭掌科的悲慘書寫是在徐鵬子當上刑部主事後，
蕭掌科向徐鵬子告狀，透過蕭掌科口述而得以一窺其受害過程的始

末，也連帶使徐鵬子終於明白自己原來也是丁協公「打關節」事件下的受害者。事件的描述呈現的不只是事件本身，而是帶著蕭掌科身為受害人視角的憤恨與悲傷。故事在「蕭掌科道：這事不提就罷，提起來，攢心刺骨，恨不食其肉而寢其皮。老先生不厭煩絮，請借樽酒消閒，為老先生講一遍。」（《鴛鴦鍼》，頁147）之下展開，蕭掌科一邊喝酒、一邊告狀，每說完一段便問徐鵬子「老先生聽得可髮指否？」其落第後所遭遇的人生困境包括一連串的喪父、喪母、喪妻：

1. 喪父：蕭掌科落第後首先遭遇的困境是連累老父，造成老父氣死。他說：

> 鄉人因學生又不中了，遂將老父告在本縣。那知縣又與學生素不相投，乘機生詐，就出牌逕拿老父。老父氣爵因而得病不起。喪殯之儀，草率不堪，此事皆因不中，不中又因丁全，此學生痛心切骨，欲手刃報父之仇一也。（《鴛鴦鍼》，頁150）

2. 喪母：蕭掌科的厄運並不僅於此，在喪父後，他的家道窮了，為了維持生計只好攜家帶眷，長途跋涉到偏遠的廣西柳州府學就教。因此又連累他高齡的老母，受瘴癘之氣，以至於一病不起。他說：

> 老母好生不遂，又受了那邊（廣西柳州府）山嵐野瘴，得了一病，醫了數百金總是不起，此舉皆因不中，不中又因丁全，此學生痛心切骨，欲手刃報母之仇一也。（《鴛鴦鍼》，頁151）

3. 喪妻：蕭掌科的厄運在喪父、喪母後，還未結束。在辦完母親的「千里之喪」後，此時的他已成為「一個又老又窮的舉人」，而且

負債累累，被討債者惡行惡狀的追討過程中，又意外連累妻子受辱受氣，妻子一氣之下也接著病死。他說：

> 那些討債的討了幾回，見無撈摸，次後就出言出語了，最後就敲門打壁的罵了。那日學生他出，那些討債的竟進入內室辱罵，賤內不堪，推仆暈倒，賤內受氣，不其從此得病，不上半年，相繼而亡。此事皆因不中，不中又因丁全，此學生痛心切骨，欲手刃報妻之仇一也。（《鴛鴦鍼》，頁153）

因丁協公奪卷而落第，引發這一連串的父死、母死、妻死，科舉舞弊之可惡不僅是簡單的「奪人之功名，以成己之功名」而已，這樣的罪惡竟造成他人家破人亡。受害者蕭掌科一而再，再而三的重複控訴「此事皆因不中，不中又因丁全」，一唱三歎，餘音繞樑，非常具有音樂性。蕭掌科想要將丁協公懸首示眾、食肉寢皮的椎心之恨，《鴛鴦鍼》的書寫可說是力道十足、入木三分。

《鴛鴦鍼》對士人困境書寫雖然主要是著墨在科舉弊端，以至於才學之士無法順利晉身官的階層，為國所用，同時為自己爭口氣，成為家族榮光。但他們的困境另一方面其實也來自於現實生活上出路的極度單一、窄化，除了讀書、考試外幾乎沒有其他的謀生術。趙園的《明清之際士大夫研究》曾經研究明清之際士人的謀生方式，發現他們是有所為亦有所不為的，他們「對謀生手段的衡量，所持非『效益』尺度，而是道德尺度。」[34]並且大約歸納出當時士人（尤其是明遺民）

---

[34] 趙園《明清之際士大夫研究》一書曾針對明清之際士人，尤其是明遺民的生存方式加以研究，歸納出明代的遺民士人可以接受的職業類別與營生方式，而《鴛鴦鍼》的作者吳拱辰，他的身分也正是明遺民。因此，趙園的研究有助於了解《鴛鴦

可以接受的職業選擇，包括耕讀、處館、幕客、賣文、醫、卜、相地
（作地師）等。但這些通常比較能被士人接受的職業之中，明清之際
的學者們又各自有不同評價和看法，如「處館」早已成為士人的傳統
職業，是較少異議的職業選擇，但張履祥卻認為：「束脩者，子弟執
之以見於師，委質而退。非如今人計較多寡，及關書等於券契之
類。」[35]「弟近年以來實見處館一節，真如嘑蹴之食，與爾汝之受。」[36]
（張履祥：〈答姚林友〉，《楊園先生全集》卷8）由於館師職業具有雇
傭關係，因此，在張履祥看來中間的屈辱感和守門之丐相去不遠。其
他如躬耕、賣卜等，都有過爭辯，當時以之為「辱」者應該大有人
在，為此陳確作了〈侮辱解〉說：「太上躬耕，其次賣卜，未可謂賊，
矧可謂辱！」（《陳確集》，頁357）[37]以上這些職業雖然比較能被士人
接受，但可不可為中間仍有不少異議；至於「商賈」則幾乎沒有討論
的空間，是最無法被士人接受的職業。陳大康指出：

> 從社會地位看，是士優商賤，而論經濟條件，則是士貧商富，
> 這便是當時的總格局。然而儘管窮，卻鮮見書生經商，當然也
> 不是沒有，如官至雲南布政使的袁愷，年輕時由於實在太窮也
> 作過買賣。從「獨學時出事賈販，不為人知」的記載來看，這

鴦鍼》中所呈現的士人如何營生的選擇和想法。參趙園：〈第六章、遺民生存方
式〉，《明清之際士大夫研究》（北京市：北京大學出版社，1999年），頁289-
345。

35 〔清〕張履祥著、陳祖武點校：〈處館說〉，《楊園先生集》（北京市：中華書局，
2002年），卷18，頁545。

36 〔清〕張履祥：〈答姚林友〉，《楊園先生全集》卷8，頁212。

37 參趙園：〈第六章、遺民生存方式〉，《明清之際士大夫研究》，頁337、338。

位袁愷對於不得已的經商抱有深重的羞愧感，而這種是一旦傳出去便將不齒於士林，成為終身的汙點。[38]

從這些謀生手段的討論看來，士人階層通常自別於農工商大眾，多數人再窮，也不甘於農工商之事。謀生基礎原本就狹窄，再加上種種基於「道德」的考量，或是自恃身分而來的職業的畫地自限，「窮不離身」就成了未達之士的宿命。

相較之下，「處館」教書仍是當中較相對可以被接受的。中國社會一向有重視讀書人的傳統，稍有安定生活的人總希望他們的子弟有讀書上進的機會，教書便成為秀才們較體面的職業。《鴛鴦鍼》中徐鵬子為了謀生首先想到的確實也是教書，但教書也未必是件容易之事。徐鵬子典當妻子身上的衣服，買了酒果作東宴請眾人，好不容易擇期鄉館，卻面臨「這個供不起飯，那個怕無束脩，這個推說學生害病，那個道學生小，路遠難行。」（《鴛鴦鍼》，頁71）不久學生去了大半，「說是天時乾旱，自家沒飯吃，那裡還有錢請先生？徐鵬子守定了四、五個泥孩子大小的學生，濟得甚事？只得索性辭了。」（《鴛鴦鍼》，頁72）可見教書一行也不是件容易的事，失館後的徐鵬子更

---

38 陳大康：〈書生的困惑、憤懣與墮落——以小說筆記看明代儒賈關係之演變〉，收入氏著：《古代小說研究及方法》（北京市：中華書局，2006年），頁141。陳大康此文的主要論點是從小說中談明代士貴商賤的格局之變化，即由此而來的士人的困惑、憤懣與墮落。如《醉醒石》第七回〈失燕翼作法于貪，墮箕裘不肖唯後〉的驚心動魄言語：「讀甚麼書！讀甚麼書！只要有銀子，憑著我的銀子，三百兩就買個秀才，四百是個監生，三千是個舉人，一萬是個進士。」（同上書，頁144）不過儘管有在社會現實面上因為商富士貧而有這些社會風氣的變化，但因為科舉任官的制度仍在，社會階級上士貴商賤的士農工商總格局，並沒有被真正的打破。

加窮愁潦倒、落魄無人聞問。《鴛鴦鍼》作者形容他：

> 冷飯稀羹有一頓來沒一頓，破巾穿履有半邊來少半邊，面上老
> 皮腫起堆三寸之厚，手中搔□灰飛上一尺之高。對人前少言寡
> 語，顧自影短歎常吁；誰說他是飽學秀才，當年做過了風流公
> 子。（《鴛鴦鍼》，頁73）

　　落魄秀才形象之書寫非常鮮明，可說是夠精彩，也夠辛酸。徐鵬
子教書不成後為了維持生計確實也積極的找工作，但是可以發現他即
使是處在山窮水盡的窘態，還是有秀才身分的堅持。人家要「尋個幕
賓」「略通文理，記得帳的。」（《鴛鴦鍼》，頁74）如果是當幕客，
再遠他都願意去；甚至到廟裡「代寫疏頭」，他也覺得「這宗生意，
我倒做得。」（《鴛鴦鍼》，頁78）但當道士介紹他到盧翰林家工作時，
徐鵬子最在意的是「莫不是做管家」、「管家要跪拜人」的問題，卡在
秀才身分不磕頭、不跪拜人的問題上。一直到對方答應不需磕頭跪
拜，他才願意前往。
　　士人困境來自於科舉弊端，也來自於謀生無術，而謀生無術的一
大原因其實來自於他們身分上的自我認同。他們自別於庶民階層，即
使生活再困頓，也不願去做真正庶民做的工作。形成了未達的秀
才──無法成為「仕」的「士」，不上不下、十足社會邊緣人的尷尬
處境、困頓人生。

四　道德思維與宗教勸懲：《鴛鴦鍼》對明清士人救贖的思考

如前所說，《鴛鴦鍼》的寫作目的在揭露科舉弊端，自譬為「醫王」，要開出藥方以「活國」。因此，書寫這些在科舉弊端下被犧牲的士人之困境後，《鴛鴦鍼》的作者必然要開出「醫王活國」藥方，展開他對科舉弊端的對治與士人困境的救贖。他的思考是透過道德思維與宗教勸懲雙管齊下，作為療癒科舉弊端的藥方，一方面解決士人懷才不遇的困境，一方面使那些科場舞弊者心生警惕，為國家擷擇出真正有用的人才。

士風好壞關係著國家興衰，能為國所用的真材，除了有才學，必然也具備良好的品格。因此，《鴛鴦鍼》作者將他的道德思維投射在他所創造出來的正面人物徐鵬子身上。《鴛鴦鍼》從兩個面向來形塑徐鵬子的高尚品格：一是他不貪財好色；二是他不記仇。關於不貪財好色，《鴛鴦鍼》第一卷第三回〈艷婢說春情文章有用，船家生毒計甥舅無知〉中，徐鵬子面對女色誘惑──盧翰林家的丫頭飛鴻帶著「一對戒指，一枝耳挖，一條縐紗汗巾」（《鴛鴦鍼》，頁90）、「一骨碌睡倒他床上，口裡哼哼唧唧，唱起俏冤家來了。」（《鴛鴦鍼》，頁94）美女坐懷、自薦枕席，徐鵬子卻絲毫不為所動，因此，作者以詩讚美他的行為是：

> 坐懷不亂柳下惠，見物不取揚四知。流水落花消息杳，清天明月顯心期。（《鴛鴦鍼》，頁95）

把徐鵬子的不好色比成柳下惠，讚美他的高尚人品如「清天明

月」。在《鴛鴦鍼》作者的思路中，他肯定徐鵬子是個道德之士，除了他不貪財好色，更重要的是他全不記仇，甚至能以德報怨。不同於蕭掌科的椎心之恨，想要將丁協公懸首示眾、食肉寢皮，以報家破人亡之仇；徐鵬子當了刑部主事審丁協公一案時，他反對妻子要嚴懲丁協公「一番警戒後人，且洩我兩家之恨」的建議，徐鵬子的想法是「若復冤冤相報何日是了？依我的意思，覷個便，還鬆動他些纔是。」（《鴛鴦鍼》，頁157）還利用朝廷冊立東宮，大赦天下的機會為仇人開脫，最後「徐刑部就援例將丁全罪名開釋了，問個罷職永不敘用。」（《鴛鴦鍼》，頁163）至於小說中陷害徐鵬子妻王氏——強暴不成，居然又打算賣掉她的另一大惡人船夫李麻子，徐鵬子也僅是輕判「重責四十大板」，打完後還要「善言勸諭，令他眾人量力多寡，捐助他些。」讓他奉養老母，最後「眾人感其恩義，只得一五一十的都替他清賠了。」（《鴛鴦鍼》，頁161）從故事最後的作者介入，可以看出作者想要傳達的道德思維，他說：

> 你看他受了多少磨難？功名被人占去，性命還要貼他，幾乎連結髮奶奶也將來不保，他一味以德報怨，全不記懷。冤仇二字，雖是磨練學問，從艱苦中摻出來的。卻還是本來面目上原帶了菩提種子。若學蕭掌科，未嘗不艱苦不磨練，不能學他忘機了。（《鴛鴦鍼》，頁165-166）

《鴛鴦鍼》作者讚美徐鵬子的「以德報怨」，卻批評一心想討公道、為家人報仇的蕭掌科胸襟不夠寬大，藉此展示了他的理想性，他經由書寫主人翁不凡的胸襟氣度，向讀者表達「以德報怨」的高尚情操，他認為這樣的正面道德可以感化那些貪官汙吏，達成國治民安的

理想。

　　為了使具有胸襟氣度、正面道德的才學之士，能順利自科舉考試中脫穎而出，為國所用，不會在科舉弊端中成為陷入困境的無辜受害者，《鴛鴦鍼》作者在他的道德思維之外，加上了一層明顯的宗教命定論與勸懲意識，希望能達到勸化的效果，試圖彌補士人在道德理想和現實際遇上的巨大裂縫。《鴛鴦鍼》的命定論是透過功名前定的道理，說明士人想要得到功名「也是他精神堅定，福力應之，就是不去求也應該得。所以道前定二字，冷淡了許多覬覦的念頭，消磨了許多爆躁的手腳。」（《鴛鴦鍼》，頁2）透過小說情節的安排讓讀者明白，就算像丁協公那樣的費盡心機、隻手遮天，到頭來也是白忙一場，「一個窮秀才，不上半年之間，中了舉人、進士，就去帶紗帽坐堂，宰百官、治萬民，耀祖光宗，封妻蔭子，這個豈是可以僥倖得來的麼？」（《鴛鴦鍼》，頁3）如果士人無法參透功名前定的道理，仍覬覦他人功名，試圖在科舉中舞弊，《鴛鴦鍼》作者接著祭出的就是宗教上的因果報應說來進行勸懲。

　　《鴛鴦鍼》寫作目的在希望透過「勸懲」，冷淡覬覦他人功名的念頭。所謂「勸懲」，顧名思義就是「勸善懲惡」，「勸懲」應該完整的包括勸善與懲惡兩個面向。立基於「善有善報，惡有惡報」的宗教思維，一方面作為行善必得幸福的保障；一方面也期待能達到嚇阻惡行的效果。然而《鴛鴦鍼》的勸懲是否合情合理卻有爭議，因為作者在勸善與懲惡之間，為了突顯主人翁徐鵬子的正面道德形象，將他塑造成「仕途中聖賢」、「恩怨內菩薩」，作者的勸懲明顯側重勸善一面，而刻意忽略懲惡的一面。壞事做盡的丁協公，考試時割卷作弊、奪人功名、害人入獄，當官後貪贓枉法、草菅人命，原本是應該死有餘辜的大反派，受害者徐鵬子卻將他輕易的無罪開釋。徐鵬子的寬宏大量

確實給他自己帶來無窮的後福，他從刑部轉吏部，「陞了太常巡撫，累官至吏部尚書。享年九十多歲。」妻妾共生三子，都能「克紹書香，兩個中進士，一個中舉人，皆為名宦。」（《鴛鴦鍼》，頁166）說明了「善有善報」。但是，為了強調徐鵬子的坎坷際遇與高尚志節，突顯他是個「以德報怨，仕途中聖賢，恩怨內菩薩。」（《鴛鴦鍼》，頁163）《鴛鴦鍼》的勸懲意識是只勸善，而幾乎不懲惡。故事的寫作重點在強調他的「做人情」、「全佛法」，但國法呢？檢驗故事中反面人物的下場，作惡最為多端的丁全，充其量只是「問個罷職，永不敘用」而已；李麻子也只被他「重責四十大板」。至於其他另外三位反面人物──周白日、陳又新、莫推官的下場，作者是全無交代的。[39]懲惡意識的弱化，明顯違背一般庶民對「惡有惡報」的因果報應觀的認知與期待，也不免讓人懷疑他的勸懲意識的合理性與庶民性。因此，徐志平說：

> 《鴛鴦鍼》是本期（筆者案：清初）話本小說中主題比較嚴肅的一部，對儒林的嘲諷、對貪官汙吏的譴責不遺餘力，可是為了突顯主人公不凡的胸襟氣度，為了遷就大團圓的結局，卻是非不分，形成一種鄉愿的、偽善的道德典型。……像這樣為了彰顯正面道德，輕易的寬恕負面道德，或為了結局美滿，不惜犧牲是非的情節安排，就充滿了人為造作的痕跡，使小說本身

---

39 《鴛鴦鍼》關於周白日、陳又新、莫推官三位反面人物下場的安排，沒有發揮「勸懲」說的懲惡面向，其中莫推官部分的書寫更是令人懷疑，他最後出現的場景是徐鵬子「整整坐了三年間，直等莫推官升任去了」（《鴛鴦鍼》，頁66）才能出獄，此後就不再交代莫推官的去處。莫推官為惡不仁卻反而升官，那麼是在說明「惡有善報」嗎？

的內在邏輯產生了矛盾，勸懲的力量也就顯得有氣無力了。[40]

　　《鴛鴦鍼》所強調的勸懲，不離「以德報怨」的方向，他彰顯正面道德，卻輕易寬恕惡行的價值觀，徐志平因此批評他的道德思維是一種「鄉愿」、「偽善」的道德；他的勸懲意識也被認為是「內在邏輯產生了矛盾」、「顯得有氣無力」了。徐志平進一步說：「《鴛鴦鍼》再三強調的德化作用，即『以德報怨』對於感化惡性的效用的強調，這種理想向的勸懲意識，恐怕也和一般人民有段距離。」[41]

　　的確，相較於作者一心讚嘆的徐鵬子式的「以德報怨」，蕭掌科想要將丁協公懸首示眾、食肉寢皮的錐心之恨，自然是更富有庶民性，就一般人的審美觀來看更具有小說的真實感；如果故事最後以蕭掌科得報家破人亡之仇作結，也會更合乎庶民的道德標準與期待。不過《鴛鴦鍼》從頭到尾就是一部儒林小說，作者是曾經中舉的士人，小說的「隱含讀者」也是以士人為主體。就庶民美學與道德觀看來《鴛鴦鍼》「顯得有氣無力」的勸懲，或許在中國古代士人文化的語境中，可以找到一些不同的理解脈絡。儒家一向重視「吾日三省吾身」、「退而省其私，亦足以發」，並且在歷史上逐漸形成一個凡事自我反省、自我要求，以高道德標準的要求自己，也期待所有士人應該如此，以自別於一般庶民階層的「士」的傳統。這樣的觀念也被表現在和士人有關的小說書寫之中，俞士玲指出：「一個品行好的讀書人正常情況下是不談他人之短、揭他人之短的，即便別人造假剽竊，行為不

---

40 徐志平：〈話本小說走向形式主義的末路〉，《清初話本小說之研究》，頁660。

41 徐志平：〈明末清初話本小說的勸懲意識——一個接受美學的觀點，並以《清夜鐘》和《鴛鴦鍼》為例〉，收入中國社會科學院文學研究所中國古代小說研究中心主編：《中國古代小說研究》第四輯，頁123。

端。」[42]「人們一般不主動檢舉造假者，即使檢舉者是造假行為的直接受害者，檢舉者的動機、人品也會受到社會和自身的質疑。受害者能接受教訓，又能以極大的容忍和寬恕來對待造假者和結果，被認為品行高貴。」[43]俞士玲的研究或許有助於理解《鴛鴦鍼》的勸懲意識，何以明明要藉由揭露科舉弊端來端正士風，但他的懲惡卻缺乏批判的力道，看起來卻「有氣無力」。小說中徐鵬子本身是受害者，當受害者一旦成為執法者，在古代文化傳統下對於理想讀書人的品格期待之下，輕輕放過才能彰顯其品行高貴，這就成了徐鵬子的「做人情始終全佛法」。至於置「國法」於何處的問題，如今我們更在意、看重的執法者要尊重法律的公平性與客觀性，在儒家文化影響下的古代社會原本就是重視「德治」勝過「法治」，能夠以德化人、上行下效才是理想吏治的第一義，以法來治國反而落入第二義。因此，徐鵬子想要輕縱丁協公，只要利用大赦天下的時機，做到不違法，身為執法人的職責就可以交代過去了。庶民美學與道德層面所期待的「懲惡」效果在小說中被刻意忽略，作者想表現的「懲惡」效果是對不良士子人格方面折辱式的懲戒：

> 丁全看見牌面，諒道是盛德君子不欲形人之惡的美意，在了大門口，端端正正磕的八個大頭，口裡不知咕咕噥噥祝讚的甚話。（《鴛鴦鍼》，頁164，）

---

42 俞士玲〈清初擬話本小說有關造假的書寫與批判——以《五色石》、《八洞天》為中心〉，收入曹虹、蔣寅、張宏生主編：《清代文學研究集刊》第五輯（北京市：人民文學出版社，2012年），頁378。

43 俞士玲：〈清初擬話本小說有關造假的書寫與批判——以《五色石》、《八洞天》為中心〉，頁368。

「懲惡」的目的是為了「勸善」，丁協公的「罷職永不敘用」，與在大門口下跪磕頭，真誠悔過，就已經完成了作者所期待要表達的「德治」效果。

《鴛鴦鍼》作者期待以小說來「醫王活國」，「醫王活國」的關鍵在正本清源、端正士風。透過道德思維與宗教勸懲雙管齊下，用這兩道藥方來醫治國病，也醫治長久以來在科舉制度的弊端下，鬱鬱不得志的基層士人的心病。

五　結語

「士」與「仕」之間是一條基層士人藉由科舉考試而「指望一朝騰霄漢」之路，是明清社會中絕大多數讀書人無所逃於天地間的宿命，也是讀書人改變現實窘境的唯一救贖。科舉弊端與士人處境，是明清士子最關注的焦點，也是《鴛鴦鍼》這部清初話本小說所要表現的主題。作為《儒林外史》的先驅，《鴛鴦鍼》對科舉制度的態度，並不同於《儒林外史》幾近於「造反式」的全面批判反思、冷嘲熱諷下的虛無與蒼涼；《鴛鴦鍼》作者仍是相信科舉的，認同只要能革除科舉弊端，那麼科舉不失為取得真才的好辦法。因此，寫此書目的在揭露科舉弊端，但這些揭露並非只是消極的批判否定、諷刺現實，而是自譬為「醫王活國」，診斷出國家之病，然後再下「金鍼」。對於科舉文化有所批判，亦有所肯定——肯定科舉取士的好處與科舉制度存在的合理性；反對科舉制度逐漸形成的弊端，考官的貪婪昏聵與考生的暗通關節。《鴛鴦鍼》對科舉的看法反映出的明清士子觀點是——他們所期待的並不是廢除此一制度本身，而是希望透過弊端的革除，回復科舉制度的原初精神。國家之病在士風墮落，士風墮落在科舉弊

端，只要解決科舉弊端，懷才不遇之士既能突破個人困境得到救贖，同時也能經世致用，解決國家衰亡的危機。

《鴛鴦鍼》的「醫王活國」大旗，雖然使得文本充滿道德勸懲目的和思維，但由於作者寫小說時仍能保有將故事說得精彩的才氣和駕馭文字的能力，必須承認《鴛鴦鍼》有其文學價值和藝術性。除了敘事結構上的巧妙設計外，在人物形象的書寫上亦有其細膩深刻之處。這些人物形象塑造的精彩，可以被聚焦在他對落魄士人的書寫上來觀察，包括他們一心盼望科舉及第的焦慮、不安、急切，以及落第後失魂落魄、憤世嫉俗，他的描寫都非常深刻出色。透過《鴛鴦鍼》的人物書寫，既可看出明清科舉制度下的士人困境，亦可突顯《鴛鴦鍼》的小說藝術價值。它是一部好的話本小說，不能以所謂「誥誡連篇，喧而奪主」的「明人擬作末流」或「道德教科書」視之，簡單的否定其文學價值。

作為儒林小說的《鴛鴦鍼》書寫儒林人物，作者多次在書中自曝其讀書人身分，所設定的「隱含讀者」也是以士人為主體。可以說不論是就《鴛鴦鍼》的敘事、故事、閱讀的層面來看，皆環繞著儒林而展開，其審美觀和道德觀是屬於知識分子的，而非一般庶民。士人困境來自於科舉弊端，也來自於謀生無術，而謀生無術的一大原因其實來自於他們身分上的自我認同。他們自別於庶民階層，即使生活再困頓，也不願去做庶民工作；形成未達的秀才──無法成為「仕」的「士」，不上不下的尷尬處境、困頓人生。這個士人困境的救贖，作者的思考並不在於如何讓士人由謀生無術到有術，而是仍回到革除科舉弊端上來思考、解決問題。如何讓這條從「士」到「仕」的科舉路可以公平順暢的運作？作者透過道德思維與宗教勸懲雙管齊下，作為療癒科舉弊端的藥方，與那些蟄伏於社會底層的眾多懷才不遇的士人們

的救贖。《鴛鴦鍼》作者在他的道德思維之外，加上一層宗教命定論與勸懲意識，希望能達到勸化的效果，試圖彌補士人在道德理想和現實際遇上的巨大裂縫。作者的勸懲意識側重勸善一面，刻意忽略懲惡的一面。懲惡意識的弱化，明顯違背一般庶民對「惡有惡報」因果報應觀的認知與期待，也不免讓人懷疑其合理性與庶民性。不過，置入士人的文化傳統來看，儒家一向重視「吾日三省吾身」，形成一個凡事以高道德標準自我反省要求，也期待所有士人應該如此，以自別於庶民階層的「士」的傳統。這樣的觀念也被表現在和士人有關的小說書寫之中，庶民美學與道德所期待的「懲惡」效果，在這部以士人為主體的小說中被刻意忽略了，作者想表現的「懲惡」效果是對不良士子人格方面折辱式的懲戒。儒家文化影響下的古代社會原本就是重視「德治」勝過「法治」，能夠以德化人、上行下效才是理想吏治的第一義，以法來治國反而落入第二義了。《鴛鴦鍼》從頭到尾就是一部儒林小說，作者是曾經中舉的士人，小說的「隱含讀者」也是以士人為主體。就庶民美學與道德觀看來，《鴛鴦鍼》「顯得有氣無力」的勸懲，或許在中國古代士人文化的語境中，可以找到一些不同的理解脈絡。

肆

顛覆與成長：《聊齋‧醜狐》
故事析論

一　前言

在中國古典小說中，以「狐」幻化為人作為書寫題材的作品出現時代很早，蒲松齡並不是第一個。六朝志怪就有不少「狐」幻化為人的故事，如干寶《搜神記》的「阿紫」，或是唐人傳奇沈既濟的〈任氏傳〉，都是著名作品。但是不管就質或量而言，蒲松齡《聊齋志異》都可說是這類故事的集大成者、頂峰之作。就量而言，在《聊齋志異》三會本五百餘篇作品中[1]，以「狐」為題材者有七十幾篇，占全書的七分之一，涉及「人狐戀」者有三十幾篇；就質而言，蒲松齡把「狐」形象寫得最飽滿、最典型、最形象化。

隨著「狐」的動物形象在歷史上從「瑞獸」下降為「妖獸」、「妖媚之獸」，在中國古典文學書寫傳統中，面對「狐」幻化為人這樣的特殊物種，通常我們稱之為「狐仙」或「狐精」、「狐妖」，牠們大體上是以女性形象出現的，幻化為美麗女子，而且通常不大善良。這樣的「狐仙」故事書寫傳統，到了蒲松齡卻被提升到一個前所未有的境界。他筆下所詮釋的「狐仙」，已經不再是只會運用美色去害人的狐狸精了。「狐仙」，一方面具有讓男性驚豔的傾國之姿容；另一方面，他也突顯「狐仙」心靈的美麗，不管是紅玉（卷2〈紅玉〉）、小翠（卷7〈小翠〉）、嬌娜（卷1〈嬌娜〉）、嬰寧（卷2〈嬰寧〉）、舜華（卷9〈張鴻漸〉），蒲松齡都賦予了她們新生命，一個個成了多情女子。可以說《聊齋》狐仙形象多以美麗善良的正面形象出現。在這些眾多美

1　《聊齋志異》三會本係指張有鶴校注之「會校、會註、會評本」（簡稱「三會本」）。本文所引用之《聊齋志異》三會本為〔清〕蒲松齡撰，張有鶴整理：《聊齋志異》（會校、會註、會評本）（臺北市：漢京文化事業公司，1984年）。其後徵引本書，但直接標示頁碼，不另出註。

麗善良、聰慧可人的,完全符合男性夢中情人完美標準的狐仙故事中,卷八的〈醜狐〉卻是一個形成強烈對比的例外。她的形象是「衣服炫麗而顏色黑醜」,她的出現是讓男性「懼其狐,而厭其醜」,驚嚇不已。〈醜狐〉中令人驚悚的狐仙形象,也許可以被視為蒲松齡編織完萬花筒般炫人心目的《聊齋》「狐仙夢」之外,對自己的「狐仙夢」進行自我顛覆的一篇有趣作品。

　　本文以蒲松齡《聊齋》一書最顯題化的「狐仙」故事作為研究對象,卻刻意放棄他所編織的眾多美麗「狐仙夢」,而選擇以〈醜狐〉作為討論文本。用意是希望藉著〈醜狐〉文本來觀看:當一般討論「狐仙」故事所關注的「狐仙」(即狐精:狐修煉成精,變形為人者)、「女性」、「人狐戀」這些議題都沒有改變,而「狐仙」卻不再美麗,甚至醜陋到驚世駭俗時,會發生什麼事?故事還剩下些什麼?是否如馬瑞芳所言:「醜狐不僅面目醜,心靈也醜,她原以為金錢可以買來『愛情』,對方變心,她報復得心狠手辣。」[2]〈醜狐〉文本所要詮釋的主題是否只有「醜」和「報復」這個面向?還是也可以有不同的詮釋觀點?「醜狐」此一醜陋怪誕的狐仙形象之創造,可說是蒲松齡「狐仙夢」的自我顛覆,因此,本文嘗試以「顛覆」的角度,去打開〈醜狐〉文本的不同研究視域;透過一系列的顛覆策略,包括男/女、美/醜、雅/俗、人/妖的顛覆等,對〈醜狐〉文本進行再詮釋。希望經由此一研究視角,能更豐富、深刻的挖掘〈醜狐〉文本所隱含的對差異、多元世界的尊重、對他者的關懷,以及生命成長等正面訊息。

2　馬瑞芳:《馬瑞芳趣話聊齋愛情》(上海市:上海文藝出版社,2010年),頁139。

二 「狐仙」故事的書寫傳統與蒲松齡的「狐仙夢」

要討論《聊齋》「狐仙」故事，首先為「狐仙」作一定義。「狐仙」是一個曖昧字眼，它所指涉的已不再是作為動物種類之一的狐，而是指狐幻變而成的「妖精」。葉慶炳曾為「妖精」一詞下過定義：

> 凡是人類之外的動物、植物或器物而能變化為人，或雖未變化為人而能言人語與人類無異者，謂之妖精。[3]

「狐仙」既是指狐幻變而成的「妖精」，那麼，應該作「狐妖」或「狐精」。為何會使用「狐仙」一詞？李劍國說：

> 狐仙觀念始於唐，但唐代尚無「狐仙」概念。在明代中後期有關狐修煉仙道的觀念漸次強化，並且正式出現了「狐仙」概念，到清代終於形成影響日漸廣泛的狐仙崇拜。「狐仙」成為對狐妖、狐精最敬重的普遍稱呼。[4]
> 大凡鬼怪之屬，總要祟人害人，但狐作為妖物，是極有靈性、慧性和仙根之物，以修道求仙為目標，因而自和一般妖物有別。所謂「狐則在仙妖之間」，正是指出狐由妖而仙的轉化本能，而在修仙過程中的狐也就具備了狐和仙的雙重屬性。[5]

---

3 葉慶炳：《談小說妖》（臺北市：洪範書店，1977年），頁3。

4 李劍國：《中國狐文化》（北京市：人民文學出版社，2002年），頁204。

5 同前註，頁257。

「狐仙」之說除了和民間信仰中的「狐仙」崇拜有關外，在文學傳統上，「狐仙」一詞的使用更多時候是在彰顯狐在「仙妖殊途，狐則在仙妖之間」（紀昀：《閱微草堂筆記》卷10）的兩面性。康笑菲《狐仙》（*The Cult of the Fox*）一書也提到：

> 狐狸的兩面性在歷史過程中已經產生了種種詮釋。舉例言之，口頭用語「狐狸精」，暗示所有人都承認一個女性擁有令人迷惑的美貌和毀滅性的色誘力量。另一個用語「狐仙」（按字面上講，是狐仙、狐神或狐精），就像文字傳達給我們的意思一樣，不只是對良狐的敬稱而已，這個用語也帶有取悅惡狐的含義。與狐精和狐仙信仰相關的資料，描繪出相當複雜，又自相矛盾的圖像。[6]

「狐仙」、「狐妖」或「狐精」、「狐狸精」，雖然同樣指涉狐幻變而成的「妖精」[7]，但這些語詞所傳達出的歧異和曖昧複雜情緒，並不

6　康笑菲著、姚政志譯：《狐仙》（*The Cult of the Fox*）（臺北：五南圖書出版公司，2009），頁19。涉及狐仙信仰的層面其實相當複雜，本書多有豐贍詳細的討論。本文僅就文學傳統部分略論。

7　關於「狐狸」的用法，李劍國說：「狐，今天叫做狐狸。狐狸一詞早已出現，實際指的是狐和狸兩種動物。……《淮南子・謬稱訓》：『今謂狐狸，則必不知狐，又不知狸。』」「狸的體型大小與家貓彷彿，比狐小，形體特徵也不同於狐，古人說過：『（狐）鼻尖似小狗，惟大尾，全不似狸。』所以在現代動物分類學上，狐屬於犬科，而狸屬於貓科。」參李劍國：《中國狐文化》，頁3、4。雖然「狐」與「狸」是兩種不同動物，但通俗用法中「狐」與「狐狸」、「狐狸精」，往往混同而言，本文從俗說，並不作嚴格區分。至於現今社會對「狐狸精」一詞的用法，則更常使用來指涉「擁有令人迷惑的美貌和毀滅性的色誘力量」的人類女性，就不包括在傳統用法之內了。

完全相同。本文選擇「狐仙」一詞，是因為它隨著明代中後期後「狐仙」信仰的確立，在明清以降，文學作品中廣泛的被使用，也最能表現這類故事所涉及的情色意涵。[8]

　　既然蒲松齡不是第一個以「狐仙」故事為書寫題材的作者，筆者擬先回顧蒲松齡所繼承的「狐仙」傳統，以及更早的狐幻變為人（狐妖、狐精或狐神）的書寫傳統。隨著狐的動物形象從「瑞獸」下降為「妖獸」、「妖媚之獸」[9]，在中國文學中狐幻變為人，大體上是以女性

8　唐代「仙」字常被貼上性別標籤，指活躍的道姑、藝妓、歡場女子，「妓」和「仙」形象互相關聯。「妓」和「仙」合流的結果，對「狐仙」一詞的使用帶來深刻影響，「狐仙」故事的內容往往涉及愛情與修煉。「狐仙」一詞在文學作品中的使用，首度出現在明人筆記《狐媚叢談》，以此當作唐朝故事〈華山客〉的新題名。雖然無法確定是《狐媚叢談》的編者創造「狐仙」一詞，還是沿用他當代人熟悉的詞彙。故事內容從表面看來編者企圖談論狐精登仙的事，但故事中的年輕女子才貌兼備，正具艷情小說「妓」和「仙」的特質。參康笑菲著、姚政志譯：《狐仙》（The Cult of the Fox），頁76-79。

9　狐精最早以「祥瑞」形象出現，相傳大禹妻是涂山九尾白狐；《太平廣記・卷447・瑞應篇》：「周文王拘羑里，散宜生詣涂山得青狐，以獻紂，免西伯之難。」《史記・陳涉世家》：「夜篝火，狐鳴曰：『大楚興，陳勝王。』」可看出狐文化早期樣貌是圖騰文化瑞獸。漢代後狐作為祥瑞的地位急速下降，許慎《說文解字・犬部》：「胡，妖獸也，鬼所乘之。」已將狐視為「妖獸」。宋代朱熹對狐的定義進一步將「妖獸」說成「妖媚之獸」（見《詩經・衛風・有狐》：「有狐綏綏，在彼淇梁。」毛傳住：「綏綏，匹形貌。」朱熹注曰：「狐者，妖媚之獸。」）一路下來，狐形象從瑞獸，到「妖獸」、性淫的「妖媚之獸」，至今不能翻身。相關討論以李劍國：《中國狐文化》最詳盡。此外可參見高莉芬：〈漢畫像西王母配屬動物圖像及其象徵考察〉，《政大中文學報》第15期（2011年6月），頁57-94。李艷：〈狐意象之演進——《聊齋志異》中狐的人性美新探〉，《陝西廣播電視大學學報》第11卷第4期（2009年12月），頁48-51。彭偉：〈從民俗文化學的角度看《聊齋志異》中的「人狐之戀」〉，《聊齋志異研究》（2006年6月），頁56-62。李琨：〈從《聊齋志異》看狐仙的女性形象〉，《文化縱橫》總第274期（2009年11月），頁93-94。

形象出現的。[10]美麗的女性，而且通常不大善良。東晉郭璞《玄中記》曾經對狐的修煉層次作了階梯式說明，他說：

> 狐五十歲能變化為婦人。百歲為美女；為神巫；或為丈夫，與女人交接；能知千里外事；善蠱魅，使人迷惑失智。千歲即與天通，為天狐。[11]

狐通過修煉可幻化為女子，功力越高者則越美麗，可蠱惑人，使人迷失心智。此形象很清楚的呈現在干寶《搜神記》卷十八「阿紫」幻化為美女，攝取男子神魄的故事中。[12]運用美色害人，成為人們印象最深刻的狐精形象。李劍國指出：

> 當狐妖首次以女性出現時，竟是淫婦阿紫。狐的阿紫原型開啟

---

10 以狐男形象出現的不是沒有，如干寶《搜神記》「燕墓斑狐」條，記載「燕昭王墓前，有一斑狐，積年能為變化。乃變作一書生。」與博識人物張華鬥智的故事。詳細內容參謝明勳：《六朝志怪小說研究述論：回顧與論釋》（臺北市：里仁書局，2011年），頁226-230。此外，〔宋〕李昉：《太平廣記》卷449所錄《廣異記》「李元恭」條記：「唐史部侍郎李元恭，其外孫女崔氏，容色殊麗，年十五六，忽得魅疾，久之，狐遂現形為少年。」不過整體來看，以狐男形象出現者，相較狐女而言仍占少數。

11 引自魯迅：《古小說鉤沉》輯本《玄中記》第47條（《廣記》447）。魯迅先生紀念委員會編，《古小說鉤沉》，《魯迅全集》（上海市：人民文學出版社，1973年），第8卷，頁492。

12 干寶《搜神記》卷18「阿紫」記載後漢建安中，沛國郡西海督尉陳羨手下王靈孝被狐精攜入家中，找到他時已形跡似狐，不能與人相應，只知啼呼：「阿紫」。清醒後自敘狐精「作好婦形，自稱阿紫，招我。如是非一，忽然便隨去。」〔晉〕干寶撰，汪紹楹校注：《搜神記》（北京市：中華書局，1979年），卷18。

了人們對狐妖的兩重態度，半是欣賞，半是恐懼，阿紫原型在以後得到極大發展，以致在女狐中形成「阿紫一派」。[13]

即使後來沈既濟〈任氏傳〉試圖將狐精形象高度審美化，將狐書寫為美麗又善良的女子，相較於運用美色害人的阿紫，「任氏原型開啟了一種全新的美狐觀念——心性形貌俱美的女狐，可謂意義重大。」[14]但此一形象僅如曇花一現，並無法扭轉狐妖媚惑害人的刻版印象。《武王伐紂平話》中狐精之首的九尾狐化為妲己，可說是淫狐、媚狐完美結合下的千年第一狐狸精，更是「妖媚」、「色誘」、「害人」的狐狸精經典之作[15]。以上所論，是蒲松齡《聊齋志異》問世前，中國文學故事中大致呈現的「狐仙」意象。簡單說，就是「妖媚」二字。「妖」字定義「狐仙」的「妖精」本質；「媚」字定義「狐仙」作為妖精，其妖行走向「性淫」和「以色誘人」的路數。[16]外表美豔絕倫的女性特徵，與內在的野獸本質、妖魔特性，內外的強烈反差，形成「狐仙」故事書寫中強烈對比的敘述張力，摻雜著男性作者對美色既心動又恐懼的複雜心態，建構的「狐仙」故事書寫傳統，整體而言，

---

13 李劍國：《中國狐文化》，頁74。

14 同前註，頁113。

15 關於九尾狐化妲己之說，李劍國說：「可以見到的較早資料是日本《本朝繼文粹》卷11，江大府卿《狐媚記》中所載：『殷之妲己為九尾狐。』《狐媚記》記康和三年（1101年）事，相當於中國北宋徽宗建中靖國元年，說明至遲在北宋末年已有妲己為九尾狐之說，並流傳至日本。」參李劍國：《中國狐文化》，頁151。因此，《武王伐紂平話》只是這種說法流布的結果，透過小說形式確定下來；而妲己與九尾狐更充分完備的結合是在明代小說《封神演義》才真正完成。

16 李艷：〈狐意象之演進——《聊齋志異》中狐的人性美新探〉，《陝西廣播電視大學學報》第11卷第4期（2009年12月），頁48-49。

可說是延續了狐媚害人的「阿紫原型」。

　　此一「狐仙」故事書寫傳統，到蒲松齡卻被提升到一個前所未有的境界。他並未完全揚棄傳統寫法，保留了以狐幻化為人形，進入人世，並與人發生糾葛的模式；也保留了外表美豔絕倫的狐女形象。但另一方面，他卻也作了創造性轉化，魯迅《中國小說史略》說：

> 明末志怪群書，大抵簡略，又多荒怪，誕而不情，《聊齋志異》獨于詳盡之外，示以平常，使花妖狐魅，多具人情，和易可親，忘為異類。[17]

　　「多具人情」成了《聊齋》「狐仙」形象的基本特徵。在「阿紫原型」和「任氏原型」間，蒲松齡並沒有延續蔚為大宗、狐媚害人的「阿紫原型」書寫傳統，而是繼承在宋元明三代罕見的「任氏原型」書寫傳統，並且將之發揚光大。他筆下所詮釋的「狐仙」，已經不再是只會運用美色去害人的狐精。「狐仙」，一方面具有讓男性驚豔的傾國之姿容，如描寫狐女青鳳：「弱態生嬌，秋波流慧，人間無其麗也。」（卷1〈青鳳〉，頁114）嬌娜：「年約十三四，嬌波流慧，細柳身姿。」劉子固見狐女阿繡：「姣麗無雙，心愛好之。」（卷7〈阿繡〉，頁991）一方面，也突顯「狐仙」心靈的美麗，不管是紅玉（卷2〈紅玉〉）、小翠（卷7〈小翠〉）、嬌娜（卷1〈嬌娜〉）、嬰寧（卷2〈嬰寧〉）、舜華（卷9〈張鴻漸〉），蒲松齡賦予她們新生命，一個個成了個性鮮明、有血有肉的多情女子。可以說他的狐仙形象多以美麗善良、表裡如一的正面形象出現。陳寅恪說：

17　魯迅：《中國小說史略》（上海市：上海古籍出版社，1998年），頁147。

清初淄川蒲留仙松齡《聊齋志異》所記諸狐女，大都妍質清
言，風流放誕，蓋留仙以齊魯之文士，不滿其社會環境之限
制，遂發遐思，聊托靈怪以寫其理想中的女性耳。[18]

也就是說，「狐仙」不再是「妖媚之獸」，而是仕途不順、現實生
活窮愁潦倒的蒲松齡理想女性形象的寄託。因此，《聊齋》狐仙故事
「人狐戀」的題材特多，而且具有類似的寫作模式，男主角多為才情
洋溢而家境貧寒的書生，或寂寞的塾師（蒲松齡現實生活的寫照）；
美麗善良、聰慧可人的狐女不請自來，賞識書生、愛慕書生，成就一
段幸福美滿的愛情，甚至婚姻。這些暖心的狐仙知己，除了帶給書生
精神安慰外，她們也有能力帶來財富，甚至幫他求取功名，改善現實
生活的貧賤困窘。可以說「狐仙」在蒲松齡筆下滿足了男人的「美女
癮」、「富豪癮」、「功名癮」，這就是《聊齋》的「狐仙夢」；完全符
合男性夢中情人的完美標準，是「對男人們千年不變的『狐狸精情結』
最好的詮釋方式」。[19]

但是，在這些眾多美麗善良、聰慧可人的，完全符合夢中情人完
美標準的「狐仙」故事中，〈醜狐〉卻是一個形成強烈對比的例外。
她的出場情形如下：

穆生，長沙人。家清貧，冬無絮衣。一夕枯坐，有女子入，衣
服炫麗而顏色黑醜。笑曰：「得毋寒乎？」生驚問之。曰：「我
狐仙也。憐君枯寂，聊與共溫冷榻耳。」生懼其狐，而厭其

18　陳寅恪：《柳如是別傳》（上海市：上海古籍出版社，1980年），頁75。
19　嚴正道：〈道德與色欲的平衡──論《聊齋志異》中狐女形象的調節作用〉，《唐
　　山學院學報》第22卷第4期（2009年7月），頁55。

醜，大號。（頁1107）

　　她的形象是「衣服炫麗而顏色黑醜」，她的出現則會讓人嚇到大哭，《聊齋》「狐仙夢」頓時從美夢幻滅變成噩夢。這個醜陋到令人驚悚的狐仙形象，在蒲松齡如萬花筒般炫人心目的「狐仙夢」中，顯得十分奇特。從前文所論，可以發現不管是在蒲松齡以前文學傳統中的「狐仙」形象；或者是蒲松齡超越、拓展傳統「狐仙」題材後，所形塑出來的「狐仙」形象，「美狐」是此物類給人的共同印象。蒲松齡編織令人心盪神馳、目不暇給的美麗「狐仙夢」之外，為何還創作〈醜狐〉來顛覆自己的美夢？本文以〈醜狐〉作為討論文本，用意在藉此觀看：「狐仙」、「女性」、「人狐戀」，這些項目都沒有改變，「狐仙」卻不再美麗，甚至醜陋時，會發生什麼事？故事還剩下些什麼？〈醜狐〉文本環繞著一個身處社會底層的窮賤書生，一隻醜陋到令人驚駭的狐精，一場不堪的桃色金錢交易，以及被辜負而展開的報復行動，這個故事在傳達什麼訊息？它所要表現的主題是否只是表面看到的「醜」和「報復」面向？是否仍有其他的詮釋空間？以下筆者將先對〈醜狐〉文本進行結構分析，作為探討這些問題的基礎。

三　〈醜狐〉文本的結構分析

　　〈醜狐〉在《聊齋》中屬於「人狐戀」類型故事。不僅是「人狐戀」，也包括人與其他鬼怪戀愛故事，它們在被表述時，通常具有基本的結構模式。美國漢學家韓南曾將中國鬼怪小說中的戀情歸納為「三個演員，四個行動」的結構模式，並作過如此描述，他說：

三個演員，按其出場先後排列：一個未婚青年，一個偽裝成年輕婦女的鬼或怪，一個驅邪人（大多是道士）。四個行動是：相遇、相愛、接近危險、驅邪。[20]

《聊齋》故事其結構模式大致上也是如此，只是這個「青年」不一定未婚，道士的角色和「驅邪」行動被省略（只有少數被保留）。藍慧茹《從《聊齋志異》論蒲松齡的女性觀》一書，曾將《聊齋》人與鬼魅狐妖等異類戀愛的故事，進一步

歸納成為以下的圖示：[21]

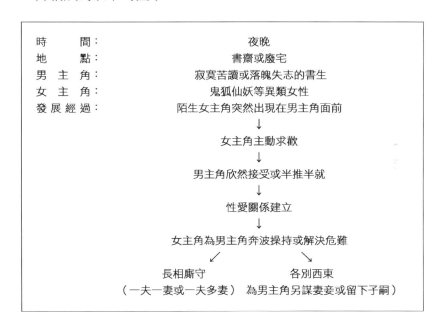

```
時    間：             夜晚
地    點：          書齋或廢宅
男 主 角：        寂寞苦讀或落魄失志的書生
女 主 角：          鬼狐仙妖等異類女性
發 展 經 過：    陌生女主角突然出現在男主角面前
                      ↓
                  女主角主動求歡
                      ↓
              男主角欣然接受或半推半就
                      ↓
                  性愛關係建立
                      ↓
          女主角為男主角奔波操持或解決危難
              ↙              ↘
        長相廝守              各別西東
    （一夫一妻或一夫多妻）  為男主角另謀妻妾或留下子嗣
```

20 張艷君：〈論《聊齋志異》對傳統狐仙題材的拓展與超越〉，《聊齋志異研究》（2004年6月），頁12-13。

21 此圖表參自藍慧茹：《從《聊齋志異》論蒲松齡的女性觀》（臺北市：秀威資訊科技公司，2005），頁148。

時間通常發生在夜晚,地點在書房或廢宅,男主角是蝸居在社會底層的落魄書生,女主角就是狐鬼等異類了。由於是異類,所以不受傳統社會對婦女禮教束縛的規範和制約,她們不請自來,具有情愛(情欲)上的主動性,敢於主動追求異性,男主角不管是欣然接受或半推半就,在女子主動下很快的建立彼此的情愛關係。美麗的異類女子——尤其是占據《聊齋》七十餘篇的狐女更是異類中的大宗,她們飄然而入,自薦枕席,除了帶給窮書生「紅袖添香夜伴讀」的慰藉外;還直接贈與他們金銀珠寶,幫助他們改變現實生活的窘境。書生既得坐擁佳人,而金銀珠寶自來。不管他們和狐仙最後的結果是長相廝守,還是各別西東,在這樣的關係中,原本落魄的書生都是最大的受益者。這些描述幾乎是同時可以滿足人們「色欲」和「財欲」的「欲望交響曲」。[22]對書生來說,怎麼說也是個穩賺不賠的生意。

〈醜狐〉的故事也是這樣開始的,男主角仍是個「家清貧,冬無絮衣」的窮書生:穆生,時間也是在晚上。可以想像他的心情多麼寂寥與無奈。此時,自稱狐仙的女子不請自來,她也同樣憐惜書生的孤單寂寞,願意「共溫冷榻」,自薦枕席。一樣的情節,故事發展下來,書生不僅沒有感受「紅袖添香」的慰藉,反而驚嚇不已,大喊救命,原因是「生懼其狐,而厭其醜」。對比《聊齋》其他形象美麗的狐仙故事,書生知道狐仙的異類身分後,多半不以為意的態度來看[23],「厭其醜」恐怕才是真正的原因。這個「衣服炫麗而顏色黑醜」

---

22 張玲:〈論《聊齋志異》中窮書生的物質世界〉,《語文學刊》(2008年第1期),頁14。

23 如《聊齋志異·卷9·張鴻漸》記張鴻漸對狐女舜華,故事提到:「舜華自內出,笑曰:『君疑妾耶?實對君言:妾,狐仙也,與君固有夙緣。如必見怪,請即別。』張戀其美,亦安之。」(頁1229)就是一例。明知為「狐」,但因其「美」仍戀之。

的狐仙就是〈醜狐〉的女主角。不像其他美麗狐仙多有名字，蒲松齡僅以其醜陋的外貌特徵，直接稱她為「醜狐」。女主角主動求歡的過程，因為蒲松齡對狐仙形象美麗外表的顛覆，這個滿足男性「色欲」和「財欲」的「欲望交響曲」就變調了。書生並不買帳，他既不「欣然接受」，也不「半推半就」，而是大哭。如果書生真的嚴詞拒絕，那麼故事也就到此結束了。故事的發展當然不僅如此，接下來發生戲劇性的轉折，醜狐拿出元寶，告訴書生：「若相諧好，以此相贈」，窮怕了的書生態度馬上由驚懼轉為「悅而從之」，他們最後還是到達「性愛關係建立」的階段。少了狐仙美色的「欲望交響曲」，至少還滿足男性的「財欲」，而讓故事能依照原本的結構模式繼續進行下去。只是原本紅袖添香、暖心慰藉的浪漫情懷，被降格成為赤裸裸的一樁桃色交易。在這裡存在著兩性角色的顛覆，或者說是錯位；因為古代傳統社會中有能力對異性進行桃色交易的，通常是男性；婦女具有這樣的經濟能力，還顛覆世俗禮教的規範，乃是不守婦道、駭人聽聞的事。但由於女主角是異類，在怪誕世界中反而顯得一切的怪誕都不怪誕。書生拿了醜狐的金錢後，不僅不羞愧，還和妻子分享獲得財富的喜悅，誇張的是，書生的妻子不僅不生氣，反而跟著開心起來。到此，這個「欲望交響曲」就在「色欲」（醜狐）和「財欲」（穆生和妻子）的滿足中，三人各取所需的順利進行下去，經過一年多狐仙每晚都來的生活，書生家境在狐仙金援下大大改善，從三級貧戶搖身一變為富有人家。醜狐解決了書生的經濟難題，至此，《聊齋》中「人狐戀」結構形式中的「女主角為男主角奔波操持或解決危難」，也算是完成了。

　　接下來故事的結局是「長相廝守」（一夫一妻或一夫多妻）？還是「各別西東」（為男主角另謀妻妾或留下子嗣）？答案是「各別西

東」，但並非溫馨的「為男主角另謀妻妾或留下子嗣」。因為〈醜狐〉故事中被蒲松齡顛覆的角色，除了狐仙形象由極美到極醜外，知識分子的形象其實也被顛覆了。《聊齋》中的書生普遍處在生活貧困、生財無術的困境中，傳統印象中滿懷經世濟民理想的書生，成了百無一用的書生；由儒家所教導的「重義輕利」的價值觀，被殘酷的現實打敗，轉為「趨利重財」。謀生無術，只能依賴狐女金援，本來就是不光彩的事，略有良心者無奈下還是心存感激的，〈醜狐〉的穆生則是等而下之者，純粹視之為交易，只剩下赤裸裸的金錢要求。因此，接下來我們看到故事的發展是醜狐在大方饋贈財物一年多後，居然床頭金盡。沒有美色，又少了金錢，「欲望交響曲」就再也無法彈奏下去了。書生又開始厭惡起醜狐的醜陋，為了要順利離開醜狐，他找了術士進行驅邪儀式，希望讓醜狐知難而退。但如意算盤卻因江湖術士的三腳貓功夫而幻滅，反而激怒醜狐。醜狐的個性直接坦率、愛恨分明，觀其一出場並沒有使用幻術，而是直接道破自己異類的身分可知；在醜狐的認知中，「若相厭薄，我自去耳。」要分手不直接說，卻找術士來對付她，這種忘恩負義的行為她無法忍受。因此，醜狐接下來採取激烈的復仇行動，訴求非常明確，取回饋贈給書生的金錢。在此復仇過程中，書生付出慘痛的代價，被「貓首鴟尾」的怪物咬到「足血淋漓」、「喪其二指」，並且回到未得狐仙金援前貧窮的狀態。

醜狐拿回她認知中屬於自己的金錢後，「無言而去，自此遂絕」，一貫的直接坦率、愛恨分明。「無言」代表她心裡對書生的不屑。分手後，他們曾有過一次短暫的偶然相遇，書生看到醜狐後馬上「長跪道左」，我們可以感受到書生心裡的後悔。但是他是後悔對不起醜狐嗎？以他貪財重利的個性，應該是後悔對不起錢吧！被傷害過的醜狐心裡是雪亮的。因此，她選擇這麼做：

女無言，但以素巾裹五六金，遙擲生，反身逕去。（頁1108）

伴隨著她一貫「無言」之後的瀟灑身影，此時讓人覺得噁心醜陋的恐怕不是醜狐，而是跪在那裡搖尾乞憐、懇求施捨的書生。蒲松齡進一步顛覆的不只是狐仙形象的美醜，真正的醜陋不在外表，而在於內心。誰才是故事中真正的「醜狐」——醜陋的禽獸，答案應該很清楚了。

故事還交代了醜狐接下來的去處，離開書生後的她嫁給隔壁村姓于的農夫。她很清楚自己醜陋的外在條件限制，面對男性「色欲」和「財欲」的「欲望交響曲」，她想要得到情愛，只能先滿足對方的「財欲」；因此，她仍然選擇了窮光蛋。但是，醜狐這次學乖了，她的對象換成農夫。農夫的典型形象，雖然不像書生那樣的能言善道、體面風雅，但長期接近大地的特質，應該是腳踏實地、忠厚老實，懂得飲水思源的吧！這次醜狐對了，她一樣大大改善農夫貧窮的家境，而農夫果然不似書生的忘恩負義。可惜的是農夫並沒有活太久就過世了，依照狐原本作為「妖獸」、「淫獸」的情欲動物本性，接下來會發生什麼事？她應該會很快的再找下一個男性吧！我們無法確定他的職業會是什麼，但可以確定的是必定還是個窮光蛋，才有接納醜狐的空間。故事中醜狐的功力或許尚未修煉到具有無中生有、點石成金的本事（否則也不需大費周章的討回金錢了），所以，她需要以金錢來作為再度建立性愛關係的籌碼。問題是，全數饋贈給農夫後，錢從哪裡來？醜狐自然是回農夫家拿錢。農夫是有兒子的，「于氏子」的出現雖然只在〈醜狐〉文末中輕輕帶過一筆，卻是個具有影響力的關鍵角色。醜狐不斷拿走值錢財物的舉動（對照之前她和穆生「至無虛夕」的相處模式，這頻率是每天晚上都要進行的），帶給農夫家人的困擾可想

而知。只是，這敦厚的農夫家庭並沒有像書生一樣，找驅邪人來對付她。他是這樣做的：

> 于子睹其來，拜參之，遙祝曰：「父即去世，兒輩皆若子，縱不撫卹，何忍坐令貧也？」女去，遂不復至。（頁1109）

當于氏子以真誠和敬意，將醜狐視之為母，懇求他以母親關愛子女、為子女設想的心情相待時，神奇的事情發生了，醜狐聽完後就馬上離開，從此沒有再出現。醜狐不需要再尋找異性去建立她的情愛（或性愛）關係了嗎？錢從哪裡來？我們不再知道了，因為故事在此戛然而止，留給閱讀者想像的空間。

四　誰是「醜狐」：〈醜狐〉文本的顛覆與成長

分析完〈醜狐〉故事的文本結構後，接下來思考蒲松齡在書寫眾多美麗的狐仙後，又創造「醜狐」這個醜陋的形象，他要表達的是什麼？本文嘗試從「顛覆」這個面向來探討。

〈醜狐〉故事的顛覆策略有四個面向：

1. 男／女的顛覆

首先看到的是他對性別刻板印象的顛覆。《聊齋》故事下的婦女角色本來就不同於傳統禮教制約下，聽任「父母之命，媒妁之言」安排的女子，婚姻大事只能由人做主，遑論愛情；男性可三妻四妾，女子則須從一而終。《聊齋》中的婚姻，乃至情愛關係的建立，居於主導地位的通常是女子。這些《聊齋》女子和異性不論是結合或離異，

其行動都是迅速、果斷的。她們在面對婚姻或情愛的失敗時，沒有哭哭啼啼、苦苦哀求，而是拂袖而去，大方的一走了之；與之相對的男性則往往追悔莫及，束手無策，甚至在痛苦中度過餘生。男性成了承擔痛苦的一方，這是《聊齋》對傳統性別角色所做的錯位和顛覆。[24]

在〈醜狐〉故事中，醜狐所展示的女性形象也是如此，在兩性情愛關係的建立上居於主導地位，不管是追求或分手，皆行動果斷、訴求明確。而且由於她具有雄厚的經濟實力，不管面對書生或農夫，都顛覆傳統社會中男性是經濟主要提供者，女子只能仰人鼻息的性別刻板印象。由於原來的傳統社會中男性是經濟主要提供者，因此接著而來的是，在男／女的權力結構中，就往往容易形成一種權力暴力，甚至是集體意識型態的暴力，並以此來看待兩性的身體：男性可三妻四妾，女人則須從一而終。蒲松齡透過醜狐這個角色，來顛覆這個男／女的權力結構，並對之進行嘲諷、戲仿。我們看到女性在擁有了原本傳統社會結構中，通常由男性掌控的經濟自主權後，竟然也可以用它來進行桃色交易，以得到自己理想中的異性；打破禮教神話，進入一個可以自我抉擇的自由狀態。

2. 美／醜的顛覆

探討過文本中男／女的性別顛覆後，筆者擬再試著進一步追問，蒲松齡對傳統社會男女權力結構之顛覆，由此而來的女性主導權，究竟是真主導？還是假性主導？這個問題存在著不同的看法。部分學者認同這個性別顛覆的正面意義，並且歌頌蒲松齡筆下大膽主動追求情

---

24 關於《聊齋》中兩性角色錯位的討論，可參李文慧、王恆展：〈論《聊齋志異》中兩性關係的錯位〉，《聊齋志異研究》（2006年3月），頁5-14。

愛的女子。[25]但是，也有學者對此說法存疑，馬瑞芳說：

> 這類論述並不能闡明聊齋愛情故事深層內涵。不可否認，某些
> 聊齋愛情故事具有反封建色彩，但相當多作品卻是以見男權話
> 語創造出情愛烏托邦。愛情女主角經過作者主觀意志過濾，按
> 其人生理想和道德準則進行個人化加工，最終扭曲成「蒲松齡
> 式」女性型態，即：千姿百態、優美可愛、生機勃勃的女性，
> 其思維模式往往以現實生活中的書生——一般是中下層懷才不
> 遇讀書人——需要為中心。[26]

這個懷疑並非全無道理。首先，蒲松齡的性別顛覆其實有條件限
制，它必須經過現實／虛幻的常異空間轉換，逃離現實社會，躲進鬼
魅狐妖的異類怪誕空間中才得以實現。女性自主通常存在於異類世
界，而非人類世界中的現實婦女身上。[27]在怪誕空間中什麼都不怪

---

25 如游國恩：「描寫愛情主題的作品，在全書數量最多，它們表現了強烈的反封建
   禮教的精神。……這些作品中的青年男女，他們自由地戀愛，自由地結合，和封
   建婚姻形成鮮明的對比。」游國恩等主編：《中國文學史》（臺北市：五南圖書出
   版公司，1990年），頁1237-1238。王麗華：「《聊齋》中的女性以獨特的身分叩開
   了禮教的大門，以新的姿態向封建禮教的維護者挑戰，『三從四德』的綱常在她
   們的眼中形同虛設，超越世俗的觀念使她們擁有了獨立的愛情意識。」王麗華：
   〈論《聊齋志異》中女性獨立的愛情意識〉，《遼寧師專學報（社會科學版）》
   2000年第6期，總12期（2000年12月），頁45。

26 馬瑞芳：〈《聊齋志異》的男權話語和情愛烏托邦〉，《文史哲》2000年第4期（總
   第259期）（2000年8月），頁73。

27 蒲松齡《聊齋志異》中人類女性和異類女性的差異，相關研究參藍慧茹：〈第四
   章現實與虛幻——異類女性角色的創造〉，《從《聊齋志異》論蒲松齡的女性觀》，
   頁105-122。

誕。其次，即使在這個異類怪誕空間中，前文提到蒲松齡「人狐戀」具有一定的寫作模式，美麗善良、聰慧可人的狐女不請自來，賞識書生、愛慕書生，給書生精神上的安慰外，還能改善書生現實生活的貧賤困窘，滿足其「美女癮」、「富豪癮」、「功名癮」。在男性本位立場下創造出來的蒲松齡式「狐仙夢」裡，性別顛覆下的女性自主或許只能說是假性主導，因為，在女性辛苦的主動與主導下，男性反而成為坐享其成的最大受益者。

〈醜狐〉故事中醜陋的狐仙身體，也可以說是蒲松齡嘗試顛覆狐仙美夢的戲仿之作。在男／女的顛覆後，〈醜狐〉故事中醜陋狐仙的出現，筆者將接著探討第二個顛覆策略：美／醜的顛覆。透過美／醜的顛覆，把原本《聊齋》中並不完整的性別主導權，再度交回女性手上。醜陋的狐仙，不再能滿足男人的「狐仙夢」，卻也因此出現新的對話空間，醜陋反而製造出一種自由。為什麼女性必須以其美色滿足男性的予取予求？醜陋是否就沒有追求情愛的權利？美貌女子雖然表面上是愛情市場上的常勝軍，但反而容易成為滿足男性「狐狸精情結」的假性主導者；醜陋，雖然讓女子更容易感受到現實的殘酷，在愛情、婚姻市場上居於劣勢，但剝落了美麗皮相的虛偽，醜陋的狐女終究能真誠的面對自我，並且得到農夫的真心相待。

3. 雅／俗的顛覆

以下筆者將透過書生和農夫兩個角色，建構〈醜狐〉文本中的第三個顛覆策略：雅／俗的顛覆。在一般社會認知中書生是雅層的代表，居於社會底層的農夫則被視為俗層人物。和蒲松齡自身仕途不順的坎坷際遇有關，他所觀看、所描述的文士形象和傳統知識分子的形象有巨大差異。尚繼五、董淑朵〈論《聊齋志異》文士人格的移位〉

說：

> 《聊齋志異》中的文士大多數居於社會的中下層，社會關係非
> 常簡單，迎來送往的不是社會名流、冠蓋之輩，而是與普通百
> 姓混跡一處，除了不參加農業勞動外，他們的日常起居與普通
> 百姓無異，甚至人生理想和品味也很相近。與魏晉時期志人小
> 說中淡然淵雅、神韻沛然的豪門右族和社會名流圈子中的文士
> 相比，他們從理想和精神的天國降到了食性欲望的俗眾世界；
> 與唐代傳奇中那些意氣風發、在科舉仕途上充滿自信的文士相
> 比，他們不再有「天生我材必有用」式的精神氣度。[28]

　　他們所關注的人生目標從注重學識修養轉向重科舉制藝；由心懷
天下轉為關注自我；由重義輕利演變為趨利重財，身為知識分子卻謀
生乏術，依賴狐女金錢生活而不知羞恥，這種傳統文士難以忍受的事
情，卻不斷在《聊齋》故事中呈現。[29]這是對傳統知識分子形象的顛
覆，文士從雅層被顛覆到俗層，與一般尋常百姓無異。到了〈醜狐〉
文本，雅／俗顛覆被進行得更為徹底，蒲松齡如此評論貪婪的書生：

> 邪物之來，殺之亦壯；而既受其德，即鬼物不可負也。既貴而
> 殺趙孟，則賢豪非之矣。夫人非其心之所好，即萬鍾何動焉。
> 觀其見金色喜，其亦利之所在，喪身辱行而不惜者歟？傷哉貪

28　尚繼武、董淑朵：〈論《聊齋志異》文士人格的移位〉，《聊齋志異研究》（2006年
　　10月），頁50-51。

29　同前註，頁50-57。另見張玲：〈論《聊齋志異》中窮書生的物質世界〉，《語文學
　　刊》2008年第1期（2008年1月），頁13-15。

人，卒取殘敗！（頁1109）

　　身為知識分子卻貪財負義至此，蒲松齡直接用「喪身辱行」來譴責他。比起來原先處在社會底層，卻安分知恩的農夫，不管是于氏還是其子，這于氏一家，倒顯得高雅多了！在〈醜狐〉文本中，原本應該「憂道不憂貧，謀道不謀食」，居於雅層的書生，不僅因生財無術，在現實生活中被打敗，迫降到俗層；甚且連基本的品行、做人的道理都守不住。蒲松齡嘲諷了雅層的書生，肯定了俗層的農夫，書生族群不僅從雅層→俗層，而且和農夫做了一個雅／俗位置互換。

　　4. 人／妖的顛覆
　　透過書生／農夫兩個人物間的雅／俗顛覆外，在〈醜狐〉文本中人／妖的界線也被顛覆了。石育良指出：

　　　　六朝志怪以來，各種各樣的狐魅花妖、神仙鬼怪大都在與人的交往中而表現出來。這一固定格局在《聊齋》裡具有兩個顯著特點：首先，狐魅花妖、神仙鬼怪寓含著蒲松齡對社會、對人生的特殊理解，它們大都構成與現實中的人的對比。它們或者影射現實中人的醜惡，或者具有比現實中的人更優越的性質，具有更美好的品質，它們在更多的作品中被理想化了。其次，與狐魅花妖、神仙鬼怪打交道的人更主要是書生，它們與書生有著極為密切的關係。……在各種異類的身上映顯出書生的文化心態。[30]

30　石育良，《怪異世界的建構》（臺北市：文津出版社，1996年），頁121。

《聊齋》狐仙故事往往是透過「人狐交往」，尤其是「人狐戀」格局而展開。故事中的「人」通常是書生，而且是窮書生。那些希望通過讀書考試獲取俸祿，可是科舉仕途艱難遙不可及，又不事生產，謀生無術，「窮」就成了他們的特徵；無奈的他們只好幻想得到異類，尤其是異類女子的物質幫助和精神憐愛，這其實也正是書生（包括作者蒲松齡）的自憐自愛。在蒲松齡這樣對社會、人生的特殊理解下，人／妖的界線本來就是模糊的，甚至「妖」的世界才是他寄託理想的精神烏托邦，因此有眾多美麗的「狐仙夢」出現。

蒲松齡的「狐仙夢」在〈醜狐〉文本中，雖然被狐仙的醜陋外表解構掉了，但是，筆者認為經過美／醜的顛覆後，所呈現出來的人／妖顛覆樣貌卻更真實。在這裡面甚至可以看到一條女性成長的脈絡。醜狐沒有美貌，在情愛關係的建立過程中是辛苦的，她試圖用金錢來達到目的，被辜負後以激烈的復仇手段進行報復，這是「妖」的原始生命型態。但這樣愛欲交雜的原始動物性，隨著故事的發展而出現不同階段的成長。首先，她在離開書生後，選擇了農夫，這代表她在情愛的追尋過程中，學會不再以外表的體面、風雅來取人，而能看到農夫敦厚知足的內在特質。這個改變代表醜狐同時破除美／醜和雅／俗的價值框架；相較於人類在情愛關係的追求上「以貌取人」的迷思，至死不悔，醜狐的改變反而高明。破除美／醜和雅／俗的價值框架的醜狐，不再聚焦於外表，「醜狐」就超越「醜」了，但她還是個「狐」。來自於「狐」的原始動物性，使她不斷的尋找下一段情愛（性愛）關係建立的可能性。但是，當于氏子以禮、以敬相待，並視之為最偉大的母親時，醜狐再度提升到另一個不同的高度，作為「母親」的高度。母親不是愛子女勝過自己，以子女的溫飽為溫飽的嗎？如果我的消失是對子女好的，那麼，母親會毫不猶豫的選擇以消失來表達對子

女的愛；成為「母親」的醜狐，脫離了原始動物性，也不再是「狐」
了。在這裡蘊含了多層次的女性成長。

在〈醜狐〉文本人／妖的顛覆策略下，醜狐就不再是「醜狐」了；
那麼，誰才是故事中真正的「醜狐」？答案應該很清楚。故事中的窮
書生不僅人窮，連志也窮，完全被現實打敗到自己也成了一個現實。
嫌惡人家的「醜」和「狐」的身分，卻為了金錢和人家進行桃色交易；
因為對方的餽贈而暴富，卻無法心存感激，反而嫌惡其醜陋，蒲松齡
因此用「喪身辱行」來評論他。沒有了理想、剝落了抱負，只剩下現
實的醜陋嘴臉，一生困在金錢欲望中的書生，才是故事中真正的「醜
狐」吧！這就是〈醜狐〉文本的人／妖顛覆策略。

〈醜狐〉文本以嘲諷戲仿的策略，進行一場類似巴赫金狂歡文化
理論中的「脫冕／加冕」帽子戲法[31]，脫冕男性、美麗、雅層、人類，

---

31 〔俄〕巴赫金著名的「狂歡文化理論」中的「脫冕／加冕」的帽子戲法，見〔俄〕
巴赫金：《拉伯雷研究》：「獨特的『逆向』、『相反』、『顛倒』的邏輯，上下不斷
易位、面部和臀部不斷易位的邏輯，各種形式的戲仿和滑稽改編、降格、褻瀆、
打渾式的加冕和脫冕，對狂歡節語言來說，是很有代表性的。在一定程度上來
說，民間文化的第二種生活、第二個世界是作為對日常生活，即非狂歡節生活的
戲仿，是作為『顛倒的世界』而建立的。」〔俄〕巴赫金著，李兆林、夏忠憲譯：
《拉伯雷研究》（石家莊市：河北教育出版社，1998年），頁13。在巴赫金所觀察
到的狂歡文化中，脫冕神聖、精神、正典，加冕俗世、肉身、他者，在狂歡節時
的廣場中，平常被視為卑賤醜陋者，如小丑、傻瓜、巨人、侏儒、跛子等怪誕人
物，站到了舞臺中央成為主角；高雅的教會和官方人物反成了被嘲諷戲謔的對
象。透過這些廣場空間的怪誕身體和流動話語，來達到文化批判與更新的創造效
果。參賴錫三：〈《莊子》的雅俗顛覆與文化更新——以流動身體和流動話語為中
心〉，《臺大文史哲學報》第77期（2012年11月），頁73-113，第四節〈巴赫金的
雅俗顛覆之狂歡文化理論：廣場空間中怪誕身體和流動話語〉。宋德志、張建霖
在〈《聊齋志異》中「狂人」分析——巴赫金狂歡視野下的重新解讀〉一文，也
嘗試透過巴赫金視野來對《聊齋》進行詮釋。參宋德志、張建霖：〈《聊齋志異》

加冕女性、醜陋、俗層、妖類。前者的形象表現為書生的角色,文末「異史氏曰」中,蒲松齡對他做出了嚴厲的嘲諷、批判;後者的形象主要表現為醜狐的角色,這個蒲松齡所創造出來的怪異空間下的怪誕身體,反而閃爍著一抹奇異的光輝。醜狐是沉默的,尤其到故事後半她一路無言,蒲松齡也沒有針對她特別作出評論。但是筆者在閱讀〈醜狐〉文本時總是不斷的在思考:蒲松齡創造了這樣一個令人印象深刻的醜陋狐仙形象,簡直是顛覆了自己一手編織出來的男性幻想下的「狐仙夢」,他到底想透過這個故事傳達什麼訊息?應該並不只是簡單的醜陋和復仇的主題。蒲松齡說:

> 遄飛逸興,狂故難辭;永託曠懷,癡且不諱。……集腋為裘,妄續幽冥之錄;浮白載筆,僅成孤憤之書:寄託如此,亦足悲矣!(《聊齋志異·聊齋自志》,頁2-3)

蒲松齡創造鬼魅狐妖的怪異空間,寄託他在現實世界所感受到孤憤、不平與蒼涼,他的怪異空間和正常空間原本就是顛倒的,所創造出來的鬼魅狐妖,本來就是「多具人情」,這是聊齋閱讀者的基本認知。在他的悲涼、寄託之下,創造出對差異、多元世界和價值的尊重,是非常可貴的價值。「狐」相較於人類,本來就是他者;被割裂於美麗的狐仙群之外,那踽踽獨行的醜狐,豈不更是他者中的他者?將《聊齋》光環也投射到〈醜狐〉文本中狐仙的醜陋形象和怪異身體上,會發現在《聊齋》狐仙故事中,不僅那些美麗的狐女形象令人難忘,醜狐多看幾眼後,也還挺可愛的。

中「狂人」分析——巴赫金狂歡視野下的重新解讀〉,《安徽文學》2012年第12期(2010年12月),頁130-131。

五 結語

　　本文的《聊齋》故事研究，選擇蒲松齡著墨最多的「狐仙」故事，作為研究的議題，卻刻意放棄眾多蒲松齡所編織的美麗「狐仙夢」，而以〈醜狐〉作為討論的文本。用意是藉著〈醜狐〉文本來觀看：當一般討論「狐仙」故事所關注的「狐仙」、「女性」、「人狐戀」這些議題都沒有改變，而「狐仙」卻不再美麗，甚至醜陋的驚世駭俗時，故事還剩下什麼？本文並不認同「醜狐不僅面目醜，心靈也醜」、「她原以為金錢可以買來『愛情』，對方變心，她報復得心狠手辣。」只以「醜」和「報復」的視域來解讀〈醜狐〉的文本。因此，嘗試透一系列的「顛覆策略」，男／女的顛覆、美／醜的顛覆、雅／俗的顛覆、人／妖的顛覆，來對〈醜狐〉文本進行再詮釋。在這個「顛覆」的過程中，一方面可以看到一生懷才不遇的蒲松齡對差異、多元世界和價值的尊重、對他者的關注。「狐」相較於人類，本來就是他者；美麗的狐仙群之外，那踽踽獨行的醜狐，更是如此，在《聊齋》狐仙群像的研究中罕被聚焦。本文透過這樣的「顛覆策略」，企圖將《聊齋》的光環也投射到他者，〈醜狐〉文本中狐仙的醜陋形象和怪異身體上，筆者以為如此可以更豐富，並且更深刻的挖掘出在蒲松齡「狐仙夢」的顛覆下，所要傳達的正面訊息。另一方面，我們也看到了可貴的女性形象，從自我的情愛追尋中，如何破除表象的迷思、如何超越「食色性也」的原始動物本能，不斷自我成長、層層超越，這個「顛覆」過後的「成長」，隱隱呈現的那一抹母性的光輝，這就是《聊齋‧醜狐》故事在顛覆後所呈顯的價值世界。

伍

薛紹徽的女學觀與婦女自我建
構：以〈訓女詩〉十首為中心

一 前言

　　晚清（1840-1911）中國進入一個「三千年未有之變局」（李鴻章語），「天朝帝國」的幻覺在甲午戰爭（1894）後徹底幻滅。知識分子終於意識到自己面對的是強勢文明的空前巨大挑戰。張之洞提出「中學為體，西學為用」，很快的，知識分子進一步開始注意到「西用」背後的「西體」，而對西方文化展開全面的接受與學習。西學輸入的範圍從技術、武器層面，迅速擴展到政治、經濟、社會以及文化各個領域。這也是「達爾文」征服中國的時代，甲午戰後達爾文主義形成當時思想主流，中國知識分子對它普遍承認和近乎狂熱的崇信，此現象持續三十年之久。[1]西方文明被視為現代的、進步的，此一非西方國家向西方國家學習的過程，即是所謂「現代化」過程。隨著帝國主義侵略轉劇，列強幾乎瓜分中國，在晚清特殊的文化氛圍裡，「現代化」以「救亡圖存」的群體意識為基調而展開。西方文明脈絡中原本來源複雜的「現代」質素，在中國卻是經過「救亡圖存」群體意識之過濾而被接受，因為這一層過濾，很多西方思想已非原來的型態。在此前提下，自由、權利、民主都被看成救亡圖存、富國強兵的工具，[2]對婦女議題的關注，也必須放入此歷史情境被理解。晚清現代性議題中，婦女問題之所以特別值得關注，夏曉虹指出：

1　達爾文主義對中國現代化的影響，郭正昭指出：「近代科學衝擊中國社會變遷的第二時期（1895-1927年），可說是『達爾文』征服了中國的時代，因為達爾文主義形成了當時思想界的一個主流。」參郭正昭：〈達爾文主義與中國〉，收入張灝等著：《近代中國思想人物論——晚清思想》（臺北市：時報文化出版事業公司，1981），頁669-670。

2　參張灝：〈晚清思想發展試論——幾個基本論點的提出與檢討〉，頁21。

女子在社會現實中的處境遠較男子複雜，遭遇的困擾也遠較男性繁多。僅以晚清婦女論名著《女界鐘》的論述而言，其所列舉的女子急當恢復的基本權利，便包括了入學、交友、營業、掌握財產、出入自由、婚姻自由六項，足見女性在教育、社交、就業、財產以及人身與婚姻的自由度方面與男子相比，權利的極度匱乏，更無論作者視為理想、有待日後爭取的參政權。也就是說，身處晚清，男性涉及的社會問題，女子無一能逃脫；在此之外，女性更有諸多必須獨自面對的難題。因而，將女性的生存狀況作為衡量一個社會文明的標尺，確有道理。反過來說，對晚清女界生活與觀念的考察，也可以獲致全方位地呈現晚清社會場景的效果。[3]

晚清婦女所面臨的問題其實比男性更複雜，除了無法逃脫原來男性所面臨的社會問題外，還有自身必須獨自面對的難題。要對晚清有更全方位的理解，婦女生活與觀念是不可略過的場景。但是，正由於婦女議題是在「救亡圖存」脈絡下被提出，而不是以婦女自身的權益為出發點。這樣的特殊歷史情境，使晚清女學、女權的提倡過程充滿弔詭，它確實為後來婦女生存狀態的改變帶來可貴契機；但卻也同時呈現不少以工具性、策略性態度，討論婦女議題的作法與思維。中國的婦女解放思潮由晚清發端，並且至今仍未過時，這個婦女一步一步尋求獨立自主，企求建立女性主體的過程，至今仍在持續運動中。

薛紹徽（1866-1911），字秀玉，號男姒，福建侯官人。是晚清著

3　參夏曉虹：〈導言·重構晚清圖景〉，收入氏著：《晚清女性與近代中國》（北京市：北京大學出版社，2004年），頁4。

名女詩人、女作家、女翻譯家。本文選擇以薛紹徽（1866-1911）作為理解晚清世變之際婦女思考——包括婦女教育、婦女典範的自我建構等問題——的研究對象，是因為她在晚清女作家中具有一定的重要位置。從其歿後陳氏家刻本《黛韻樓遺集》[4]出版時，學界名流姚華、嚴復、陳寶琛、陳衍、林紓分別題簽的情形，可看出她在當時文壇的重要性。薛紹徽生長於閩地，清中葉後國門漸啟，海外經商者紛至，閩、廣首當其衝，中西文化的碰撞較他處早，嚴復、林紓、陳季同等人，很早就傾力於介紹西學，實一時地域文化大環境使然，薛紹徽生於斯、長於斯，很難不受影響。[5]此外，她的丈夫陳壽彭與其兄陳季同皆為福建馬尾船政學堂早期畢業生，接受新式教育，精通中西學。陳季同為清季資深外交家，派駐歐洲二十餘年，出版英法文著作六、七種，向西方介紹中國文化。陳壽彭本人亦曾遊學日本和英、法。陳氏兄弟歸國後，在上海、南京等地辦報，致力於介紹西方歷史、文化、科技、法律等，又興女學，薛紹徽皆參與其事。[6]筆者擬透過薛紹徽來

---

4 薛紹徽《黛韻樓遺集》分為《黛韻樓詩集》、《黛韻樓詞集》、《黛韻樓文集》三部分，前有陳壽彭所作之〈序〉與〈亡妻薛恭人傳略〉（以下簡稱〈傳略〉），及其子女陳鏗、陳瑩、陳荙合編的〈先妣薛恭人年譜〉（以下簡稱〈年譜〉）。據陳壽彭〈序〉所言「薛恭人病亟，手自刪定《黛韻樓詩集》。」說明薛紹徽生前即曾針對自己的作品作過整理刪定的工作。由於家刻本的完善保存，其中的〈傳略〉、〈年譜〉為薛紹徽生平研究提供了可靠的第一手資料。2000年，林怡點校《黛韻樓遺集》，2003年方志出版社將其點校本改名為《薛紹徽集》出版，後附〈在舊道德與新知識之間〉一文。參林怡點校：《薛紹徽集》（北京市：方志出版社，2003年）。本文所引用薛紹徽作品之版本仍據薛紹徽著、陳壽彭編：《黛韻樓遺集》（陳氏家刻本，1911年。哈佛燕京圖書館館藏）。

5 楊萬里：〈薛紹徽呂碧城異同論〉，《南陽師範學院學報（社會科學版）》第6卷第1期（2007年1月），頁69。

6 楊萬里：〈薛紹徽呂碧城異同論〉，頁66。陳壽彭「遊學日本」參〈年譜〉9年癸

觀看晚清婦女——尤其是像她這樣的閨閣才女，面對新、舊時代交替的挑戰時如何自處？如何思考？如何做出不同於以「救亡圖存」為唯一目標的男性宏大敘事觀點的婦女自我建構？薛紹徽在參與創設女學堂時期，即提出「女學與男學異」、要保有中國傳統女教的特色，不能專尚新學的看法；一九○四年她以班昭《女誡》傳統下的「女訓」體形式，寫下〈訓女詩〉十首來教育自己的女兒。這當中保留她在經過戊戌變法後針對男性士大夫「興女學之弊」的反思，以及對婦女教育、婦女典範所做的自我建構。本文擬以〈訓女詩〉十首為中心，作為討論薛紹徽女學觀的文本。並透過〈訓女詩〉十首和薛紹徽極力稱揚的女子楷模——班昭《女誡》做比較，來探討晚清中國女教傳統在面對現代化過程中所產生的內部變化。

　　對於晚清婦女的自我建構，錢南秀〈重塑「賢媛」：戊戌婦女的自我建構〉）一文指出：戊戌時期知識婦女參與女學運動時，其精神力量的來源「雖不排除西方影響」，但「更主要的是對魏晉賢媛精神的有意識繼承」，女學運動中婦女參與者互稱「賢媛」，李提摩太（Timothy Richard）等西方贊助者亦屢以此稱參與的中西婦女。「賢媛」典故出自《世說新語‧賢媛篇》，錢南秀認為戊戌婦女改變前此明清婦女對「閨秀」的普遍認同，而選擇「賢媛」作自我表述，是因為「『閨秀』尚自律於儒家內外之別，而『賢媛』超越儒家傳統規範，值此『三千年未有之大變局，敢於打破內外之別，大膽設計自我，改變社會』。」[7]本文擬於錢文外再進一步發展：薛紹徽的婦女自我建構

未18歲條（1883）；「遊學英法」12年丙戌21歲條（1886）：「家嚴應船政出洋監督之聘充舌人，遊學英、法國。」此次出國乃為清廷洋務擔任翻譯的工作。

7　錢南秀：〈重塑「賢媛」：戊戌婦女的自我建構〉），《書屋》2007年第12期（總122期）（2007年），頁49。

除了對「閨秀」、「賢媛」等婦女形象的肯定外，「巾幗儒生」（語出陳壽彭序「蓋雖巾幗，不啻儒生也。」）一詞或許更適合作為薛紹徽女學觀中理想婦女人格之表述。薛紹徽認同「閨秀」與「賢媛」的才學與儀型，並致力於「博搜紀載，揚彤管之輝光」；但在其女學觀中也多處表現對儒家傳統的高度認同，本文將探討薛紹徽對儒學女教的認同，其內容其實已超出班昭《女誡》強調男尊女卑，相夫教子、曲從舅姑叔妹的女子教育內容。她的女學觀是「鑑古稽女典，淑性陶六經」，一方面認為婦女應該要學習傳統女典，但一方面也要求婦女要做和男性儒者一樣的經典學習、道德修養與自我期許，以建構出「閨秀」、「賢媛」、「巾幗儒生」的婦女典範。

二 薛紹徽〈訓女詩〉十首的問題意識

薛紹徽《黛韻樓遺集》分為《黛韻樓詩集》、《黛韻樓詞集》、《黛韻樓文集》三部分，前有陳壽彭所作之〈序〉與〈亡妻薛恭人傳略〉，及其子女陳鏗、陳瑩、陳荭合編的〈先妣薛恭人年譜〉。據陳壽彭〈序〉：「薛恭人病亟，手自刪定《黛韻樓詩詞集》。」說明薛紹徽生前即在意自己作品之出版、傳世，並親自做過整理刪定的工作。薛紹徽對婦女教育與婦女自我建構的思考，以《黛韻樓詩集》卷二作於甲辰（1904）的〈訓女詩〉十首內容最為完整。因此，筆者擬以此作為探討薛紹徽女學觀與婦女自我建構之核心文本。

首先，薛紹徽在〈訓女詩〉十首序交代寫作原由，她說：

> 前既作〈課兒詩〉，芸菀二女亦以為請。余思吾國女教，以貞順為主，五千年來鮮有流弊。晚近士大夫倡興女學，如陳相之

見許行，所誤恐不止毫釐千里已也。二女從余既熟〈女誡〉、
〈女訓〉諸書，因更勗以理義。用張景陽雜詩韻作訓女詩十
首。（〈訓女詩〉十首，《黛韻樓詩集》卷2）

〈訓女詩〉，顧名思義是母親教育女兒的家訓。以女兒作為訓誡對
象的「女訓」，是家訓的一個門類。班昭《女誡》的出現標誌著女訓
體的產生，它在漢代即已引起廣泛關注與迴響，並出現不少士大夫的
仿作，如荀爽《女誡》、蔡邕〈女訓〉等。有學者指出「無論作者性
別如何，我們發現這些文章存在著一定的相通之處。以和諧家庭為主
的創作原因，女訓作為寫給家中女性的文章，主要是希望通過各方面
的教育以提高她們的自身修養，成為男權社會中所需要的『賢妻良
母』，從而維護家庭與社會的和諧穩定。」[8]這樣的寫作目的，從漢代
延續到後世的女訓，在內容上一脈相承，多秉持儒家禮教，闡述婦女
應遵守的道德規範、行為準則；〈訓女詩〉十首之作，從命名看她有
意繼承此一女訓傳統。但由於歷史條件的不同，出現在晚清中西文化
衝撞、眾聲喧嘩的世變之際，〈訓女詩〉的問題意識，實際上已不同
於以往的《女誡》傳統。薛紹徽在〈訓女詩〉十首序中說：此詩是針
對「晚近士大夫倡興女學」所造成的問題而作。並且用孟子「陳相見
許行」[9]的典故，藉由孟子駁斥許行之說似是而非，來質疑男性領導者
提倡的興女學運動「所誤恐不止毫釐千里已也」，轉而肯定傳統中國
女教強調「貞順」，少有流弊。

8　金璐璐：〈漢代女訓比較研究〉，《教育評論》2010年第2期（2010年），頁122。

9　孟子：「陳相見許行而大悅，盡棄其學而學焉。」孟子認為「巨屨小屨同賈，人豈
　　為之哉？從許子之道。相率而為偽者也，惡能治國家？」〔宋〕朱熹：《四書章句
　　集註·孟子滕文公上》（臺北市：大安出版社，1999年），頁359-362。

　　在此，有必要說明所謂「晚近士大夫倡興女學」，和薛紹徽在此新興女學運動中所處位置，作為探討其女學觀的背景，以理解她認為「晚近士大夫倡興女學」的問題何在。「女學」跨出閨閣，從家庭教育轉化成為社會教育的一環，發端於晚清西方傳教士所辦的教會女學校。[10]至於中國人自辦的女學校，始於戊戌時期維新派人士所創辦的上海女學堂，女學堂、女學會、女學報的成立皆是戊戌變法中興女學運動的一環，是在「救亡圖存」大前提下提出的重要主張之一。一八九七年十一月，梁啟超、經元善等維新人士的鼓吹、提倡下，中國仕紳在上海創辦第一間中國人自辦的女子學校──中國女學堂[11]，建立中國第一個女學會，發行中國第一張《女學報》，目的是弘揚女子教育。女學會於一八九七年十二月六日成立，聚集中外婦女一百餘人，為晚清女學運動拉開序幕，打下堅實的基礎。一八九八年五月三十一日女學堂正式開學，女學堂雖然初由維新派男士發起，但實際的教

10　夏曉虹：「1834年，英國傳教士郭實獵夫人（Mrs. Gutzlaff）已在澳門開辦了專教女生的學校（見容閎《西學東漸記》，商務印書館，1915年）。十年後，另一位英國女傳教士亞爾德西（Miss Aldersey）又在寧波開設女塾，通常以之為中國大陸的第一所女學堂。延至1860年，鴉片戰爭後允許通商的廣州、福州、廈門、寧波、上海五個沿海城市中，總計先後建立了11所教會女學校。」參夏曉虹：〈戊戌前後新興的婦女教育──以上海中國女學堂為中心〉，《紀念戊戌變法一百周年》，頁58。

11　夏曉虹指出：「在上海中國女學堂的創建過程中，起決定作用的是梁啟超與經元善。梁氏主要負責輿論鼓吹，其1897年4、5月間連載於《時務報》的〈變法通議・論女學〉一章，促使經元善萌發了辦女校的決心。而同年11月15日仍在《時務報》首先刊發的《倡設女學堂啟》與隨後發表的《上海新設中國女學堂章程》，也一併出自梁啟超之手。……經元善則為女學堂的實際主持人，承擔籌集經費、營建校舍、聘請教員等具體事務。」夏曉虹：〈第一章・中西合璧的教育理想〉，《晚清女性與近代中國》，頁4。

學、管理工作皆由女性擔任。九月二十一日戊戌政變後仍慘澹經營，一直到一九〇〇年宣告關閉。《女學報》在一八九八年七月二十四日創刊，堅持到十月，共發行十二期，「雖為初辦，其思想之開放審慎，關懷之廣泛深遠，文辭插圖之精美考究，後世同類刊物，罕有其匹。」[12]梁啟超代表董事會起草〈創設女學堂啟〉，在他的指導下，賴媽懿（陳季同的法國夫人）等人規劃了女學堂教學章程，在延續「吾儒聖教」名義下，尊奉孔子，並以西法為導向，以就職為目的。

因為薛紹徽出身士大夫家庭，從小嫻熟詩書；又受陳壽彭影響，深得西學薰陶，這樣的特殊背景，陳季同要匯報此一草案時，特別徵求薛的意見。薛紹徽隨即寫〈創設女學堂條議並序〉一文，公開發表於陳季同、陳壽彭兄弟發行的維新刊物《求是報》第九冊。[13]錢南秀指出：

> 〈創設女學堂條議並序〉明確呈現了婦女自己的思想意見，在1898年女學運動中舉足輕重。開宗明義，薛便嚴詞拒絕了中西男子的指控，否認二萬萬中國婦女為惰逸無用之輩，指出「特以先王內言、外言之戒，操守彌堅，貞潔其心，柔順其道。故（中國婦女）於中饋內助而外，若無能為也者。」婦女外若無能而內承重任，且在完成先王所賦職責之外，又自覺進行自我道德修養，更有一批出色人物，「聰明難閟，發而為道蘊之才，靈芸之藝。」誰說她們缺學無業？[14]

---

12 錢南秀：〈清季女作家薛紹徽及其《外國列女傳》〉，收入張宏生編：《明清文學與性別研究》（南京市：江蘇古籍出版社，2002年），頁936。

13 薛紹徽：〈創設女學堂條議並序〉，《求是報》第9冊，1897年12月18日。

14 錢南秀：〈重塑「賢媛」：戊戌婦女的自我建構〉〉，頁47。

　　薛紹徽的主張有針對性，所謂「嚴詞拒絕了中西男子的指控」婦女「缺學」和「無業」，錢南秀認為「卻是針對梁啟超有關婦女知識結構的觀點而發。」[15]先來看看梁啟超的女學觀「指控」什麼。梁啟超對婦女議題的相關論述，主要著作有〈戒纏足會敘〉、〈記江西康女士〉、〈變法通議・論女學〉、〈試辦不纏足會簡明章程〉、〈倡設女學堂啟〉、〈禁早婚議〉等[16]，他的關注是在「救亡圖存」脈絡下提出，最終目標是達到國家富強。梁啟超的思考有其時代的特殊背景，在國之將亡的燃眉氛圍中，貫穿在梁啟超這樣的愛國男性知識分子思想下的共同信仰是「進步觀念」[17]，這不僅是梁啟超的觀點，也是晚清後

15　同前註，頁47。

16　梁啟超：〈戒纏足會敘〉，《飲冰室文集》，《飲冰室合集》卷1（北京市：中華書局，2003年），頁120-122；原載於《時務報》第16冊（1897年）。〈記江西康女士〉，《飲冰室文集》卷1，頁119-120；原載於《時務報》第21冊（1897年）。〈變法通議・論女學〉，《飲冰室文集》卷1，頁37-44；原載於《時務報》第23、25冊（1897年）。〈試辦不纏足會簡明章程〉，《飲冰室文集》卷2，頁20-23；原載於《時務報》第25冊（1897年）。〈創設女學堂啟〉，《飲冰室文集》卷2，頁19-20；原載於《時務報》第45冊（1897年）。〈禁早婚議〉，《飲冰室文集》卷7，頁107-114；原載於《新民叢報》第23號（1902年）。

17　日本學者須藤瑞代說梁啟超：「他在三個不同的時期受過不同內容的社會進化理論的影響：其一是康有為的『三世進化』理論，其二是嚴復翻譯的《天演論》，其三是流亡到日本後，在日本接受的社會進化論。比如，〈論女學〉發表於1897年，這是他流亡到日本的前一年，所以，在〈論女學〉中無法看到日本社會進化論的影響，但可以看到嚴復《天演論》的影響。」參〔日〕須藤瑞代：《中國「女權」概念的變遷：清末民初的人權和社會性別》（北京市：社會科學文獻出版社，2010年），頁33-34。梁啟超受嚴復所譯《天演論》的影響究竟多大其實有其爭議，但他流亡日本後深受加藤弘之社會達爾文主義的影響，回國後發棄其師康有為的「三世進化」理論，而致力於傳播社會達爾文主義，影響力超過嚴復。張朋園說：「嚴復與梁啟超所傳播的社會達爾文主義，誰的影響較大？無疑的，當然

147

來幾年關心婦女議題的男性知識分子如金天翮、馬君武的共同思考框架。[18]與力圖振作的時代課題結合，中國知識分子吸收了進化史觀。他們認為中國在國際上是弱者，中國婦女則是雙重弱者。婦女占中國人口一半，要改變中國之積弱不振，就必須先從婦女開始，必須為國家成為身心優良的母親。梁啟超一方面鄙棄過去中國婦女的價值、建構未來的婦女理想形象，並以之作為教育現在婦女的方向和目標。閨閣婦女被形塑為懶惰愚頑的「游民」、「土番」[19]，「全屬分利，而無一生利者。為其不能自養，而待養於他人也。」[20]長久以來中國婦女不讀書、纏小腳，不事生產，有這「二萬萬之游民土番，國幾何不弊也？」將中國積弱不振歸咎於婦女不學、不事生產。另一方面則推崇西方女學，並將西方強盛歸功於女學興盛。救亡圖存脈絡下提出的「興女學」論述，雖然確實為後來的婦女權益、婦女解放運動開啟不

是梁啟超。……梁啟超的《飲冰室文集》中有關進化論之著作，何止數百篇，以字數計之，當不在百萬言之下。」在梁的影響下「社會達爾文主義是清末民初『思想的霸王』。」參張朋園：〈社會達爾文主義與現代化 —— 嚴復、梁啟超的進化觀〉，食貨月刊社編輯委員會論文作者史學及法學家23位：《陶希聖先生八秩榮慶論文集》（臺北市：食貨出版社，1979年），頁218-219。因為，梁啟超的進化理論有不同來源的影響，因此，本文僅使用廣泛義的「進步觀念」。

18 〔須藤瑞代〕：「梁啟超有關女性的觀點，基本上可以在馬君武與金天翮關於女性的議論中得到呼應、繼承和發揮。馬君武與金天翮的論述裡，仍把未來的理想女性定位於『國民之母』，同時，裹小腳的傳統女性被描述成中國衰弱的象徵。」〔日〕須藤瑞代：《中國「女權」概念的變遷：清末民初的人權和社會性別》，頁50。

19 梁啟超：「閨閤禁錮，例俗束縛，惰為游民，頑若土番。」「嗚呼！聚二萬萬之游民土番，國幾何不弊也？」參梁啟超：〈創設女學堂啟〉，《飲冰室文集》卷2，頁19-20。

20 梁啟超：〈變法通議‧論女學〉，《飲冰室文集》卷1，頁38。

容抹滅的可貴契機，但與民族主義一路同行的女性論述，不難從其中發現不少男權話語與工具論色彩。興女學、廢纏足固然可以解放婦女身心，但解放婦女身心的終極目標是使婦女改變依賴惡習，從分利之人變成生利之人，對救國做出貢獻，如此，救國是目的，解放婦女只是救國的工具、手段。

薛紹徽站在婦女立場，對維新男性領導者的指控提出反駁：

> 方今世異，有識者咸言興女學。夫女學所尚，蠶績針黹、井臼烹飪諸藝，是為婦功，皆婦女應有之事。若婦德、婦言，舍詩、文、詞外，（未）由見。不由此是求，而求之幽渺夸誕之說，殆將並婦女柔順之質，皆付諸荒煙蔓草而淹沒。微特墮女學、壞女教，其弊誠有不堪設想者矣！（薛紹徽：〈創設女學堂條議並序〉）

其一、關於「無業」——中國婦女整天無所事事、不事生產的指責，薛紹徽站在婦女，而且是傳統家庭主婦的位置做出反駁。她認為婦女「特以先王內言、外言之戒，操守彌堅，貞潔其心，柔順其道。故（中國婦女）於中饋內助而外。」古代社會由於男女分工不同，婦女活動場所在家庭，主要工作是「蠶績針黹、井臼烹飪諸藝」（婦功）、任務是相夫教子，傳統婦女並非懶惰無用之輩，而是終年辛勤的興家賢內助，男性不能享受婦女付出，卻又一筆抹殺家庭主婦的價值。古代先王聖哲要求婦女嚴守閨閣，現在的士大夫卻反而指責她們怠惰誤國，並將中國的貧弱歸咎婦女，這種要求可說是前後牴觸。其二、關於「缺學」——中國婦女不學，與西方女學昌盛之說，她對於一味推崇西方女學的梁啟超提出質疑：「西國雖男女並重，余不知其

自古迄今，名媛賢女，成才者幾何人？成藝者幾何人？其數果能昌盛於中國否？」[21]西方有女學，中國也有女教，西方婦女能在其歷史上留下才藝的人數未必能超越中國，如何能單方面推崇西方女學，而無視於中國女教傳統養成下的閨秀才女文化？回到梁啟超的立場來說，他認定的「女學」是要「內之以拓其心胸，外之以助其生計」，能幫助女子就業，才能稱為「學」，古代才女之學在他看來只是：「古之號稱才女者，則批風抹月，拈花弄草，能為傷春惜別之語，成詩詞集數卷，斯為至矣！若此等事，本不能目之為學。」[22]這是梁啟超之所以無視於才女文化，仍然批評傳統婦女「缺學」的思考脈絡。在薛紹徽看來，「詞章之學，可以陶寫性情；宮闈文選，固是婦女軌範。」才女詩詞文集可陶冶性情，不能簡單的用「批風抹月，拈花弄草」來抹殺其價值。女學之設立應針對婦女的修養性情、身心健康作全面考量，不能只為就業的功利目的存在。男性士大夫的論述否定傳統女教培育婦女「柔順之質」的價值，她認為有流弊。

　　因此，此階段薛紹徽女學觀的內容，幾乎可說是以梁啟超女學觀作為對話對象而展開。錢南秀說：

> 當時的士大夫提倡女學，欲以婦女就業加強國力，以救助中國在世界競爭中的失敗。對比此種負面動機，薛的考慮更為積極全面。對她來說，創辦女學，融合西方教育方式，目的不在變中國婦女從無用到有用。而是使她們得到最好的向學機會，培養她們成為多才多藝、學貫中西的人才，「以備國家有用之

---

21 薛紹徽：〈創設女學堂條議並序〉，《求是報》第9冊，1897年12月。

22 梁啟超：〈變法通議・論女學〉，《飲冰室文集》卷1，頁37-44。原載於《時務報》第23、25冊（1897）。

選」，和男子一樣施展其人生抱負，同時又能更好地盡其天職，尊長育幼，維繫家庭。為了這一目的，薛主張女學章程應中西兼容，尤其應保持中國「母訓」傳統，融婦道、才藝為一爐。[23]

女學設置，不應只是救國、就業的權宜之計；須以婦女為主體，教育婦女成為多才多藝、身心健康、有修養抱負之人。薛紹徽的〈創設女學堂條議並序〉要求從女學的精神思想到教材規劃，建立一套以中國婦女為本位來考量的教育體系。其思考主軸是肯定中國傳統禮教的意義、肯定女子才學的價值，並強調女學與男學的差異。因此，「中國女教」的規劃必須同時兼顧「中國傳統」與「婦女」的雙重特色，並以此為基礎來吸納新（西）學。這樣的想法表現在薛紹徽對教材的規劃上，要求選擇教材以婦女著作優先；教學內容應處處關注婦女生活；中西合參、相輔相成。除此之外，在女學堂精神指標上，她要求女學堂維持中國傳統學堂的祭祀儀式；但主張不祀孔子，改祀班昭，並且建議將班昭《女誡》列入中文必修教材。薛紹徽認為孔子言論「非僅為婦女發也」，她意識到婦女要有自己的發聲位置，班昭是中國傳統中的女界之師，改祀班昭既可「以為婦女模楷」，突顯女子學校的特色，又可「隱寓尊孔之意」。至於為什麼選班昭，而非其他亦有代表性的人物，如文王后妃或孟母等婦女？她說：

溯女教之始，實由於文王后妃，次即孟母。然有輔聖誕賢之德，實無專書以貽後學。惟漢之曹大家續成《漢書》，教授六

---

23 錢南秀：〈重塑「賢媛」：戊戌婦女的自我建構〉，頁47。

宮，其德其學，足為千古表率；又有〈女誡〉、〈女訓〉，上繼
〈內則〉，古今賢媛，無出其右。祀於堂中，猶之書院但祀程
朱，隱喻尊孔之義。（薛紹徽：〈創設女學堂條議並序〉）

以班昭作為婦女典範，除了肯定她的「德」之外，主要著眼於「才
學」。班昭的獨特性在她有《漢書》、《女誡》、〈女訓〉（筆者案：〈女
訓〉作者為蔡邕，非班昭）傳世，而且是教授后妃的婦女教育家。因
此，她高度評價班昭，認為「古今賢媛，無出其右」。薛紹徽女學觀
繼承傳統禮法強調男女有別、「男女之防」的意識；但修正「女子無
才便是德」的想法。展現一個既護持中國傳統，又批判吸收西域新
知，以審慎態度，將西方價值匯入中國系統中的穩健精神。在此一興
女學運動中，「賴媽懿等接受了薛的意見，對章程作了修訂。其後許
多參與建立女學的婦女，或賦詩言志，或撰文立論，其見解亦每與薛
氏相表裡。」[24]

戊戌時期薛紹徽對女學的想法也出現在〈年譜〉二十三年丁酉三
十二歲條、〈亡妻薛恭人傳略〉的敘述中，可作為理解她對興女學運
動的堅持和憂慮之旁證：

時滬上紳議設女學堂祀孔聖，先妣曰聖人之道，雖造端于夫
婦，而其言非僅為婦女發也，尊之轉褻。何若祀曹大家，以宣
文韓公分東西蕪，明女教與男教異者，別乾坤之位耳，非然者
男女之防潰矣。（〈年譜〉23年丁酉32歲條）
戊戌余入甬主講中西學，滬上諸君意欲聘恭人主《女學報》。

---

24 錢南秀：〈清季女作家薛紹徽及其《外國列女傳》〉，頁939。

> 恭人曰：「女學與男學異，若寬禮法，專尚新學，則中國女教
> 從此而墮。」為作《德》、《言》、《工》、《容》四頌，辭勿就。
> （〈亡妻薛恭人傳略〉）

　　她要保存「中國女教」，要求不能「專尚新學」；並且一再強調「女
學與男學異」。所以在興女學過程中，除了建立婦女教育的特色外，
她最在意的是不能「寬禮法」，必須要嚴守「禮法」和男女之防。這
有助於我們去梳理薛紹徽所說的「晚近士大夫倡興女學之弊」。

　　一八九八年薛紹徽在上海女學堂時期所提出的想法，構成她整個
女學觀的基本思考方向與架構。這樣的思考架構一路延續到甲辰
（1904）作〈訓女詩〉十首，詩前序中薛紹徽說「余思吾國女教，以
貞順為主，五千年來鮮有流弊。晚近士大夫倡興女學，如陳相之見許
行，所誤恐不止毫釐千里已也。」的思想背景。戊戌政變後，女學堂
勉強維持至一九〇〇年，宣告關閉。但晚清興女學運動並沒有因此停
止，正如經元善後來自豪的描述：「滬上初倡女學，是下第一粒粟之
萌芽；邇聞八閩兩粵繼起迭興，是栽種一握稻子時代矣。」（〈上海女
學會演說〉）以此發端，中國的女子教育逐漸推廣。[25]在這個女學推廣
過程中，整體趨勢由保有本國特色的中西合璧，逐漸走向「趨新歸
西」、「專尚新學」，薛紹徽對於新興女學運動的走向表達了她的失
望，光緒甲辰（1904），她拒絕蘇州主講女學的邀請，並賦詩以明
志：

> 吾學本好古，世人多趣今：今古不同道，休勞一片心。（〈外

25　參夏曉虹：〈戊戌前後新興的婦女教育——以上海中國女學堂為中心〉，頁64。

子書言有人欲延余入蘇州主講女學走筆答之〉，《黛韻樓詩集》
卷2）

　　她強調自己對婦女教育的想法是「好古」，並且說「今古不同道，
休勞一片心」。從「世人多趣今」看來，晚期薛紹徽在婦女教育議題
上對傳統性一面的強調，與其說是拒絕現代性，不如說是拒絕晚清現
代性中的「專尚新學」，急遽背離、否定傳統中國女教價值的不安與
不滿吧！除此之外，夏曉虹的研究指出：「雖然其時相當於中學程度
的新式學校尚未實現男女同學，但女學堂的日漸增多，畢竟為年輕異
性在公共場合的相遇帶來了便利。」[26]閨秀出身的薛紹徽一向最在意
「禮法」和男女之大防，不得不承認作為文化轉型期的人物，她的思
想有其保守性，對比薛紹徽「余思吾國女教，以貞順為主，五千年來
鮮有流弊」的說法，薛紹徽所說新興女學的流弊，恐怕也和女學堂日
漸增多，為男女自由交往開啟一扇窗口有關吧！[27]相較於對「晚近士
大夫倡興女學」的疑慮，薛紹徽肯定傳統中國女教，與班昭及其《女

26　夏曉虹：〈新教育與舊道德〉，收入氏著：《晚清女性與近代中國》，頁39。

27　關於薛紹徽在男女關係上所表現的思想保守性，匿名審查者指出：「薛紹徽維繫
　　傳統女教，尤其是堅守三從四德、相夫教子的訓誡，雖有抵禦『晚近士大夫倡興
　　女學之弊』矯枉過正的現實合理性，但是否也確實有一定程度的思想保守性，乃
　　置內化父權意識的表現？」在此感謝審查者的寶貴意見，筆者同意審查者的觀
　　察，並在此致謝。作為晚清文化大轉型期的過渡人物，加上薛紹徽所受的閨閣教
　　育、美滿的夫妻、家庭生活與家庭主婦的角色，確實不能否認她的思想有其保守
　　性，與審查者指出的「內化父權」的成分。她畢竟不同於後來的女權運動者那
　　般，對「父權」有高度的警覺與強烈的批判。不過，筆者也認為，在新／舊，中
　　／西，乃至男／女範疇間，自覺或不自覺的矛盾糾結下的複雜心態，也正是文化
　　轉型期的薛紹徽既可說是限制，也是值得關注、研究之處。

誠》作為婦女典範與教材的正面意義，並且將她對女教的想法寫成
〈訓女詩〉十首。

三　薛紹徽〈訓女詩〉十首與班昭《女誡》之異同──兼論〈女訓〉

　　閨秀出身的薛紹徽從小學習的是《女誡》等傳統女教書[28]，在〈訓女詩〉十首序中可以看到作為母親的薛紹徽仍用《女誡》、〈女訓〉諸書來教育自己的女兒。創設女學堂時期的薛紹徽即將班昭視為婦女典範、女子教育楷模；並建議將班昭《女誡》、〈女訓〉列入女學堂的必修中文教材。[29]〈女訓〉作者其實並不是班昭，而是蔡邕，她在〈創設女學堂條議並序〉將《女誡》、〈女訓〉皆視為班昭作品。這種「誤置」，以嫻熟傳統女教書的薛紹徽而言，頗啟人疑竇，讓人不免懷疑此「誤置」或許有更深的用意。〈訓女詩〉十首序中說「二女從余既熟《女誡》、〈女訓〉諸書」，她雖不再提《女誡》、〈女訓〉作者是班昭，但可以肯定的是在傳統女教書中除《女誡》外，她對〈女訓〉特別重視。筆者將嘗試比較薛紹徽〈訓女詩〉十首與班昭《女誡》之異同，並進一步就〈女訓〉內容，說明《女誡》、〈女訓〉並舉對薛紹徽女學觀的意義。

28　〈先妣薛恭人年譜〉：「九年庚午五歲：先外祖令入學，與兄姊共筆墨。授以《女論語》、《女孝經》、《女誡》、《女學》，皆能成誦，領悟旨趣。」

29　薛紹徽：「惟為中國婦女計，所學良非一端。四子六經，乃相夫課子張本，已屬不得不學。此外若班氏之《女誡》、〈女訓〉，劉更生之《列女傳》，藍鹿洲之《女學》，皆為婦女啟蒙入門，數可畢生率循婦道，無忝婦功也。」薛紹徽：〈創設女學堂條議並序〉。

（一）班昭《女誡》

班昭《女誡》包括〈卑弱〉、〈夫婦〉、〈敬慎〉、〈婦行〉、〈專心〉、〈曲從〉、〈叔妹〉七篇，計一千六百字。是班昭晚年「但傷諸女方當適人，而不漸訓誨，不聞婦禮，懼失容它門，取恥宗族。」[30]擔憂即將出嫁的女兒不懂禮節而被夫家排斥，使家族蒙羞而作的私家教科書，沒想到寫成後京城世家爭相傳抄，不久後風行全國。《女誡》七篇中將〈卑弱〉列為篇首，可見其有意將「卑弱」視為女子的諸德之首，並作為女子教育的總綱領、大方向。今先摘錄〈卑弱第一〉部分文字：

> 古者生女三日，臥之床下，弄之瓦磚，而齋告焉。臥之床下，明其卑弱，主下人也。弄之瓦磚，明其習勞，主執勤也。齋告先君，明當主祭祀也。三者蓋女人之常道，禮法之典教矣。謙讓恭敬，先人後己，有善莫名，有惡莫辭，忍辱含垢，常若畏懼，是謂卑弱下人也。……三者苟備，而患名稱之不聞，黜辱之在身，為之見也。三者苟失之，何名稱之可聞，黜辱之可遠哉！（班昭：《女誡・卑弱第一》）[31]

漢代女訓有其特定的歷史條件和侷限，班昭對女子「卑弱」之德的強調，根源於「男尊女卑」、「夫為妻綱」的不平等思想，婦女沒有「自我」，而是「他者」，必須處處以卑弱下人、忍辱含垢形象出現。

---

30 楊家駱主編，（南朝宋）范曄著：《後漢書・列女傳》（臺北市：鼎文書局，無出版年），頁2786。

31 楊家駱主編，（南朝宋）范曄著：《後漢書・列女傳》，頁2786。

婦女的職責有三：「執勤」、「事夫主」、「繼祭祀」，早起晚睡操持家務、伺候丈夫、祭祀祖先。班昭以為婦女的「名」來自於此三事，此三事完備，不用擔心「名稱之不聞」；反之，則「何名稱之可聞」。也就是說，在《女誡》的說法中，婦女的「名」和她本身的才藝、學識不相干。

婦女生活空間是閨閣，已婚婦女所面對的生活世界是夫家的家族體系，因此《女誡》七篇的內容環繞著夫婦、舅姑、叔妹而展開論述，班昭說：

> 《禮》，夫有再娶之義，女無二適之文，故曰夫者天也。夫不可逃，夫固不可離也。行違神只，天責罰之；禮義有愆，夫則薄之。……夫不可不求其心。然所求者，亦非佞媚苟親也，固莫若專心正色。（《女誡・專心第五》）
> 舅姑之心，豈當可失哉？物有以恩自離者，亦有以義自破者也。夫雖云愛，舅姑云非，此所謂以義自破者也。然則舅姑之心奈何？固莫尚於曲從矣。姑云不爾而是，固宜從令；姑云爾而非，猶宜順命。勿得違戾是非，爭分曲直。此則所謂曲從矣。（《女誡・曲從第六》）
> 婦人之得意於夫主，由舅姑之愛己也；舅姑之愛己，由叔妹之譽己也。由此言之，我臧否譽毀，一由叔妹，叔妹之心，復不可失也。……然則求叔妹之心，固莫尚於謙順矣。謙則德之柄，順則婦之行。凡斯二者，足以和矣。（《女誡・叔妹第七》）

丈夫是妻子的「天」。得到叔妹之心，才能得到舅姑之心；得到

舅姑之心，才能得到丈夫之心。婦女無論對丈夫、公婆還是小叔、小姑，和夫家親屬的相處之道都是「卑弱」、「敬慎」、「專一」、「曲從」。必須委屈自己，謙卑順從、求取認同和歡心，以維護家庭穩定和諧。除此之外，《女誡》提到婦女德行有四：

> 女有四行，一曰婦德，二曰婦言，三曰婦容，四曰婦功。夫云
> 婦德，不必才明絕異也；婦言，不必辯口利辭也；婦容，不必
> 顏色美麗也；婦功，不必工巧過人也。清閑貞靜，守節整齊，
> 行己有恥，動靜有法，是謂婦德。擇辭而說，不道惡語，時然
> 後言，不厭於人，是謂婦言。盥浣塵穢，服飾鮮潔，沐浴以
> 時，身不垢辱，是謂婦容。專心紡績，不好戲笑，潔齊酒食，
> 以奉賓客，是謂婦功。此四者，女人之大德，而不可乏之者
> 也。然為之甚易，唯在存心耳。（《女誡・婦行第4》）

「四行」說的是婦女的四種德行，這是班昭在婦女如何處理夫家人倫關係外，所提到的平日生活起居如何自持，如何自我修養。形塑出來的理想婦女基本上是一個內在貞靜守節（婦德）、外表乾淨（婦容），不出惡言、不好戲笑（婦言），在家專心紡績、操持家務、接待家族賓客（婦功）的賢慧妻子形象。

整體而言，《女誡》雖出自婦女之手，卻是父權社會下的產物，在《女誡》思想體系下婦女被形塑為一個沒「自我」的「他者」——必須犧牲個人利益，毫無人格自主權。這樣的主張使班昭在後世被批評為「男尊女卑的禍首」、「女界的罪人」。但是，班昭是主張女子要讀書、受教育的，她說：

察今之君子，徒知妻婦之不可不御，威儀之不可不整，故訓其男，檢以書傳，殊不知夫主之不可不事，禮義之不可不存也。但教男而不教女，不亦弊於彼此之數乎！（《女誡・夫婦第二》）

雖然女子讀書目的不是為了「自我」，而是為了知道「如何事夫主」，但班昭認為不能「教男而不教女」的主張，加上她教授六宮，為后妃師的資歷，[32]使她被視為「女界之師」、「女子教育的楷模」。所謂「成也蕭何，敗也蕭何」，班昭在歷史上天差地別的兩面評價都和《女誡》有關。夏曉虹說：「從一八九八年吳芙讚譽『讚譽曹大家是女人當中的孔夫子』，到一九〇七年何震貶斥班昭為『女子之大賊』，猶如漢人中為異族效力的漢奸曾國藩，雲泥霄壤，唯一的依據都是傳統女德經典《女誡》。而十年間，對其人其書評價的大起大落，卻恰好印證了時代思潮演進的急速。」[33]在價值觀開始轉變的晚清，對婦女教育的討論也環繞著班昭及其《女誡》的不同評價而展開，這個討論也帶著晚清人的歷史條件和特殊視野。晚清為班昭與《女誡》的正面形象之闡發訂下基調的是創辦女學堂時期的薛紹徽和裘毓芳，裘毓芳甚至為《女誡》作註，出版《《女誡》註釋》一書。夏曉虹指出裘毓芳《《女誡》註釋》其實並不是單純註解《女誡》的守舊舉動，而是用一種「六經註我」的「新眼讀書」方式，「從舊典中翻出新義」、「其釋義已與舊注本全然兩樣」，是晚清人帶著「現代

---

32 《後漢書・列女傳》：「帝數召入宮，令皇后貴人師事焉，號為『大家』。」楊家駱主編，（南朝宋）范曄著：《後漢書・列女傳》，頁2784、2785。

33 夏曉虹：〈晚清的古典新義〉，收入氏著：《晚清女性與近代中國》，頁165。

性」，對經典進行重新詮釋甚至解構的「古典新義」。[34]為班昭與《女誡》的正面形象同時發聲的薛紹徽雖然沒有專門針對《女誡》文本，去做註釋、文義梳理的工作，但〈訓女詩〉十首延續班昭《女誡》的女訓體形式與內容，亦可視為薛紹徽對《女誡》婦女教育思想的再詮釋。

相較於班昭《女誡》，蔡邕的〈女訓〉不管就篇幅，還是內容來看，都相對簡單很多，摘錄如下：

> 心猶首面也，是以甚致飾焉。面一旦不修飾，則塵垢穢之；心一朝不思善，則邪惡入之。咸知飾其面，不修其心。夫面之不飾，愚者謂之丑；心之不修，賢者謂之惡。愚者謂之丑猶可，賢者謂之惡，將何容焉？故覽照拭面，則思其心之潔也，傅脂則思其心之和也，加粉則思其心之鮮也，澤髮則思其心之順也，用櫛則思其心之理也，立髻則思其心之正也，攝鬢則思其心之整也。

蔡邕〈女訓〉同樣是以女兒為訓誡對象，但有趣的是在這篇文字中，出自父權社會男性教導者筆下的婦女教育態度，反而未見班昭《女誡》中那種「男尊女卑」思想。蔡邕〈女訓〉通篇環繞著一個主題展開──告誡女兒修心養性的重要性。他結合婦女平日梳妝打扮的行為，指出婦女既要「飾其面」，更要「修其心」，以追求內在美與外在美的統一。這可以視為〈女訓〉對「婦德」──修心養性與「婦容」──婦女容貌與心性修養二者如何結合、統一的看法。並且在婦

---

34 夏曉虹：〈晚清的古典新義〉，收入氏著：《晚清女性與近代中國》，頁145-153。

女容貌與心性修養間，蔡邕認為後者更為重要。薛紹徽在傳統女教中除班昭《女誡》外，最常提到〈女訓〉，往往《女誡》、〈女訓〉並舉，甚至出現將二者同視為「女界楷模」的班昭所作。此「誤置」或許可視為薛紹徽對班昭《女誡》精神的一個補充，在強調「卑弱」、「曲從」的婦女人際網絡外，面對自我時的心性修養是〈女訓〉的表述重點。〈訓女詩〉十首和〈女訓〉的精神反而顯得更為親近。

（二）薛紹徽〈訓女詩〉十首

薛紹徽〈訓女詩〉十首和《女誡》相較，二者的不同，首先表現在她對婦女教育的精神指導原則進行了一個抽樑換柱的工程，由「卑弱」，替換成「堅貞」。她說：

> 男女同化生，一氣分清濁，坤道履堅貞，夜行秉明燭，如玉嚴守身。君子凜幽獨，譬如萬卉中，卓立乃喬木。淑德在根本，垂蔭婆娑綠。能操白璧姿，豈羨黃金屋。婦道但康莊，慎莫顧私曲。（〈訓女詩〉十首之一）

薛紹徽首先將班昭尊男賤女概念換掉，也不再談「夫有再娶之義，女無二適之文，故曰夫者天也。」一類男女極度不平等的話題。兩性是「男女同化生」，只是「一氣分清濁」，不強調男尊女卑，而代以男女有別以及對男女之防的重視。她的女學觀最重視女子貞潔，要婦女「如玉嚴守身」、「能操白璧姿」，並將「堅貞」置於十首詩之第一，大有開宗明義的用意；班昭也看重婦女的貞潔，但只有在《女誡・婦行第四》提到「清閑貞靜，守節整齊，行己有恥，動靜有法，是謂婦德。」這是因為漢代婦女生活空間基本上限於閨閣，晚清婦女

的生活空間則遠較漢代複雜，晚清時婦女逐漸由閨閣進入社會空間，尤其是興女學運動下的婦女，難免多了與異性接觸的機會。閨秀出身的薛紹徽對此是憂慮的，這也正是她強調要回歸傳統女教的一個重大原因，「吾國女教，以貞順為主，五千年來鮮有流弊。」因此，薛紹徽〈訓女詩〉十首對婦道的總原則便由《女誡》的「卑弱」概念，替換成「堅貞」。

〈訓女詩〉十首之二、三首談女子出嫁與夫婦相處之道，以及為人母的過程：

> 女歸本漸卦，義戒鴻于陸。天地象泰交，震則蒼筤竹。嘻嗃占家人，純和比芳菊。棗栗敬毋違，蘋蘩穆以肅。朝昏侍巾櫛，甘旨必芬馥。合好勉同心，脫輻戒反目。（〈訓女詩〉十首之二）
>
> 地道萬物母，生生無盡期。……義方秉前訓，胎教慎所思。慈懷折藥蕙，賢履斷機蓁。將相本無種，孩提尚初基。克家事忠孝，悉出鞠育時。（〈訓女詩〉十首之三）

〈訓女詩〉十首之二薛紹徽用《易經》漸卦、泰卦、震卦、家人卦的卦義作典故說明夫婦之道。《周易・下經・漸》：「漸，女歸吉，利貞。」薛紹徽認為女子出嫁有其步驟，絲毫不亂，如此就是吉利的。[35]「九三鴻漸于陸，夫征不復，婦孕不育，……婦孕不育，失其道也。」[36]她認為應該以「鴻漸于陸」為戒，不可失去夫婦之正道。

---

35 （唐）孔穎達正義：《十三經注疏》易5，漸，《周易注疏及補正》（臺北市：世界書局，1987），頁16b。

36 同前註。易5，漸，頁16b。

泰卦中，「天地象泰交」象徵天地之氣互相交感，「天地交而萬物通」。[37]震卦，「震亨，震來虩虩」，要以戒慎恐懼之心，修養自省其身。[38]家人卦「明家內之道，正一家之人」，「彖曰：家人，女正位乎內，男正位乎外；男女正，天下之大義也。」「象曰：家人嗃嗃，未失也。婦子嘻嘻，失家節也。」[39]治家嚴屬，雖使家人恐懼，但若不如此制定規矩，婦人子女嘻笑不正，家中會失去應有的禮法節度。總之，薛紹徽認為女子嫁人的過程，一切要按照禮法依序進行，以恭敬戒慎之心結為夫婦。照顧丈夫生活起居，和諧相處，不可反目爭吵。

〈訓女詩〉十首之三薛紹徽提到「胎教慎所思」、「將相本無種，孩提尚初基」，討論婦女懷孕後胎教和幼兒教育的重要性。胎教和幼兒教育班昭《女誡》並未著墨，而薛紹徽〈訓女詩〉十首卻很重視，這或許和晚清救亡圖存脈絡下對「保國強種」的訴求所形成的時代關懷相關。因此，就〈訓女詩〉十首前三首內容看來，薛紹徽女教觀所期待的婦女，其出發點是一個堅貞、能相夫教子的賢妻良母，班昭《女誡》中那種卑弱下人，以夫為天的男尊女卑思想則被刻意淡化了。

婦女不再被置於「卑弱」的位置，在家族的人倫關係中也出現不同的應對方式。班昭《女誡》用了很大篇幅去處理婦女如何和舅姑、叔妹相處，但歸根究柢還是從「卑弱」一路延續下來，委屈、謙卑、順從、討好的思路，目的是求取認同、歡心，如此，婦女在夫家才能勉強得到一席之地。到了〈訓女詩〉十首，值得玩味的是，她並未針

37　《周易‧上經‧泰》：「象曰：天地交、泰。后以財成天地之道，輔相天地之宜，以左右民。」同前註。易2，泰，頁14b。

38　同前註。易5，震，頁14b。

39　同前註。易4，家人，頁5a。孔穎達：「家人者，卦名也，明明家內之道，正一家之人，故謂之家人。」同上，頁4b。

對「婦女如何和舅姑、叔妹相處」的問題去教導女兒，只談婦女如何相夫教子。薛紹徽的想法如何，筆者試圖從〈訓女詩〉十首之外的資料去尋找線索。薛紹徽本人父母早逝，《黛韻樓遺集》中其作品亦不曾有隻字片語提及公婆，唯一線索是陳壽彭在〈亡妻薛恭人傳略〉說：「壬辰（筆者案：1892年，薛紹徽27歲）余遭家難，奔走四方，謀升斗恆不繼，甚且垂橐歸。」薛紹徽本人的家族生活經驗是隨著陳壽彭多方覓食，「三十年貧賤糟糠，相隨五千餘里」（陳壽彭〈序〉），她因此有著晚清現代化過程影響下的開闊視野和生活空間。二者的歷史條件不同，薛紹徽表現出的態度和班昭所教婦女的委屈、謙卑、順從、討好的「卑弱」思路相比，夫妻關係更為正面、健康，如賓友般相處和睦。[40]

〈訓女詩〉十首之四開始，針對《女誡・婦行第四》的德、容、言、功四行作詮釋。在〈創設女學堂條議並序〉中她曾說：「夫女學所尚，蠶繢針黹、井臼烹飪諸藝，是為婦功，皆婦女應有之事。若婦德、婦言，舍詩、文、詞外，（末）由見。」薛紹徽的「婦功」，基本上延續了《女誡》「婦功，不必工巧過人也」、「專心紡績，不好戲笑，潔齊酒食，以奉賓客，是謂婦功。」的說法：

> 醃醃尚煎鹽，筦簟即蒲越。質樸與驕奢，輕重間毫髮。婦人主中饋，在在見施設。莫羨肉如林，莫愛珠勝月。果教儉抑身，準禮以區別。太羹元酒中，精潔復省節。志以淡泊明，鬼神具

---

40 薛紹徽非常重視家庭之價值，除相夫教子外，其子女所作之《年譜》記錄了她和夫家人的相處情形，如：「大伯母知書禮，妯娌中與先妣最親厚，事多商酌。」（《年譜・22年丙申31歲》）陳壽彭說她：「恭人性凝重，不苟言笑，和睦妯娌，接人色藹而恭戚，女眷樂與周旋。」（陳壽彭：〈亡妻薛恭人傳略〉）

體察。（〈訓女詩〉十首之五）

夫人理蠶事，織紝紡績間。……辛勤以卒歲，婦子原幽閒。興家秉內助，巧拙咸宜然。（〈訓女詩〉十首之八）

她的「婦功」是在經歷過維新男士「興女學」過程，指責二萬萬傳統婦女為分利而不生利之人後，站在婦女——傳統家庭主婦位置所做的發聲。傳統社會內外分工的不同，婦女雖沒有外出就業，不代表她們真的「無業」——她們的工作包括主中饋、織紝紡績等等；她特別突顯操持家務過程中，婦女的質樸勤儉，有助於維持家庭長久穩定和發展。就經濟、現實的角度來看，傳統婦女非懶惰無用之輩，而是「興家賢內助」。

至於「婦德」、「婦容」、「婦言」三者薛紹徽作出的詮釋如下：

女事雖無文，虛懷必若谷。婦德亦無極，力學知不足。多聞皆我師，從繩得直木。內言不出閫，出話慎檢束。存心果忠厚，所處豈局促。福祿天申之，無須用龜卜。（〈訓女詩〉十首之四）

婦容在禮法，不在貌傾城。善心以為窈，德車稱結旌。林下清風動，里黨揚芳聲。班昭靡豔色，續史賦東征。孟光能舉案，顏狀非亭亭。璞玉蘊內質，浪滄清濯纓。鑑古稽《女典》，淑性陶《六經》。溫柔戒暴厲，不祥嗤佳兵。冰雪勝膏沐，正色守閨楹。敬為德所聚，彤管存令名。（〈訓女詩〉十首之七）

先來談「婦德」。班昭的「婦德」是「清閒貞靜，守節整齊，行己有恥，動靜有法」，而「不必才明絕異也」，也就是說班昭「婦德」

和婦女的才華、文采無關。「婦德」和婦才不相干，到了明末以降更衍生成「女子無才便是德」的「婦德」觀。薛紹徽對「婦德」則做了特別的說明，她認為婦女必須「虛懷若谷」，了解自己的不足，並且要努力學習、增加見聞。她不只不從「女子無才便是德」說「婦德」，反而強調婦女的「德」必須建立在「力學」、「多聞」，無止盡的學習上才能完成。她對婦女的「才」與「德」關係做了一個重新整理，她在〈創設女學堂條議並序〉說：「若婦德、婦言，舍詩、文、詞外，（末）由見。」在肯定才女文化的價值下，她甚至強烈的說不只是「婦德」，包括「婦言」，離開婦女「詩、文、詞」創作都無法使人看見，班昭為人所稱頌，視之為婦女楷模，其實也正在於她「續史賦東征」的文才。不過，薛紹徽的說法基本上是在回應梁啟超不以才女詩、文、詞之學為女學的脈絡下所說。她的女學觀固然肯定才女之學的價值，但卻也認為「詩文餘緒耳，而父原儒林。」（〈訓女詩〉十首之九），因此，要其女「鑑古稽《女典》，淑性陶《六經》。」應該學習的除了「女典」，還有儒家《六經》、聖賢義理之學和心性涵養；必須同時兼顧才與德兩個面向。薛紹徽對婦女人格有很高的理想與期許，班昭以「卑弱」為婦女之德，薛紹徽卻說「譬如萬卉中，卓立乃喬木。淑德在根本，垂蔭婆娑綠。」（〈訓女詩〉十首之一），使用的詞是和「卑弱」相反的「卓立」；班昭要婦女「曲從」，她說的卻是「從繩得直木」、「道直可容眾」（〈訓女詩〉十首之十）。此外，如她在〈訓女詩〉十首之六）提到：

> 但求免愧怍，臨決勿沉吟。領取千秋意，全憑一片心。安常與通變，異苔或同岑。時窮見盤錯，木脫露崎嶔。樂天而知命，何必論古今。（〈訓女詩〉十首之六）

　　面對逆境時「安常通變」、「樂天而知命」，這種自我期許下的心靈高度是班昭《女誡》教育出來的「卑弱」、「曲從」婦女很難想像的。薛紹徽這種「卓立」、「道直」下的「婦德」觀，與其說是女教傳統下的「婦德」，不如說更接近儒家傳統所說的君子之德。

　　再來談「婦容」。班昭所謂「婦容」是指「盥浣塵穢，服飾鮮潔，沐浴以時，身不垢辱」，而「不必顏色美麗也」。薛紹徽繼承班昭「不必顏色美麗也」之說，也認為「婦容」「不在貌傾城」。婦女懂得禮法（「婦容在禮法」），內心善良（「善心以為窈」）這些內在的美麗，薛紹徽認為這才是所謂的「婦容」。這樣的「婦容」說，也和蔡邕〈女訓〉強調婦女容貌與心性修養的統一，並且認為婦女容貌與心性修養間後者更重要的看法近似。除此之外，她進一步針對「婦容」作出新解，以才、德具備作為「婦容」的內容，並且舉班昭和梁鴻妻孟光為例，作為具備「婦容」的婦女典範。班昭和孟光一個「靡豔色」，一個「非亭亭」，外表或許並不具備世俗定義下的美麗，薛紹徽卻認為二人具備「婦容」，原因在班昭之才──「續史賦東征」，孟光之德──「孟光能舉案」。才、德兼具的婦女表現在生活上是努力學習──「鑑古稽《女典》，淑性陶《六經》」；性情則是溫柔純淨──「溫柔戒暴厲」、「冰雪勝膏沐」。這樣才、德兼具的婦女典範，可以「林下清風動，里黨揚芳聲」，值得讚賞。她們的才既有《世說新語・賢媛篇》中謝道韞的「林下清風」[41]──超越一般閨秀格局，呈現出竹林七賢名士風流般的風範；她們的德則是如《論語》〈里仁〉、〈鄉黨〉篇的儒家君子般可以美名稱揚。

41　〔南朝宋〕劉義慶撰、〔梁〕劉孝標注：《世說新語》（臺北市：世界書局，1987年），賢媛篇19，頁438。

　　「婦言」，班昭定義為「擇辭而說，不道惡語，時然後言，不厭於人」，而「不必辯口利辭也」；薛紹徽說的是「內言不出閫，出話慎檢束。」在此處看來，二者精神一致。薛紹徽本人的確也做到說話謹慎，陳壽彭記錄她平日言語「恭人性凝重，不苟言笑。」（〈亡妻薛恭人傳略〉）、「所為詩詞，溫柔敦厚，絕無怨誹語。」（《黛韻樓遺集・序》）但是，至於所謂「內言不出閫」，傳統閨閣婦女在「內言不出閫」的規範下，除非是遇到開明夫家的大力支持，通常沒有太大的機會讓自己的才藝、作品傳世，因此，湮沒的閨閣之作為數不少。薛紹徽本人在戊戌時期對女學堂、《女學報》的參與和發揮的影響力，以及她對《八十日環遊記》、《外國列女傳》的翻譯，在晚清婦女作家中皆是值得聚焦的現代性表現，也已經形成對她自己所說的「內言不出閫」的挑戰。〈訓女詩十首〉中將「內言不出閫」收攝在「出話慎檢束」之下來談，其實已經淡化閨閣婦女作品不傳世的傳統思維；接著進一步讚賞班昭的「續史賦東征」，期待「彤管存令名」（〈訓女詩〉十首之七）。因此，薛紹徽晚年也進一步致力於收集遺漏散見的閨秀作品，欲使之傳世：

　　己酉（案：宣統元年，1909年）又以惲太夫人所輯《正始集》多遺漏，欲纂《國朝女文苑小傳》，取歷年所得閨秀諸集，合以他書，所紀不下三千餘家，窮探冥索，與病相間，僅作成百餘編絕筆。（陳壽彭：〈亡妻薛恭人傳略〉）

　　她致力於婦女文學的保存，由「內言不出閫」到「彤管存令名」，可視為她對「婦言」內涵所作的轉化。

　　整體而言，〈訓女詩〉十首所呈現的薛紹徽女學觀，除「婦功」

延續傳統社會的男女分工，以操持家務為婦女主要工作外，她的看法和班昭《女誡》相較，有所繼承，亦有所揚棄。薛紹徽雖站在對「晚近士大夫倡興女學」的不安上，認同「吾國女教，以貞順為主，五千年來鮮有流弊。」但她的「婦德」、「婦容」、「婦言」說由於和班昭《女誡》歷史條件不同，呈現出晚清婦女的不同思考和關懷。相較於班昭《女誡》下婦女以卑弱為德、明末以降「女子無才便是德」、梁啟超「才女之學非學」說，薛紹徽女學觀透過德、容、言、功四行新解，將婦女的才、德、學做了一個重新說明。這當中有薛紹徽對傳統女教肯定、回歸之外的再詮釋與再創造。

四　才女、賢媛、巾幗儒生：薛紹徽的婦女自我建構

薛紹徽〈訓女詩〉十首先將班昭《女誡》「卑弱」的女教精神原則，替換成「貞順」，進一步強調婦女之德如「士志於道」般，亦可「卓立如喬木」。再透過德、容、言、功四行的重新解釋，她的女教觀一方面重視婦女相夫教子的家庭功能和價值；一方面也強調婦女的德行，必須建立在不斷的學習之上，婦女的才和學都是「婦德」的必備條件。這是薛紹徽繼承《女誡》、〈女訓〉等女教傳統下，所創造出來的古典新義。這樣的想法下，薛紹徽所建構出來的婦女形象，表現為對「才女」的肯定，對「賢媛」的期許，以及對成為「巾幗儒生」的嚮往。

（一）才女

薛紹徽說「若婦德、婦言，舍詩、文、詞外，（末）由見。」（〈創設女學堂條議並序〉）她肯定婦女「詩、文、詞」創作的價值，也稱

頌班昭「續史賦東征」的文才，以之為婦女典範。因此，她對女子文才的看法不同於班昭認為的婦女「不必才明絕異也」，「婦德」和婦女才華、文采無關；也不同於明末以降的「女子無才便是德」說；以及梁啟超的不以才女詩、文、詞之學為女學。薛紹徽〈訓女詩〉十首雖然仍出現「內言不出閫」的說法，但事實上已不同於傳統閨秀才女的作品，一般不流傳於閨房之外的規範，她本人也期待能「彤管存令名」。薛紹徽的想法並非孤發，背後其實存在一個在「女子無才便是德」的父權社會打壓下，仍然有盎然生機的清代才女傳統。道咸年間的婦女文壇領袖沈善寶就因此感慨：「自南宋以來，各家詩話中多載閨秀詩。然蒐採簡略，備體而已。昔見如皋熊淡仙女史所著《淡仙詩話》內載閨秀詩亦少。竊思閨秀之學語文士不同，而閨秀之傳又較文士不易。……生於名門巨族，遇父兄師友知詩者，傳揚尚易；倘生於蓬蓽，嫁於村俗，則湮沒無聞者不知凡幾。余深有感焉。」（《名媛詩話》序）而編寫《名媛詩話》。[42]對於沈善寶的感慨，學者王力堅認為：「表述的意思不外對女性在文學史中的缺席感到焦慮，力圖掌控話語權以建構／重構婦女文學史經典，並視之為千古不朽事業。這些表述或許可說是集體的聲音，是沈善寶以代言人的身分所表達的一代才媛的共同聲音，是群體眾聲的集合。」[43]薛紹徽之前即存在一個才女文化傳統，沈善寶、吳藻、顧太清等人都留下她們的作品，也為婦女文學話語權做了努力；薛紹徽也繼承了此一才女之學的傳統，並且為婦

---

42 參王力堅：《清代才媛沈善寶研究》（臺北市：里仁書局，2009年），頁165。

43 同前註，頁167。沈善寶的閨友如顧太清、吳藻、關瑛等人，皆為一代才女，並且也都留下詩詞作品，顧太清更留下以婦女視角續書《紅樓夢》的小說《紅樓夢影》傳世。

女文學的位置與女子的受教權繼續努力。[44]參與過《女學報》、女學堂，從事過外國小說翻譯的薛紹徽，晚年病中「自檢所著詩詞集編年刪定」（《先妣薛恭人年譜》2年庚戌45歲條，筆者案：庚戌，宣統2年1910）而成的《黛韻樓遺集》分為《黛韻樓詩集》、《黛韻樓詞集》、《黛韻樓文集》三部分，她的創作內容仍是以傳統才女詩、文、詞之學為主；並且由於和《女學報》、《求是報》等報紙的密切關係，部分作品在薛紹徽生前早已流傳於世。

薛紹徽的婦女自我建構首先重新肯定傳統女教所培養出來的閨秀才女之價值，因此，陳壽彭提到她晚年「欲纂《國朝女文苑小傳》，取歷年所得閨秀諸集，合以他書，所紀不下三千餘家，窮探冥索，與病相間，僅作成百餘編絕筆。」（陳壽彭：〈亡妻薛恭人傳略〉）雖然薛紹徽來不及完成《國朝女文苑小傳》，但她積極為這些閨秀才女作傳的做法中，可以看出薛紹徽對才女的認同。此外，她也讚揚才女文學的出版與保存，如她為丁耕鄰《閩川閨秀詩話》作序說：

---

44 匿名審查者指出薛紹徽的期待能「彤管存令名」——「這似乎是清代女性社會（尤其是道咸以來）的普遍現象與共識，道光年間成書的沈善寶《名媛詩話》多有記錄，沈善寶本人及其《名媛詩話》，亦頗為充分體現此種識見。」在此感謝審查者的寶貴建議，並作修正與補充。筆者同意審查者對沈善寶《名媛詩話》的識見與價值的重視，也認同確實必須多發揮清代才女文化脈絡對薛紹徽的影響。不過，對於傳統才女作品的傳世是否已形成「清代女性社會（尤其是道咸以來）的普遍現象與共識」，筆者以為或許可以再稍微作保留，因為從沈善寶到薛紹徽，她們對才女文學作品是否能順利傳世所作的努力與焦慮看來，或許正如沈善寶在《名媛詩話》序所說，還是要有一定的社會條件與家庭的支持。如果不幸「生於蓬蓽，嫁於村俗」即使到清末1907年還發生了胡仿蘭因為「嗜讀新學書與欲進女學堂」，其「為放足及想入學堂二事」，不僅未獲夫家支持，反而觸怒翁姑，被迫服毒自盡的悲慘際遇。參夏曉虹：〈從新聞到小說——胡仿蘭一案探析〉，《晚清女性與近代中國》，頁266-272。

先生是女史董狐，選閨中珠玉，述而不作，自成實錄之書。簡
而能詳，匪若傳聞之說，比涑水之續六一，義例尤嚴。作女學
以繼鹿洲，體用俱備。遂使建安舊郡，揚列女之文聲；武夷曾
孫，唱諸娘之詞曲矣。紹徽仰承母訓，深守女箴，頌好椒花，
集無香茗。雖偕楚娟嫂氏編《宮閨詞綜》，又佐繹如夫子輯《外
國女傳》，然皆搜羅往古，摭拾窮荒，未能免乖訛之誚，奚足
為里閭之光哉？……著詩歸于名媛，斯為閨閫儀型，等正始之
元音，敢不敬恭桑梓。（薛紹徽：〈丁耕鄰閩川閨秀詩話續
序〉，《黛韻樓文集》）

薛紹徽提到自己協助編輯《宮閨詞綜》、翻譯《外國列女傳》，都
是對才女之學的肯定，她讚揚丁耕鄰編輯《閩川閨秀詩話》是「女史
董狐」，能「揚列女之文聲」、「唱諸娘之詞曲」。能寫詩的閨秀才女
在薛紹徽的眼中是「閨閫儀型」——婦女的理想典範，因此，她要「博
搜記載，揚彤管之輝光」，記錄才女事蹟、保存才女文學。因此，在
薛紹徽的婦女自我建構中，對閨秀、才女給予正面肯定，並視之為婦
女典範。

（二）賢媛

薛紹徽形塑的婦女典範，除了對閨秀、才女的正面肯定外，〈訓
女詩〉十首中同時也進一步用「林下清風動，里黨揚芳聲」來形容她
們。「林下清風」典故出自《世說新語・賢媛篇》的一段人物品評：

謝遏絕重其姊，張玄常稱其妹，欲以敵之。有濟尼者，並遊
張、謝二家，人問其優劣，答曰：「王夫人神情散朗，故有林

下風氣；顧家婦清心玉映，自是閨房之秀。」（劉義慶：《世說新語・賢媛篇》）[45]

「林下風氣」一詞，本用於描述魏晉男性名士的丈夫風神，自謝道韞開始，延入閨閣，甚至為婦女專用。晚清女學運動中，婦女參與者常常援引此典故，以「林下風氣」、「賢媛」等詞語來稱讚彼此，作為理想婦女典範和自我期許。她們不用「閨秀」，而用「賢媛」，代表所期許的婦女形象是謝道韞「林下風氣」——超越一般閨秀格局，呈現出名士風流般的風範。錢南秀指出：

> 女學運動中，婦女參與者互稱「賢媛」，或類似稱呼如「賢婦」、「賢母」、「賢淑夫人」、「賢淑名媛」等，並以具「林下風氣」互為激揚。風氣所及，連美國傳教士林樂知（Young J.Allen）與英國傳教士李提摩太（Timothy Richard）等西方贊助者，亦屢以此類詞語指稱參與上海女學運動的中西婦女。[46]

具有「林下風氣」的「賢媛」，是戊戌時期參與女學運動婦女常用的自我表述，薛紹徽也是如此。她在〈創設女學堂條議並序〉中說「西國雖男女並重，余不知其自古迄今，名媛賢女，成才者幾何人？

---

45 〔南朝宋〕劉義慶撰、〔梁〕劉孝標注：《世說新語》，賢媛篇19，頁438。這段文字以「林下風氣」和「閨房之秀」，作為婦女人物品評的標準。竹林七賢是魏晉名士中的佼佼者，謝道韞是一婦女，卻具備林下風範，足見她是婦女中出類拔萃的名士；而張玄之妹的「閨房之秀」，僅是「大家婦女中的秀出者」而已，自無法和謝道韞相提並論。

46 參錢南秀：〈重塑「賢媛」：戊戌婦女的自我建構〉），頁49。

成藝者幾何人？其數果能昌盛於中國否？」以「名媛賢女」來稱呼有才學的婦女。〈訓女詩〉十首中，她使用「林下清風動」來形容婦女才德。《先妣薛恭人年譜》記載：

> 敬如四伯父從泰西歸，先妣出見。伯父顧謂家嚴曰：「新婦態度雍穆，殆所謂林下風歟！」（《年譜》9年癸未18歲條，1983）

陳季同初見薛紹徽也用了「林下風」一詞，來讚美薛紹徽文才，以及所表現出來的與眾不同氣度，生動具體描述了她本人給人的印象。

使用「林下風氣」所建構出來的「賢媛」婦女形象，錢南秀認為所代表的意義是：

> 至於「林下風氣」的內涵，由《世說・賢媛》所載魏晉婦女事跡來看，當指婦女效法「七賢」，依自然之道而行，任情性而動。故「賢媛」中人意志堅強、見識超人、臨危不亂、直言敢諫，並具高度文學藝術才能和應付世難、保護家庭的能力。戊戌婦女改變前此明清婦女對「閨秀」，即上引謝道蘊條中的「閨房之秀」的普遍認同，而選擇「賢媛」做為自我表述，正因「閨秀」上自律於儒家內外之別，而「賢媛」超越儒家傳統規範，值此「三千年未有之大變局」，敢於打破內外之別，大膽設計自我，改變社會。[47]

---

47 參錢南秀：〈重塑「賢媛」：戊戌婦女的自我建構〉），頁49。

　　錢南秀將戊戌婦女對「賢媛」、「林下風氣」的使用，以及由此建構出來的婦女形象，做了扼要說明，突顯晚清婦女在面臨世變之際所做的思考和改變。包括薛紹徽在內的戊戌婦女，她們雖肯定明清以來發展出來的「閨秀」婦女形象與才女之學，但其自我期許並不僅於此。明清以來的「閨秀」，雖不乏具高度文學藝術才能者，但在儒家傳統內外之別的規範下，其生活空間受限於閨閣，「賢媛」則代表婦女的生活世界逐漸進入社會空間後「大膽設計自我」，並對社會發生影響力的見識和能力。薛紹徽所做的婦女形象之自我建構，理想婦女需如「閨秀」具備高度文學藝術才能之外，也要進一步如魏晉「賢媛」，具有「敢於打破內外之別，大膽設計自我，改變社會。」的丈夫風神，以因應晚清的「三千年未有之大變局」。

（三）巾幗儒生

　　薛紹徽形塑出來晚清婦女理想形象，既是具有文學藝術才能的「閨秀」，也是「意志堅強、見識超人、臨危不亂、直言敢諫」，能「大膽設計自我，改變社會」的「賢媛」，這也是戊戌時期女學運動參與者的共同表述。但是，薛紹徽建構出來的婦女典範不僅於此，她並不盡然從錢南秀所說的「婦女效法『七賢』，依自然之道而行，任情性而動。」「超越儒家傳統規範」，去說「林下風氣」或教育自己的女兒。她肯定婦女的自我成就須具備才、德、學，但這一切對薛紹徽來說和「儒家傳統規範」並不違背，而且她甚至認為這才是儒家聖賢的義理、精微深奧的女教實義。婦女的才、學都必須要收攝在「德」之下，但是薛紹徽所說的「德」已不再是班昭定義下的婦女「卑弱」之德，而是更接近原先只適用於男性儒者的「儒生」、「君子」之德了。

　　薛紹徽〈訓女詩〉十首中的末二首，對她理想的婦女形象做了一

番完整的描繪：

> 地道底于成，陽火根在陰。讀書識義理，女教微而深。言行倘
> 乖迕，牝水渦蹄岑。雖如士志道，弗用求為霖。倚柱漫興歌，
> 采莒休浪吟。盛時戒晨牝，雌伏藏陰森。誦詩首二南，敦厚皆
> 德音。相夫與課子，即此見深心。聰明必涵養，學理潛以沉。
> 詩文餘緒耳，而父原儒林。（〈訓女詩〉十首之九）
> 閨教貴治內，柔順和家庭。試觀古列女，賢明圖圍屏。不必恃
> 才藻，遐思入滄溟。仁智合禮則，芳徽亦千齡。無非無儀中，
> 坦白存平生。慈祥以逮下，推愛而準情。看花思結果，培草思
> 護莖。道直可容眾，樂和稀促聲。性善即美飾，行端無醜形。
> 鑑心覽明鏡，立品佩瑤瓊。所以著坤象，元亨牝馬貞。聖賢踐
> 實義，婦女薄虛名。書紳記吾語，何慚天地生。（〈訓女詩〉
> 十首之十）

　　不管是才女，還是賢媛，在家庭都應是「相夫課子」的賢妻良
母。薛紹徽肯定婦女在家庭的貢獻與價值，並且再度回到中國女教以
「貞順」為主的傳統，以建構理想婦女形象。她認為即使婦女才學兼
備，出類拔萃，還是不可「言行乖迕」、牝雞司晨；而應以婦女「柔
順」特質，使家庭和諧。她認為婦女可以有才華和出色詩文傳世，但
「不必恃才藻」，因為文學才藻並不是婦女的最高價值和成就。她告誡
其女「詩文餘緒耳，而父原儒林」，要繼承其父的儒家思想傳統，以
「士志於道」、「聖賢踐實義」，儒家聖賢君子的態度來涵養自己，才
是最真實的女教精神、聖賢義理，否則即是有出類拔萃的才華和作
品，也只是「虛名」而已。陳壽彭曾以「巾幗儒生」一詞，來形容他

的妻子薛紹徽：

> 平居以布衣適體，所食喜饘粥，菜蔬不兼味，蓋雖巾幗，不啻
> 儒生也。(陳壽彭：〈亡妻薛恭人傳略〉)

「巾幗儒生」一詞，不僅描繪了陳壽彭所見的薛紹徽平日生活樣
貌，其實亦可視為薛紹徽所建構的晚清婦女理想形象，她只是把自己
所認同的價值實踐出來而已。這個「巾幗儒生」是「道直可容眾，樂
和稀促聲。性善即美飾，行端無醜形」，婦女中的聖賢、君子。

五　結語

薛紹徽參與晚清的「士大夫倡興女學」運動後，檢討當時興女學
的流弊，回歸《女誡》、〈女訓〉等「以貞順為主」的中國傳統女教，
應其女的請求作了〈訓女詩〉十首。〈訓女詩〉十首有薛紹徽既不同
於新興女學，也不同於原來傳統女教的思維。簡單的說，和晚清士大
夫「救亡圖存」脈絡下的女學觀相較，她反對當時為了使婦女就業，
批評傳統婦女「缺學」、「無業」的說法，而肯定家庭主婦相夫教子、
勤儉持家的意義；並且強調中國女教傳統教育下的婦女，「成才成藝
者」人數遠超過西方婦女，要求正視才女之學的價值。但是，另一個
面向看，薛紹徽對《女誡》、〈女訓〉等中國傳統女教也不是全盤接
受，她先將《女誡》的「卑弱」精神原則，替換成「貞順」，再進一
步強調婦女之德如「士志於道」般，亦可「卓立如喬木」。這個過程
需要「力學」──「婦德亦無極」、學無止境。所以不是「女子無才
便是德」，而是「女子有才方是德」。她所建構出來的理想婦女典範，

既是「才女」，也是「賢媛」，更是「巾幗儒生」。薛紹徽肯定婦女才學，但也肯定儒家禮法。儒家禮法對薛紹徽來說，並不是班昭《女誡》那樣歷史條件下的「卑弱」婦女，以被父權社會壓迫的「他者」姿態出現的「曲從」——討好丈夫及其家人為婦女存在之目的。薛紹徽仍然把傳統女教中的德、容、言、功，相夫教子視為婦女重要的職責和工作，但這是肯定家庭價值、重視家人的薛紹徽之自我選擇。她進一步跨過一般的女教範疇，進入儒家君子之學所談的心性涵養層次，以此做自我規範。這是薛紹徽面對儒家禮法的態度，她不純然是個「他者」，此中已開始逐漸出現婦女的自覺，有「主體」的考量和選擇。

薛紹徽病逝於宣統三年辛亥閏六月（1911），這一年正好也是晚清的終點。四十六歲的精彩人生，一個晚清的閨秀才女、家庭主婦，以其和「興女學」運動關係密切的特殊背景，見證晚清世變之際的現代化追求過程中，婦女如何看待和自己切身相關的婦女教育，以及如何重新建構婦女自我形象。這裡面展現了和當時最顯題化的「救亡圖存」而來的「興女學」運動，並不太相同的思維，她並不激情，卻保存了晚清婦女運動過程中的一些可貴的聲音。理解薛紹徽的女學觀，也不能單純以傳統／現代二分的思維方式去解讀它，因為傳統與現代在薛紹徽的理路中並不是斷為兩橛的。〈訓女詩〉十首中薛紹徽從婦女的感受去批判「士大夫倡興女學」，肯定中國女教；但透過〈訓女詩〉十首和班昭《女誡》的比較，也不難發現由於歷史條件的不同，薛紹徽女學觀和班昭《女誡》相比，表現出非常不同的時代精神。在這個批判與肯定、揚棄與繼承當中，其實有著對傳統中國女教的創造性詮釋與轉化。

陸

晚清女作家與現代性的對話：
以薛紹徽《黛韻樓遺集》為文
本

一　前言：現代性與晚清婦女文學

　　自鴉片戰爭（1840）以後，中國進入一個「三千年未有之變局」（李鴻章語），「師夷之技以制夷」的洋務運動推行了四十、五十年，結果卻是殘酷的，「天朝帝國」的幻覺在甲午戰爭（1894）後徹底幻滅。知識分子終於意識到自己面對的是強勢文明的空前巨大挑戰，張之洞提出「中學為體，西學為用」，很快的，知識分子進一步開始注意到「西用」背後的「西體」，而對西方文化展開全面的接受與學習。西學輸入的範圍從技術、武器層面，迅速擴展到政治、經濟、社會以及文化各個領域。這也是「達爾文」征服中國的時代，甲午戰後達爾文主義形成當時思想界的主流，當時中國知識分子對它普遍承認和近乎狂熱的崇信，此現象持續了三十年之久。[1]西方文明被視為現代的、進步的，這個非西方國家向西方國家學習的過程，就成了所謂「現代化」的過程。晚清在「救亡圖存」前提下，中學與西學、傳統與現代性之間混沌喧嘩的複雜對話，隨著民族自信心的節節敗退，中國的現代性追求最後收攝在五四反傳統、全盤西化的文化單一進化論的視野中。在五四知識分子視傳統與現代為二元對立的理解下，文化傳統的最大特徵——複雜性和發展性，自然就被忽略了。[2]這也正是王德威的

1　達爾文主義對中國現代化的影響，郭正昭指出：「近代科學衝擊中國社會變遷的第二時期（1895-1927年），可說是『達爾文』征服了中國的時代，因為達爾文主義形成了當時思想界的一個主流。」參郭正昭：〈達爾文主義與中國〉，收入張灝等著：《近代中國思想人物論——晚清思想》（臺北市：時報文化出版事業公司，1981），頁669-670。

2　張灝說：「五四以來中國知識分子所流行的反傳統的態度以及美國社會科學對非西方文化傳統的缺乏了解，都是造成這種聯想的原因。在這種聯想的支配之下，於是傳統不是被簡化為農業社會的意識形態，就是統治階級的意識形態；不是士

感慨：

> 我們要感嘆以五四為主軸的現代性視野，是怎樣錯過了晚清一
> 代更為混沌喧嘩的求新聲音。……我們應以了解那不只是一個
> 「過渡」到現代的時期，而是一個被壓抑了的現代時期。五四
> 其實是晚清以來對中國現代性追求的收煞——極匆促而窄化的
> 收煞，而非開端。沒有晚清，何來五四？[3]

　　將這樣的觀點放入中國文學或思想中，可以說晚清這樣的文化大
轉型期，真是現代化的關鍵時刻，有太多蛻變的可能，並且同時相互
角力。中國現代化的過程置入晚清的情境來看，是比五四更可以看出
多音複調、眾聲喧嘩的複雜性和開展性。

　　如果就西方由中古世紀後到進入現代社會的發展歷史，來探討
「現代」的概念，那麼可以整理出「所謂『現代』的質素包括了：理
性、進步、科學、民主、憲政、法律、個人主義、自由、平等、民族
國家、資本主義、物質文明、都市化、反宗教、反傳統等等。」[4]其中
也包括女權運動、女性主義的興起。隨著帝國主義侵略轉劇，列強大

紳階級的意識形態，就是專制政體的意識形態。而文化傳統的最大特徵——複雜
性和發展性，自然就被忽略了。」參張灝：〈晚清思想發展試論——幾個基本論點
的提出與檢討〉，收入張灝等著：《近代中國思想人物論——晚清思想》，頁21。

3　王德威：〈沒有晚清，何來五四？——被壓抑的現代性〉，收入氏著：《如何現代，
　　怎樣文學？——十九、二十世紀中文小說新論》（臺北市：麥田出版公司，1998
　　年），頁38。

4　參陳俊啟：〈晚清小說的現代性追求：以公案/偵探/推理小說為探討中心〉，收入
　　王瑗玲、胡曉真編：《經典轉化與明清敘事文學》（臺北市：聯經出版事業公司，
　　2009年），頁397。

有瓜分中國之勢，在晚清特殊的社會文化氛圍裡，「現代化」是以「救亡圖存」的群體意識為基調而展開的，因此，西方文明中來源很複雜的「現代」質素，都是經過「救亡圖存」群體意識的過濾而被接受進來，因為這一層過濾，很多西方思想已非原來的型態。在此前提下，自由、權利、民主都被看成救亡圖存、富國強兵的工具，[5]對婦女議題的關注，也必須放入此歷史情境被理解。晚清現代性議題中，婦女問題之所以特別值得關注，夏曉虹指出：

> 女子在社會現實中的處境遠較男子複雜，遭遇的困擾也遠較男性繁多。僅以晚清婦女論名著《女界鐘》的論述而言，其所列舉的女子急當恢復的基本權利，變包括了入學、交友、營業、掌握財產、出入自由、婚姻自由六項，足見女性在教育、社交、就業、財產以及人身與婚姻的自由度方面與男子相比，權利的極度匱乏，更無論作者視為理想、有待日後爭取的參政權。也就是說，身處晚清，男性涉及的社會問題，女子無一能逃脫；在此之外，女性更有諸多必須獨自面對的難題。因而，將女性的生存狀況作為衡量一個社會文明的標尺，確有道理。反過來說，對晚清女界生活與觀念的考察，也可以獲致全方位地呈現晚清社會場景的效果。[6]

晚清婦女面臨的問題其實比男性更為複雜，除了無法逃脫原來男性所面臨社會問題外，還有自身必須獨自面對的難題，要對晚清有更

5　參張灝：〈晚清思想發展試論——幾個基本論點的提出與檢討〉，頁21。

6　夏曉虹：《晚清女性與近代中國》（北京市：北京大學出版社，2004年），〈導言、重構晚清圖景〉，頁4。

全方位的理解，婦女生活與觀念是不可略過的場景。但是，正由於晚清的社會文化氛圍中，對婦女議題的關注，包括「興女學」、「廢纏足」等婦女教育的提倡、婦女解放運動，多是在「救亡圖存」脈絡下提出，這當中甚至有被操作的意味，而不是以婦女自身權益為出發點而提出。這樣特殊的歷史情境，使晚清女學、女權的提倡過程充滿弔詭、矛盾，一方面呈現出工具性、策略性的價值取向；但另一方面也確實為後來現代婦女生存狀態的改變帶來可貴契機。中國的婦女解放思潮確由晚清發端，並且至今仍未過時，這個婦女一步一步走向獨立自主，企求建立女性主體的過程，可說是仍在持續運動中，仍未結束。

本文選擇薛紹徽（1866-1911）《黛韻樓遺集》作為理解晚清女作家與現代性間複雜對話之文本，是因為薛紹徽作為晚清閨秀才女的佼佼者、目前已知的中國第一位女翻譯家，在晚清婦女作家中她具有值得被聚焦的重要性；而且由於《黛韻樓遺集》家刻本的保存完整，她的思想透過自己的生花妙筆被保存下來。因此，我們可以在她身上看到晚清現代化過程中，婦女的作為、思考與切身感受。中國現代化過程中的複雜對話不僅是傳統與現代、中國與西方間的對話，同時還存在著男權話語與婦女思考的差異。從晚清到五四，傳統與現代間原本應該更為多音複調、眾聲喧嘩的多元對話，在救亡圖存的迫切危機與直線進化巨型史觀結合，鋪天蓋地的影響下，斷裂為傳統與現代對立的二元論鴻溝。美國萊斯大學的錢南秀說：

> 雖然相當一批中西學者指出婦女解放為變法目的之一，但總體趨向在於突出某些男性領導者的「進步觀念」，而非著眼於婦女本身的意識行為。論者又每以近代婦女解放為中國男性民族

主義者對西方批評的回應。如婦女纏足，便是西方批評中國落後的主要口實，而成為戊戌男性變法志士最為著力的目標之一。而對戊戌婦女，至多也只是描繪為男性和西方的雙重追隨者。同時，少數婦女革命者——如秋瑾（1877-1907）——的激進吸引了中西學者的注意；更多同代婦女的改革思想與實施，平實然而意義深遠，則被長期忘卻。考察薛氏編纂《外國列女傳》的過程，可知戊戌婦女積極自主、樂觀向上，敢思考、有創見，遠非如一般所想像的那樣，懦弱被動，等待男性變法志士的啟蒙與拯救。她們一方面護持中國傳統，另一方面批判吸收西域新知，以審慎的態度，將西方價值匯入中國系統中。[7]

　　薛紹徽這樣的晚清知識婦女，雖然沒有像女革命家秋瑾一樣激進的提倡女權，強調婦女要盡和男人一樣的義務，能使中西學者目光聚焦。但她並不僅是「男性和西方的雙重追隨者」，而是「積極自主」、「樂觀向上」，有創見、能思考的。薛紹徽以其特殊經歷，積極吸收新知，其眼界、作為與關懷，幾乎都走在同時代婦女尖端，她的文學中有令人驚艷的現代性表現，這也是筆者首先要探討的。而另一方面，對於婦女相關議題的看法，她選擇一種和一心救亡圖存的維新男性或女革命家的激情相較，更為平實的作法。她維護、肯定中國傳統文化的價值，包括肯定中國傳統女教，對於婦女纏足的議題，她也不支持貿然「廢纏足」的作法。因此，薛紹徽對婦女議題的看法，在目前的薛紹徽研究中往往被評論為「她所擁有的新知識並沒有引導她擁有新

7　錢南秀：〈清季女作家薛紹徽及其《外國列女傳》〉，收入：《明清文學與性別研究》，頁933、934。

的文化道德價值觀」、「不能夠衝破舊道德的約束」。[8]筆者認為如果可以跳開傳統／現代二元對立的思維模式，重新檢視薛紹徽的婦女論述，或許可以發現薛紹徽對傳統女教的肯定，以及對於纏足問題所發出的不同聲音，並不是拒絕現代性，而是針對晚清現代化過程中，男性知識分子「救亡圖存」下的婦女議題論述，所忽視的一個重要向度——婦女的切身感受所作的回應。在婦女自身的立場看來，這正是現代化過程中必須更細緻的關注、回應與處理的問題。筆者將試著呈現晚清婦女——尤其是像薛紹徽這樣長於閨閣、受過良好教育，並且有機會在時代浪尖上接受西方文化洗禮的婦女，面對世變之際的挑戰時如何思考、如何自處？在這個衝擊與回應過程中表現出不同於以「救亡圖存」為唯一目標的宏大敘事觀點，而有其獨特的婦女發聲位置。[9]

8　此看法可以林怡為代表。參林怡：〈簡論晚清著名閩籍女作家薛紹徽〉，《東南學術》（2004年增刊），頁285。

9　關於論文審查者指出：「本文於頁188引文中，寫出《女界鐘》女子急當恢復之權利，包括入學、交友、營業……，本文只獨出『興女學』、『廢纏足』的議題來做查考，是薛紹徽特別關注，還是研究者只聚焦於此處，可再進一步說明。」並建議筆者「可增一節再敘述薛氏的論述模式，在『興女學』、『廢纏足』這兩個議題，表述的內容有何？占她女權思想的比例為何？後者，緊接作者論點，以中西合併，並打破一元男性觀點，兼顧女性自身立場，以漸進方式提倡女權改革的思想脈絡，就能很清楚的呈現。並做到作者企圖打破二元思考模式，重新審視薛氏新舊交融的思考論點。」筆者在此感謝審查者的寶貴意見，並嘗試做回應。晚清對婦女議題的討論誠然有諸多面向，短短一、二十年間對婦女議題的關注卻各有不同的聚焦的重點，大抵上是由興女學、廢纏足（1897年、1898年，戊戌時期梁啟超發表《變法通議・論女學》等一系列婦女論述開始）——女權（1900年「女權」一詞首次出現在中文裡，1903年、1904年，馬君武發表《女權篇》，金天翮《女界鐘》問世，「女權」這個詞才開始被頻繁使用）——婦女參政權（1911年、1912年，民國成立後林宗素、陳擷芬等人接二連三地向孫文提出女子參政的要

二　薛紹徽：從閨閣走向社會空間的晚清閨秀

　　薛紹徽，字秀玉，號男姒，清同治五年（1866）生於福建侯官（今福州），卒於宣統三年（1911），是晚清著名女詩人、女作家，也是現存已知的第一個女翻譯家，著有《黛韻樓遺集》。[10]從其歿後陳氏家刻本《黛韻樓遺集》出版時，當時學界名流姚華、嚴復、陳寶琛、陳衍、林紓分別為之題簽，可以看出薛紹徽在當時文壇的重要性。薛紹徽生長於閩地，清中葉後國門漸啟，海外經商者紛至，閩、廣首當其衝，中西文化的碰撞較他處早，嚴復、林紓、陳季同等人，很早就傾力於介紹西學，實一時地域文化大環境使然，薛紹徽生於斯、長於

求）。相關討論可參見〔日〕須藤瑞代：《中國「女權」概念的變遷：清末民初的人權和社會性別》（北京市：社會科學文獻出版社，2010年）一書。晚清的婦女運動萌芽和維新派有密切的關係，梁啟超在戊戌時期的婦女論述「其中心議題是不纏足和女子教育」（同上書，頁25），是屬於「近代中國，在『女權』概念出現之前，改良女性的議論。」（同上書，頁24）在筆者對薛紹徽的研究中，發現她的婦女論述明顯是和梁啟超作為對話而展開的，她的論述焦點在「興女學」、「廢纏足」兩議題上，這不僅是薛紹徽個人的特殊關懷，而是當時婦女運動最被聚焦的兩個中心議題。

10 薛紹徽《黛韻樓遺集》分為《黛韻樓詩集》、《黛韻樓詞集》、《黛韻樓文集》三部分，前有陳壽彭所作之〈序〉與〈亡妻薛恭人傳略〉（以下簡稱〈傳略〉），及其子女陳鏗、陳瑩、陳荭合編的〈先妣薛恭人年譜〉（以下簡稱〈年譜〉）。據陳壽彭〈序〉所言「薛恭人病亟，手自刪定《黛韻樓詩詞集》。」說明薛紹徽生前即曾針對自己的作品作過整理刪定的工作。由於家刻本的完善保存，其中的〈傳略〉、〈年譜〉為薛紹徽生平研究提供了可靠的第一手資料。2000年，林怡點校《黛韻樓遺集》，2003年方志出版社將其點校本改名為《薛紹徽集》出版，後附〈在舊道德與新知識之間〉一文。參林怡點校：《薛紹徽集》（北京市：方志出版社，2003年）。本文所引用薛紹徽作品之版本仍據薛紹徽著、陳壽彭編：《黛韻樓遺集》（陳氏家刻本，1911年。哈佛燕京圖書館館藏）。

斯，很難不受其影響。[11]再加上夫家的背景，她的丈夫陳壽彭與其兄陳季同接受的都是新式教育，陳季同是清末重要外交家，陳壽彭遊學歐、日，擔任清廷的「舌人」（翻譯）。薛紹徽後來隨著陳壽彭多方覓食，居住在當時接受西方文化影響最巨大的城市──上海一段時日，因此在薛紹徽文學作品中，可以看到不少令人驚艷的現代性表現，尤其是在晚清現代化過程中的重要政治改革運動──戊戌變法，陳氏兄弟皆參與其中，期間也可以看到薛紹徽的言論和身影。由於這些特殊的經歷，要理解晚清現代化過程中傳統／現代、中國／西方文化間的交涉對話對婦女文學的影響，薛紹徽在這個文化大轉型期中無疑是值得觀察的重要人物。

　　首先，薛紹徽出身大家閨秀，幼年接受傳統閨秀教育，根據其子女陳鏗、陳瑩、陳荭合編的〈先妣薛恭人年譜〉記載：

> 九年庚午五歲
> 先外祖令入學，與兄姊共筆墨。授以《女論語》、《女孝經》、《女誡》、《女學》，皆能成誦，領悟旨趣。

> 十年辛未六歲
> 讀《四子書》、《毛詩》、《戴禮》。見 先外祖母作畫，代為研粉調脂，……並以圍棋、洞簫、崑曲授之。

> 十一年壬申七歲

---

11 參楊萬里：〈薛紹徽呂碧城異同論〉，《南陽師範學院學報（社會科學版）》第6卷第1期（2007年1月），頁69。

畫讀書，夜從 先外祖母學畫或習刺繡。

十二年癸酉八歲

讀《左傳》，兼及《綱鑑》。夜從 先外祖母刺繡，兼習五、七
言絕句。見 先外祖母有手抄《駢文選》，請受業。繡畢臨臥，
猶篝燈床前，隱觀默識，若有所會。

除了入學所學習到的《女論語》、《女孝經》、《女誡》、《女學》
等傳統女學[12]；就是來自其母邵氏的家庭教育，包括畫畫、刺繡、圍
棋、洞簫、崑曲等傳統才女的琴棋書畫，此外，她也向母親學絕句、
駢文。但她安逸的閨秀生活，很快的隨著九歲母歿、十二歲父逝，寄
居老寡無子女的姨母家而結束，薛紹徽必須靠販售女紅（如：繡荷
包、香囊、手帕、扇袋等）糊口。[13]她也藉著參加閩中詩鐘比賽賺取
彩金補貼家用，因為展露才學而傳為美談，並且吸引當時就讀福州船
政學堂的陳壽彭，而展開熱烈追求。重視禮教的薛紹徽拒絕陳壽彭的
求婚，一直到其姊寫信到廣東請家族長輩作主（〈年譜〉：「諸外叔祖
主其事」），她才答應嫁陳壽彭，時年十五歲。薛紹徽一直到三十二
歲（光緒23年丁酉，1897）為止，都沒有離開福建，一直扮演著賢妻

---

12 中國傳統女學的內容，鄭觀應〈女教〉一文概括為：「中古女學諸書，失傳已久。
自片與散見六經諸子外，以班昭《女誡》為最先，劉向《列女傳》，鄭氏《女孝
經》、《女訓》、《閨範》、《女範》各有發明，近世藍鹿洲採集經史子集為婦人法
式者，謂之《女學》，頗稱詳贍。」參楊曉：〈中國傳統女學的終結與近代女子教
育的興起──戊戌變法時期女學思想探析〉，《學術研究》1995年第5期，頁79。

13 參〈年譜〉四年戊寅十三歲條。這段薛紹徽少女時期的切身謀生經驗，也成了後
來她不滿維新派梁啟超〈論女學〉一文中，指責中國傳統婦女為「不生利」的「分
利」之人的主要反駁理由。

良母的角色。三十二歲後隨著陳壽彭覓食多方，足跡才遍及上海、寧波、南京、廣州、北京等南北各大城市，途經香港、天津，是她真正視野擴大、新知日增的人生階段。

就《黛韻樓遺集》的內容來看，薛紹徽不只是傳統的閨秀詩人而已。她的文學作品中展現了新物件、新視野、新知識，也參與新教育，使用了新傳媒。薛紹徽文學中所表現的現代性，陳壽彭扮演關鍵性角色，他思想開明，與其兄陳季同皆為福建船政學堂早期畢業生，接受新式教育，精通中西學。陳季同為清季資深外交家，派駐歐洲二十餘年，出版英法文著作六、七種，向西方介紹中國文化，也娶了外國夫人（賴媽懿）；陳壽彭也曾遊學日本和英、法等國。陳氏兄弟歸國後，在上海、南京等地辦報，致力於介紹西方歷史、文化、科技、法律等，又興女學，薛紹徽皆參與其事。[14]陳壽彭長年在外，薛紹徽獨立持家，在育兒、操持家務之餘，也展現令陳壽彭敬畏的高度求知熱忱，陳壽彭說：

> 癸未余遊東洋，恭人始學填詞；乙酉余遊泰西，恭人始治
> 《史》、《漢》、《文選》；己丑余歸應鄉試，雖僥倖忝列副車，
> 自視所作古文字，弗若恭人遠甚。乃求舊籍讀之，期有補我不
> 足；而恭人亦猛力攻苦弗少讓，余剛得尺，而恭人且越尋丈
> 矣。[15]

---

14 參楊萬里：〈薛紹徽呂碧城異同論〉，《南陽師範學院學報（社會科學版）》第6卷第1期（2007年1月），頁66。陳壽彭「遊學日本」參〈年譜〉九年癸未十八歲條（1883年）；「遊學英法」參十二年丙戌二十一歲條（1886年）：「家嚴應船政出洋監督之聘充舌人，遊學英、法國。」此次出國乃為清廷洋務擔任翻譯的工作。

15 參陳壽彭〈傳略〉。在〈傳略〉接下來的記載中甚至可以看到薛紹徽「在家撫兒

薛紹徽古典文學的造詣是令陳壽彭自嘆弗如的。但不可否認，陳壽彭的先進、開明，確實為妻子的文學提供一塊沃壤。陳壽彭遊學國外的經驗，使得薛紹徽傳世的古典詩詞中，其內容除了離愁別緒、詠物題畫等傳統閨秀文學常見的題材外，也出現了一些有趣的西方新物件和新知識，開啟了她不同於傳統閨秀才女的新視野。

三　薛紹徽文學的現代性

以下來看薛紹徽作品所表現的現代性元素：

（一）新物件與新知識

陳壽彭遊學國外期間常寄回一些新奇的西洋物件給薛紹徽，她多以詞詠其事。早期薛紹徽即使在閨閣中，其作品也經常可以看到一些來自世界各地的新奇物件，並抒發她個人對這些新物件與其背後相關西方歷史背景的獨特觀點。包括：

1. 錫蘭貝葉梵字佛經
《黛韻樓詞集》卷上的〈繞佛閣（繹如夫子由錫蘭寄貝葉梵字佛經填此卻寄）〉提到來自錫蘭的貝葉梵字佛經。

女，操井臼，時以女紅佐朝夕，夜復讀書，至旦不寐，以故得咯紅病」，勤奮持家與努力向學的動人過程。「咯紅病」即肺炎，根據〈年譜〉的記載薛紹徽得肺炎時，不過21歲，此後便一直為此病所困擾。

2. 埃及碑文拓本

〈穆護砂（繹如又寄埃及古碑拓本數種用題以寄）〉提到埃及古代文字的碑文拓本。

3. 法國拿破崙三世廢后歐色尼之珠寶

〈八寶妝（繹如寄珍飾數事內有赤金條脫一對，以鑽石箝為花鳥……書言拿布侖第三稱帝時，其后歐色尼有寵……）〉（序文過長，不錄）提到陳壽彭自巴黎拍賣會，以巨資購得法國拿破崙三世廢后歐色尼之珠寶。其間薛紹徽並提及和此「八寶妝」有關的西洋歷史，並得出「婦人在德，非在外飾」、「況此妖物，以歷興衰，又何足貴乎？」的結論。

4. 瑞士手工金錶

〈十二時（金錶一大如錢，配以珠鍊，珠數十粒，大於荳蔻，背鐫有銘云：「圓如璧，貞如玉；三萬里，兩同心。」十二字。謂係瑞士國手工特製也。）〉提到她收到陳壽彭寄來的瑞士手工金錶。

5. 歐洲樂器

〈解連環（與繹如談鐵笛事……）〉詞（序文過長，不錄）序文中提到：「歐洲之樂，其琵琶有兩種，大者高與人齊，豎於地，立而彈之。小者僅盈尺，類阮咸托於臂上彈之，殆即渾不似耳，然皆用弓，如彈胡琴焉。」應該就是指西洋樂器中的大、小提琴。

6. 化學釀酒法

〈江城梅花引（繹如又用化學法，蒸百花為露以釀酒，味香美。

惜余不能飲，無以贊其妙，因取數瓶，饋英姊媵以詞。）〉記錄他們
以新穎的化學法釀酒的事件。

其中特別值得注意的是〈八寶妝〉，此詞涉及西方重大的歷史事
件與政治制度。薛紹徽詞後自注云：

> 來書又言拿布侖第三將出師攻普，宴將士於汕庫盧宮，后服此
> 條脫，坐主席，致酒勞諸將。待蒲門一戰，士皆倒戈，遂敗
> 走。法之民黨焚汕庫盧，后竟出亡，法自是而民主焉。（〈八
> 寶妝〉序）

詳述她從陳壽彭處所聽到的法國帝制瓦解，進入民主時代的過
程。楊萬里說：

> 很難想像，偏於福建一隅的一清朝家庭主婦，筆下敘述如此
> 「大逆不道」之舉時，其感受如何？從文學角度來看，用典貼
> 切含蓄，案寓褒貶；敘事有首有尾，結構清晰。此詞涉及西方
> 政治制度、重大事件，讀之無生硬、鑿枘之感。[16]

這些西方物事都是中國現代化過程中和西方文化密切交流下的產
物，因為陳壽彭遊學歐、日的緣故，使早期薛紹徽即使深居閨閣，也
得以大開眼界，並將此表現在其文學作品中。

---

16 參楊萬里：〈薛紹徽呂碧城異同論〉，《南陽師範學院學報（社會科學版）》第6卷
第1期（2007年1月），頁70。

（二）新空間與新視野

薛紹徽文學的現代性，除來自西方的新奇物件外，還表現出一個由閨閣空間逐漸走入社會空間的寬闊新視野。晚清以前婦女文學中所展現的空間是受限於閨閣的狹隘空間，在薛紹徽的文學創作中可以明顯看到「清代女性已經逐漸走出閨房，接觸了豐富複雜的生活，他們的詩歌創作也逐漸突破了小我的悲歡離合，漸漸地進入廣闊的社會空間，她們往往與男性詩人一樣，借古人之事抒發自己對於歷史和現實的看法。」[17]由閨閣開始進入社會空間的薛紹徽，對於晚清中國和列強間日益尖銳的民族矛盾，所造成的社會空前動盪，表現出強烈的憂患意識。她關心重大的社會變化與政治事件，並作出自己深思後的價值判斷，〈滿江紅〉和〈海天闊處·聞繹如話臺灣事〉是其中的代表作。

〈滿江紅〉詞收錄於《黛韻樓詞集》卷下，作於光緒十六年庚寅（1890）。詞前序記載：「中元日，繹如以甲申之役，同學多沒於戰事，往馬江致祭于昭忠祠，招予及伯兄同舟行⋯⋯。」提到陳壽彭和她、伯兄同行，在中元節至馬江祭奠陳壽彭戰死於一八八四年中法甲申之戰的多位同學，透過擺渡的老婦講述她親眼目睹甲申中法海戰中，清廷海軍全軍覆沒後，流亡海上的漁民林獅獅等人和法軍英勇作戰，雖然最後壯烈犧牲，卻也導致法軍最高統帥孤拔重傷不治的一段罕為人知的軼事。陳壽彭並進一步以其在巴黎的所見所聞，與老婦所言作了一個還原歷史真相的拼圖，這些故事被薛紹徽寫進〈滿江紅〉詞序中。她親臨中法戰爭的歷史現場，而且以其「詩史」之筆填補中

---

17 參陳宏：《福建清代女詩人薛紹徽思想與詩詞創作研究》，《福建師範大學高等學校教師在職攻讀碩士學位論文》（2009年11月），頁18。

法戰爭的歷史空白。〈海天闊處・聞繹如話臺灣事〉一詞作於光緒二十年甲午（1894），薛紹徽寫下她對一八九四年甲午戰爭列強「鯨吞蠶食，戚俞難再，藩籬傾圮」的「為天憂杞」心情。透過薛紹徽的記錄可以看到晚清女作家的生活世界，已經由狹隘的閨閣空間走向廣闊的社會空間；她的視野與關懷不再局限於相夫教子、翁姑叔嫂等閨閣婦女所面臨的生活問題，而是由家庭擴大到社會、國家，扣緊時代的脈動來發聲。

　　薛紹徽生活空間與視野的真正擴大，是光緒二十三年丁酉（1897）以後，隨著陳壽彭多方覓食，「三十年貧賤糟糠，相隨五千餘里」（陳壽彭〈序〉）。在三十二至四十二歲這十年間，薛紹徽在上海（1897-1902、1905）、寧波（1898）、南京（1904）、廣東（1906）、北京（1907）[18]，這些大城市之間南北奔波。其中上海是當時中國受西方影響最大，最為現代化的城市，物質摩登、思想開放，薛紹徽在此地停留最久。這個移居上海的經驗，楊萬里指出這使她「對西方文化有了更直觀的感受，其〈憶江南〉組詞記上海風俗，展現西方文化對國人心理上的衝擊。」[19]薛紹徽的〈憶江南〉詞共八首（《黛韻樓詞集》卷下），詞前序提到「英姊信來問海上風俗，既作〈申江曲〉[20]答之猶未足，復填八闋以寄。」〈憶江南〉組詞記錄了薛紹徽對上海風俗的觀察和感受，分別記錄了上海的路、樹、髻、足、飾、服、語、婢。其中的兩首內容如下：

18　參《年譜》之光緒二十三丁酉三十二歲條至三十三年丁未四十二歲條。

19　參楊萬里：〈薛紹徽呂碧城異同論〉，頁70。

20　〈申江曲〉見《黛韻樓詩集》卷二。丁酉（光緒23年，1893）作。

上海路，車馬急紛馳，夾道笙歌圍錦繡，千家欄檻罩玻璃，豔
號小巴黎。(〈憶江南〉8首之1，《黛韻樓詞集》卷下)

上海服，窄袖禿衫襟，出水曹衣嚴縛束，細腰楚俗尚伶俜，新
樣鬧時興。(〈憶江南〉8首之6，《黛韻樓詞集》卷下)

薛紹徽在上海切身感受到中國受到西方文化影響所帶來的巨大風
俗變化，和展現的不同城市風貌。她看到上海建築新穎，車馬紛馳，
歌舞處處，十里洋場風光，被稱為「小巴黎」；上海流行的服飾是當
時西方仕女所穿著的豐胸、細腰、窄袖，強調婀娜身段的西式衣服。

除了〈憶江南〉摹寫現代化過程中上海的新城市風貌外，薛紹徽
丁未年（光緒33年，1907）留下的詩作〈珠江夜泛偶得集句〉、〈香
港〉、〈天津〉、〈北京雜詩四首〉也記錄了晚年薛紹徽從廣東、香港
再到天津、北京，一路的南北奔波，與途中所見的城市風貌。這一年
她留下〈火車〉一詩：

別具椎輪手，連鉤接軫長。蟄雷喧轍跡，平野劃煙光。列子御
風術，壺公縮地方。憑軒看景物，奔走為誰忙。(《黛韻樓詩
集》卷三，丁未)

這大約是她南北奔波除了乘船外所見的新鮮現代化交通工具吧！
透過車窗看景物，除了感慨火車（也是自己）「奔走為誰忙」的奔波
外，薛紹徽以「蟄雷喧轍跡」和《莊子·逍遙遊》所說的「列子御風
術」，來比擬火車的速度和帶給她的視覺、聽覺上的感官震撼。

新生活空間所帶來的新視野，被薛紹徽如實記錄在她的文學作品
中。這些記錄見證了晚清婦女因為生活空間的改變，所感受到的現代

化衝擊。

（三）新教育與新傳媒

在現代化的過程中，文學傳播媒介的變化是一項劃時代的重大變革，報刊成了文學作品主要的載體。這個文學傳播媒介的變化促進文學創作（特別是小說）的繁榮、讀者的平民化，因為稿酬制度的確立，也造成依賴稿酬為生的職業作家的出現。夏曉虹指出「上海報館林立，至一八九七年底，此地刊行過的報刊至少有七十六種（包括副刊及改名者）。」[21]上海報館林立的文化對薛紹徽是有影響的，她的現代性也表現在和新傳媒的關係上。她是中國第一份婦女報刊上海《女學報》的主筆之一，她的作品常刊登於《女學報》上；她同時也是中國近代第一位女翻譯家，她和陳壽彭合作翻譯了《格致正軌》、《八十日環遊記》、《雙線記》、《外國列女傳》等作品。陳壽彭說：

> 戊戌於入甬主講中西學，滬上諸君意欲聘恭人主《女學報》。恭人曰：「女學與男學異，若寬禮法，專尚新學，則中國女教從此而隳。」為作《德》、《言》、《工》、《容》四頌，辭勿就。壬寅余辭館復居滬，譯書，恭人賣畫，謀歸閩貲斧，入秋，恭人佐余合譯成《格致正軌》十卷、《八十日環遊記》四卷。（陳壽彭：〈亡妻薛恭人傳略〉）

在此有必要先對《女學報》的成立，以及它和薛紹徽的關係作一個說明。《女學報》的刊行和女學堂、女學會的成立是一貫的，都是

---

21 夏曉虹：《晚清女性與近代中國》，〈第一章·中西合璧的教育理想〉，頁28。

戊戌時期維新派人士與女學運動的一環，是在「救亡圖存」大前提下提出的重要主張。「女學」跨出閨閣，從家庭教育轉化成為社會教育的一環，發端於晚清西方傳教士所辦的教會女學校。[22]至於中國人自辦的女學校，始於戊戌時期維新派人士所創辦的上海女學堂。一八九七年十一月，在梁啟超、經元善等維新人士的鼓吹、提倡下，中國仕紳在上海創辦第一間中國人自辦的女子學校——中國女學堂[23]，建立中國第一個女學會，發行中國第一張《女學報》，目的是弘揚女子教育。女學會於一八九七年十二月六日成立，聚集中外婦女一百餘人，為晚清女學運動拉開序幕，打下堅實的基礎。一八九八年五月三十一日女學堂正式開學，女學堂雖然初由維新派男士發起，但實際的教學、管理工作皆由婦女擔任。九月二十一日戊戌政變後仍慘澹經營，一直到一九○○年宣告關閉。《女學報》在一八九八年七月二十四日創刊，堅持到十月，共發行十二期，「雖為初辦，其思想之開放審

---

22 夏曉虹的研究指出：「1834年，英國傳教士郭實獵夫人（Mrs. Gutzlaff）已在澳門開辦了專教女生的學校（見容閎《西學東漸記》，商務印書館，1915年）。十年後，另一位英國女傳教士亞爾德西（Miss Aldersey）又在寧波開設女塾，通常以之為中國大陸的第一所女學堂。延至1860年，鴉片戰爭後允許通商的廣州、福州、廈門、寧波、上海五個沿海城市中，總計先後建立了11所教會女學校。」參夏曉虹：〈戊戌前後新興的婦女教育——以上海中國女學堂為中心〉，《紀念戊戌變法一百周年》，頁58。

23 夏曉虹指出：「在上海中國女學堂的創建過程中，起決定作用的是梁啟超與經元善。梁氏主要負責輿論鼓吹，其1897年4、5月間連載於《時務報》的〈變法通議·論女學〉一章，促使經元善萌發了辦女校的決心。而同年11月15日仍在《時務報》首先刊發的《倡設女學堂啟》與隨後發表的《上海新設中國女學堂章程》，也一併出自梁啟超之手。……經元善則為女學堂的實際主持人，承擔籌集經費、營建校舍、聘請教員等具體事務。」夏曉虹：《晚清女性與近代中國》，〈第一章·中西合璧的教育理想〉，頁4。

慎，關懷之廣泛深遠，文辭插圖之精美考究，後世同類刊物，罕有其匹。」[24]梁啟超代表董事會起草〈創設女學堂啟〉，在他的指導下，賴媽懿（陳季同的外國夫人）等人規劃了女學堂教學章程，在延續「吾儒聖教」名義下，尊奉孔子，並以西法為導向，以就職為目的。因為薛紹徽出身士大夫家庭，從小嫻熟詩書；又受陳壽彭影響，深得西學薰陶，這樣的特殊學術背景，陳季同要匯報此一草案時，特別徵求了薛紹徽的意見。薛紹徽隨即做了〈創設女學堂條議並序〉一文，公開發表於陳季同、陳壽彭兄弟發行的維新刊物《求是報》第九冊。[25]她在〈創設女學堂條議並序〉中提出了十三條修改意見，要求從思想到教材，建立起一套中國婦女的教育體系。錢南秀說：

> 賴媽懿等接受了薛的意見，對章程作了修訂。其後許多參與建立女學的婦女，或賦詩言志，或撰文立論，其見解亦每與薛氏相表裡。薛氏本人與其他主筆一起，在《女學報》上持續發表文章，倡導女學，其關懷從知識婦女本身的修養抱負，到普通女工的工時工資，並逐漸論及女權和婦女參政的必要與可能。甚至官話雅言，在《女學報》上應占何種比例，薛氏及同僚亦有深入探討。[26]

女學堂、《女學報》都是「興女學」運動下的產物，這也是晚清

24　錢南秀：〈清季女作家薛紹徽及其《外國列女傳》〉，收入張宏生編：《明清文學與性別研究》（南京市：江蘇古籍出版社，2002年），頁936。

25　薛紹徽：〈創設女學堂條議並序〉，《求是報》第9冊，1897年12月18日。

26　錢南秀：〈清季女作家薛紹徽及其《外國列女傳》〉，收入：《明清文學與性別研究》，頁939。

現代化過程中對婦女議題的關注焦點。薛紹徽對於女學堂、《女學報》都參與其中,她和女學堂、《女學報》有過對話、交流,並且發揮重要的影響力。

在新傳媒的使用上,薛紹徽除了在《女學報》等報刊上發表文章言論之外,也涉入翻譯小說的領域。她進行西方小說翻譯工作,有現實生活上的理由,〈年譜〉記載:

> 二月,大伯父病癒出滬。家嚴譯《江海圖誌》,夜則與先妣談《外國列女事略》並《八十日環遊記》,先妣以筆記之。(〈年譜〉二十五年己亥三十四歲,1899)
>
> 家嚴辭甬上館,攜眷出滬。家嚴譯書,先妣賣畫,籌貲斧作歸計。(〈年譜〉二十八年壬寅三十七歲,1902)

他們夫妻的生活「賣文譯書」原本就是重要的經濟來源,在報刊上發表文章,以及翻譯西方作品賺取稿酬,從一八九七年夫妻到上海,一直到一九〇二年離開,這五、六年間,翻譯工作持續進行著。陳壽彭提到他和薛紹徽合譯的作品包括《格致正軌》、《八十日環遊記》、《雙線記》、《外國列女傳》,其中最受到重視的是《八十日環遊記》和《外國列女傳》兩本。由於薛紹徽本人並非留學生,也未在新式學堂受過西文訓練,她的翻譯工作基本上是採林紓模式,陳壽彭擔任口譯者,薛紹徽筆述。[27]《八十日環遊記》在一九〇〇年由經世文

---

27 薛紹徽雖然和林紓一樣同為不懂外文的翻譯者,但由於他和陳壽彭間的夫妻關係,他們兩人的口譯、筆述間因為兩人的不同思想而有著複雜的對話過程。羅列說:「在他們的翻譯合作中,陳壽彭自己不願動手翻譯,他『獨以此雕蟲小技,鄙而不為』,卻鼓勵自己的妻子從事翻譯,翻譯和女性的微妙關係無形中得以演

社刊行，署薛紹徽譯，用文言文翻譯，採章回體形式，共三十七回。這不僅是法國科幻小說大師儒勒‧凡爾納（Jules Verne, 1828-1905）作品《環遊世界八十天》的第一個漢譯本，也是中國翻譯的第一部西方科幻小說，與現存已知的第一本由女作家執筆的翻譯小說。短短幾年間，本書多次再版，可見其受歡迎的程度。[28]至於《外國列女傳》，始作於一八九九年，完成於一九〇三年，出版於一九〇六年，是中國很早期的系統性介紹西方婦女傳記的重要著作。[29]《外國列女傳》的

繹。陳壽彭在女性問題上態度通達，但從夫婦兩人的翻譯中，卻顯示出並不平等的權力關係。……陳壽彭的口譯，他對譯文的修改、潤色，儼然使他成為權威的象徵。……這同林紓與其口譯者之間的關係有著明顯的不同。同為不懂外文的筆述者，林紓在翻譯中享有充分的創造權利，並成為翻譯活動的主角，其成就為世人所矚目。」薛紹徽女翻譯筆述者的身分使雖然「通過翻譯進入到社會公共領域，但從譯本出版的署名情況看，只有第一個版本署上她的名字，在其他發行的版本中，以其丈夫名字署名的居多，她的貢獻被放置在次要的地位上，女翻譯家薛紹徽的身影就此被模糊了。」參羅列：〈女翻譯家薛紹徽與《八十日環遊記》中女性形象的重構〉，《外國語言文學（季刊）》（2008年第4期，總第98期），頁264。

28 關於《八十日環遊記》在當時迅速再版的情形，羅列說：「1906年小說林社再刊，署陳繹如譯，改名為《寰球旅行記》，實為《八十日環遊記》的翻刻本；同年有正書局刊本，改三十七回為三十七節，書名為《環球旅行記》，署陳繹如譯。」羅列：〈女翻譯家薛紹徽與《八十日環遊記》中女性形象的重構〉，頁262。

29 錢南秀說《外國列女傳》是「中國第一部有系統介紹西方婦女的著作。」錢南秀：〈清季女作家薛紹徽及其《外國列女傳》〉，收入：《明清文學與性別研究》，頁932。夏曉虹的研究則更詳盡的指出薛紹徽的《外國列女傳》雖然成書甚早，但出版卻姍姍來遲，「就筆者目前掌握的資料而言，在晚清婦女傳記出版史上，上海廣智書局1903年2月發行的《世界十二女傑》實具有界標的意義。……緊隨其後，《世界十女傑》也於同年5月推出。而大約半年後問世的丁祖蔭（號初我）譯自日文的《（近世歐美）豪傑之細君》，則將1903年充分演繹成『西方女傑傳記出版年』。」參夏曉虹：〈晚清女性典範的多元景觀：從中外女傑傳到女報傳記欄〉，《中國現代文學研究叢刊》（2006年第3期），頁20。因此，如果就實際的出版時間

編纂過程，薛紹徽說：

> 適繹如夫子載搜秘笈，博考史書，因囑凡涉女史記載，遞及里
> 巷傳聞，代為羅織以備輯錄，計工七百餘日，綜得二百餘條。
> 紹徽為分十端，釐成七卷。既而又將刈薙兩目，列作附錄一
> 冊，外國女事於焉備矣。（《黛韻樓文集・外國列女傳序》）

　　此書的成書是陳壽彭從西方史集節譯有關婦女傳記傳說二百餘條
口述，由薛紹徽編纂分類記錄下來。雖然翻譯工作對陳氏夫妻有維生
的現實理由，但除此之外，錢南秀指出此「絕非一對知識夫妻的筆墨
消遣」、「《外國列女傳》的編譯，目的在於『觀西國女教』，便是二
人在變法失敗後的繼續努力。」[30]晚清西學東漸後，在外來新價值觀
的衝擊下，傳統的婦女典範面臨空前挑戰，重構理想婦女典範已勢在
必行。[31]《外國列女傳》的編譯即是薛紹徽在關注女子教育的同時，
對這個婦女新典範的重構所做的努力。

　　因此，從薛紹徽和中國女學堂、《女學報》的互動，以及從事翻
譯小說來看，她關注和婦女切身相關的新教育、新傳媒、新典範。就
她的時代而言，可說是走在時代尖端的知識婦女，而不僅是謹守「內

來看，《外國列女傳》雖然未必是錢南秀所說的是「中國第一部有系統介紹西方
婦女的著作。」但夏曉虹也肯定此書「由於出自《女學報》主筆之一的薛紹徽之
手，其實更應當被作為早期範本來研究。」（同上，頁21）

30 錢南秀：〈清季女作家薛紹徽及其《外國列女傳》〉，收入：《明清文學與性別研
　　究》，頁932、933。

31 參夏曉虹：〈晚清女性典範的多元景觀：從中外女傑傳到女報傳記欄〉，《中國現
　　代文學研究叢刊》（2006年第3期），頁17。

言不出閫」規範的傳統閨秀才女了。

四　現代化過程忽略了什麼 —— 薛紹徽文學中的婦女發聲位置

　　從《黛韻樓遺集》中所表現的新物件、新知識、新空間、新視野，乃至對新教育的關注、新傳媒的使用看來，薛紹徽和晚清大多數中國婦女相較，稱得上是見多識廣，不乏新知。但在她的文學中，同時存在一個很強的對傳統價值的維護和肯定的聲音，這主要表現在她對興女學、廢纏足等婦女議題的看法上。林怡認為薛紹徽「在對男女兩性的界線上較當日變法維新的男士還要傳統、拘謹。她擔憂『男女之大防』將在社會變革中崩潰。」「她對婚姻自由、婦女參政似不太以為然。」「她在對婦女地位、權益等的看法上，卻無絲毫新觀念，與當日激進的維新人士差距甚遠。她不但固守傳統的婦道禮教，而且對時局的變化更覺悲觀，所以總是力勸壽彭安貧不仕。」[32]因此，林怡對薛紹徽的婦女論述提出這樣的質疑，她說：

　　　　我們不禁要問，為什麼與薛紹徽同時的一些知識女性如秋瑾女士以及與薛紹徽論辯的「沈女士」卻能夠衝破舊道德的約束呢？我以為，這和紹徽的家庭生活緊密相關。……可以說，是對禮教傳統有所逾越的陳壽彭成全了薛紹徽的獨立自主和博學多識。但也正因如此，更堅定了紹徽夫唱婦隨、柔順貞淑的婦

32　參林怡：〈簡論晚清著名閩籍女作家薛紹徽〉，《東南學術》（2004年增刊），頁283。

道觀。她無法感受到並非所有的男性都有壽彭那樣的才識和德性，也不是所有的女性都有她那樣的學識和姻緣，卻以偏概全地反對當時正在興起的婦女解放的呼聲，而固守「男女之大防」，這是她無從認識並無以自拔的局限所在。[33]

　　林怡說出一個不可忽視的面向，薛紹徽的博學多識和家庭支持息息相關，需要夫家開明、通達才得以成就。[34]薛紹徽對婦女議題的看法，和當時興女學、廢纏足運動也確實存在著不盡相同的聲音，但是，這是否只是「她無從認識並無以自拔的局限」，是新舊價值觀交替過程中傳統意識不自覺的自然滯留？或者還有另一種可能──如果研究者能夠不落入傳統、現代二元對立的思考框架，而能夠接受傳統與現代對立框架外的多音複調，可以發現薛紹徽做的其實並不是現代性與維護傳統間二擇一的抉擇與思考；而是一種從婦女切身經驗與感受出發，經過思考後自覺的肯定、維護傳統價值？以下筆者嘗試從女學論與纏足論來還原薛紹徽的說法。

（一）女學論

　　薛紹徽關注女子教育，在中國近代第一所維新派人士自辦的女校中國女學堂，發揮一定的影響力，但薛紹徽在婦女議題上的看法和維

---

33 同前註，頁285。

34 和薛紹徽最為相反的例子，如胡仿蘭因「嗜讀新學書與欲進女學堂」，其「為放足及想入學堂二事」，不僅未獲夫家支持，反而觸怒翁姑，被迫服毒自盡的悲慘際遇。參夏曉虹：《晚清女性與近代中國》，〈第九章·從新聞到小說──胡仿蘭一案探析〉，頁266-272。

新派男士的主張並不全然相同。薛紹徽對於「興女學」與「廢纏足」這兩個在當時最為顯題化的婦女議題，在《黛韻樓遺集》中都留下了她的看法。先來看她對女學的觀點。戊戌變法時期薛紹徽的想法其梗概在《黛韻樓遺集》被保存在〈年譜・二十三年丁酉三十二歲〉，與陳壽彭的〈亡妻薛恭人傳略〉的記錄中：

> 時滬上紳議設女學堂祀孔聖，先妣曰聖人之道，雖造端于夫婦，而其言非僅為婦女發也，尊之轉褻。何若祀曹大家，以宣文韓公分東西蕪，明女教與男教異者，別乾坤之位耳，非然者男女之防潰矣。（〈年譜・二十三年丁酉三十二歲〉）
>
> 戊戌余入甬主講中西學，滬上諸君意欲聘恭人主《女學報》。恭人曰：「女學與男學異，若寬禮法，專尚新學，則中國女教從此而隳。」為作《德》、《言》、《工》、《容》四頌，辭勿就。（〈亡妻薛恭人傳略〉）

參與女學堂與《女學報》籌畫時期（1897-1898）的薛紹徽，對女學的想法明顯不同於男性變法者單線進化論思考模式下的「追西趨新」；她並不排斥學習西學，但反對貶抑傳統女教的價值而「專尚新學」。

薛紹徽在婦女教育議題上對傳統女教的歌頌，與其說是拒絕現代性，不如說是拒絕晚清現代性中的「專尚新學」，急遽背離、否定傳統中國女教價值的不安與不滿吧！她對「晚近士大夫倡興女學」充滿疑慮，她的憂慮更清楚的呈現〈訓女詩〉十首詩前序中，她說：

> 前既作〈課兒詩〉，芸莊二女亦以為請。余思吾國女教，以貞順為主，五千年來鮮有流弊。晚近士大夫倡興女學，如陳相之

見許行，所誤恐不止毫釐千里已也。二女從余既熟《女誡》、《女訓》諸書，因更勗以理義。用張景陽雜詩運作〈訓女詩〉十首。（〈訓女詩〉十首，《黛韻樓詩集》卷二）

　　薛紹徽應該看到當時興女學運動的流弊吧！她質疑男性領導者提倡的興女學運動，並肯定傳統中國女教強調「貞順」的價值，認為少有流弊。閨秀出身的薛紹徽從小接受的是《女誡》、《女訓》等傳統女教中的《女四書》，作為母親的薛紹徽仍用它來教育自己的女兒。〈訓女詩〉十首中她說道：「男女同化生，一氣分清濁；坤道履堅貞，夜行秉明燭，如玉嚴守身。」（〈其一〉）她強調男女之別、婦女的堅貞、守節之德。她也為傳統婦女的德、容、言、工四德，做了「婦德亦無極，力學知不足。多聞皆我師，從繩得直木。」（〈其四〉）的詮釋；薛紹徽經過現代化的洗禮後，她所定義的婦德其實已不同於「女子無才便是德」脈絡下的婦德，反而是要婦女自立自強、多聞力學的。她說「婦容在禮法，不在貌傾城。善心以為窈，德車稱結旌。」並肯定「班昭靡艷色，續史賦東征。」（〈其七〉）她認為婦容不在外貌，而在懂得「禮法」，具備才德這樣的內在美。婦言在「內言不出閫，出話慎檢束。」（〈其四〉）婦工在「夫人理蠶事，織紝紡績間。」「辛勤以卒歲，婦子原幽閑。興家秉內助，巧拙咸宜然。」（〈其八〉）她的婦工是在經歷過維新男性指責二萬萬傳統婦女為不生利之人後，站在婦女位置來立論。她要說的是傳統婦女並非懶惰無用之輩，而是終年辛勤的興家賢內助，男性不能在享受婦女對家庭的付出後，卻又一筆抹殺家庭主婦的價值。〈訓女詩〉十首中所呈現出來的是一九〇四年時期薛紹徽的女學觀，顯示她質疑當時男性士大夫興女學運動的「世人多趨今」路線；肯定中國傳統女教重視禮法、重視家庭之價值。

連著對當時現代化過程中，興女學過程的流弊的不滿而來，她批判當時「學術壞人，女教失墜」。配合她作於一九〇九年的〈文宗〉詩：「一代文宗變法新，隱教名教委風塵。興思青史留佳證，貽誤蒼生正此人。」（〈文宗〉，《黛韻樓詩集》卷四）原先希望在中／西、傳統／現代間兼容並蓄的大家閨秀薛紹徽，在晚清變法、新政推行過程中，導致中／西、傳統／現代的斷裂，不重視傳統婦女的貢獻與切身感受，她對這樣的女學推動成果是失望的，因此，她批判變法「貽誤蒼生」，也自認為與時人「今古不同調」，選擇回歸傳統中國女教，並以此來教育自己的女兒。

（二）纏足論

除了興女學，反纏足運動也是戊戌變法婦女議題的主軸之一，而且可說是維新變法運作下最成功的一環。一八九七年梁啟超成立不纏足會，並發表〈戒纏足會敘〉、〈試辦不纏足會簡明章程〉，好幾個地方跟著響應，紛紛成立了「天足會」、「不纏足會」等，最後終於形成全國性的不纏足風潮。[35]一九〇二年的梁啟超評價自己當時所發表的「不纏足論」的影響是：「數年前禁纏足之論，其效明矣。」[36]影響所及是顛覆了中國的「金蓮崇拜」，纏足原本被視為優雅的身體與教養，並且是婦女結婚的重要條件；到了梁啟超等人批判纏足為「過去」的惡習之後，裹小腳的婦女開始被認為是中國「衰落」、「野蠻」的象

---

35 參〔日〕須藤瑞代：《中國「女權」概念的變遷：清末民初的人權和社會性別》，〈第一章、未來的女性與過去的女性〉，頁26-27。

36 梁啟超：〈禁早婚議〉，《飲冰室文集》卷7，頁114；原載於《新民叢報》第23號（1902）。

徵，造成「劣種之由」，甚至被日本展示在「野蠻人類館」中。[37]

　　在薛紹徽婦女論述中，除了對興女學議題展現和變法男性的不同思考外，她對廢纏足問題也另有一番不同說法。薛紹徽對纏足問題的思考，被保留下來的主要文獻是可能作於一八九八年下半年的〈覆沈女士書〉。[38]薛紹徽在〈覆沈女士書〉這封信中顛覆反纏足運動的流行論點，她首先以史事為例，反駁纏足沒有傳統根據[39]與纏足女子乃禍水紅顏[40]這兩種說法；也反駁了變法男性以傳統纏足婦女為衰弱、依

---

37 參〔日〕須藤瑞代：《中國「女權」概念的變遷：清末民初的人權和社會性別》，〈第二章、擁有「人權」的「國民之母」〉，頁73。須藤提到纏足女性被視為「衰落」、「野蠻」的象徵著名的例子是所謂的「人類館」事件：1903年3月1日至7月31日，在日本大阪舉行的第五屆大阪內國勸業博覽會中，「野蠻人類館」展示了從臺灣來的纏足女性。因此，蔣維喬痛心地寫道：「女子者，國民之母，種族所由來也……日本與我同種，且於博覽會中，置我種於野蠻人類館矣。吁，可痛哉！推原劣種之由，固由智識之不竟，亦實體魄脆弱，非由國民之母，皆纏足之故也！」(蔣維喬：〈論中國女學不興之害〉，頁74)

38 薛紹徽：〈覆沈女士書〉見《黛韻樓文集》。至於〈覆沈女士書〉的寫作時間為1898年，筆者乃據高彥頤的推論而來。高彥頤：「錢南秀告訴我（2002），雖然薛紹徽回覆沈女士的這封信，並未刊載在現存的八期《女學報》之中，但她認為它很可能會出現在逸失的那四期之中。薛紹徽在信中兩度使用了類似的字句來批評康有為的請禁纏足奏摺。她對於『紅顏禍水』論調的駁斥，也直接反擊了永嘉祥的議論；在1898年由天足會舉辦的徵文比賽裡，永嘉祥的論文被評選為第一名（見李又寧與張玉法編：《近代中國女權運動史料》，第510-513頁）。因此，薛紹徽的信可能於1898年下半年中刊出。」參〔美〕高彥頤：《纏足：「金蓮崇拜」盛極而衰的演變》（南京市：江蘇人民出版社，2009年），頁306。

39 薛紹徽：「所謂纏足非古者非也，李斯裹足之語，已見於秦；梁瑩約縑之文，更聞于漢。」(〈覆沈女士書〉，《黛韻樓文集》)

40 薛紹徽：「又所謂纏足為亡國遺製者亦非也，妲己之說不聞三代遺書；窅娘之粧尚屬五季習俗。」(〈覆沈女士書〉，《黛韻樓文集》)

賴、分利不生利象徵的說法。她說：

> 閨房有甚於畫眉，匪男人之輕薄。將相本無定種，詩書即可自
> 強。婦女固有其真，柔順始為正則。全憑十指，壓針線於連
> 年；黽勉同心，課米鹽於中饋。女德能修，婦道乃備。凡所謂
> 弱種強國、興業持家之說，又在此不在彼矣。……胡不思西國
> 是好，餓死幾希；東瀛黑齒猶存，養生奚礙乎？有舉末廢，免
> 俗未能。（〈覆沈女士書〉，《黛韻樓文集》）

在這段文字中，薛紹徽針對維新男性的廢纏足論提出三點回應：

1. 纏足婦女並非不事生產者，她們平時操持家務，靠針線亦可維
生。為了「強國」目的，視纏足婦女為「弱種」之說是不公平的指控。
問題不在纏不纏足，而在於讀不讀書，只要受教育，纏足婦女亦可自
強。

2. 從婦女的主觀身體感受說纏足有助於閨房之樂。

3. 中國有纏足，猶如西國有束腰、東瀛有黑齒一樣，因此中國之
纏足並不能被視為野蠻、落後的象徵，它只是一種文化的習慣、風
俗。

從薛紹徽這些主張看來，她對當時的「反纏足運動」提出異議並
不是反對現代化，而有其正面訴求，她從婦女立場出發，要求正視已
纏足婦女的感受——譴責她們不事生產，是「衰落」、「野蠻」的象
徵，造成「劣種之由」，如此思考，對大批的已纏足婦女公平嗎？她
的思考肯定家庭主婦操持家務的價值和貢獻（現代社會也提出家務有
給制的主張，薛紹徽的想法反而是進步的）；從閨房私密之樂說纏足
有其好處，雖然說法令人驚奇，值得注意的是，她是從婦女的身體感

209

出發來談；並且要求在批判中國婦女纏足為落後象徵的惡習的同時，不要忘記西方婦女的束腰、日本婦女的黑齒，必須尊重多元文化、風俗的差異。因此，可以說薛紹徽這些主張即使用今日的眼光來看都有其價值。

要進一步說明的是薛紹徽不贊成廢纏足，並不代表她主張纏足，她說：

> 升沉嗜好，似別鹹酸；宛轉時趨，各隨粧束。是纏之固屬無妨，即不纏亦何不可耶？如謂既纏者，俱宜一齊放卻，換骨無丹，斷頭莫續。必欲矯情鎮物，勢成非馬非驢。

薛紹徽並不是積極主張纏足，她說的是纏與不纏，像粧扮一樣，個人有選擇的自由；但她反對一律強迫放足的做法，因為這對纏足婦女會造成身體上的嚴重傷害——纏足後的腳如同斷頭斷骨一樣，是沒有辦法再續接回去的。粗暴的要求纏足婦女放腳，將造成她們的腳「非馬非驢」的難堪局面。而這些難堪、痛苦卻是沒有纏足經驗的男性知識分子無法深刻體會的。

到這裡可以試著來整理薛紹徽纏足論的論點了，她不認同維新男性廢纏足的主張，表面上看起來似乎是薛紹徽與維新男性的現代性追求間的衝突，但真正的問題並不在此。閨秀出身的薛紹徽本身是纏足婦女，纏足問題對她而言並不只是救亡圖存的宏大敘事（雖然在《黛韻樓遺集》中並不缺乏對國家憂患的關注），而是和婦女身體息息相關的切身經驗。當纏足由閨秀優雅、高貴的「金蓮」象徵，淪落為野蠻、衰弱的代表，甚至被指責為亡國劣種，試問對於閨秀出身，成長過程中一直認同纏足價值的薛紹徽，是多麼大的衝擊，她應當如何自

處？又當如何看待自己的纏足？美國學者高彥頤提出如何理解薛紹徽
纏足論的重點：

> 薛紹徽反駁天足論調的目的，並不像辜鴻銘那樣是為了捍衛纏
> 足傳統，而是為了導引出一項極為重要，但卻備受巨型史觀忽
> 略的向度：內在於女性身體的主觀感受。[41]

　　薛紹徽的纏足論這樣特別的聲音和訴求，或許說的是——追求現
代性的男性知識分子在共同的進化論巨型史觀框架下，忽視了什麼？
他們看到的是「國家」，而不是婦女。不管是興女學、廢纏足，如果
稍加留意這些婦女議題討論過程中男性知識分子的語言，應該不難發
現其中不自覺存在的男權話語。晚清的婦女論述出現一個弔詭，解放
婦女的運動以及由此而來的種種主張，都是在「國之將亡」前提下，
想要急切救國的策略運用而已，雖然必須承認這些不得不然的策略性
作法有其不容抹滅時代意義，最後也真的因此創造出不少解放婦女的
貢獻和價值，但如果將這些時代背景上的迫切性、必要性暫時擱置，
可以說晚清男性知識分子的關懷並不真以婦女自身權益為目的。他們
關心的重點是國家、民族，而不是婦女；這些運動的相關主張，不論
是相較於晚清男性知識分子巨型史觀下的現代性追求，與由之而來的
婦女論述，多視婦女為客體、為他者（不管是被批判、還是待解放，
婦女都沒有被視為能獨立思考的女性主體），因而忽視婦女內在最真
實的切身感受。薛紹徽纏足論的訴求是什麼？她肯定中國纏足傳統價

41　〔美〕高彥頤：《纏足：「金蓮崇拜」盛極而衰的演變》（南京市：江蘇人民出版
　　社，2009年），頁306。

值——即使纏足被後來的主流文化視為嚴重戕害婦女身體的惡行，或許必須承認她的思考，反而蘊含著重要的婦女聲音。雖然她見多識廣、不乏新知；但家庭畢竟是她賴以維生的生活世界、情感依歸，因此，重視家庭的價值，肯定家庭婦女的貢獻，「纏足婦女亦能生利」這對薛紹徽來說並不是一種理論而已，而是她在父母雙亡後，十三歲起即「以女紅自給，多繡荷包、香囊、手帕、扇袋之屬，得價高出售易，以故得無餒。」（〈年譜·四年戊寅十三歲〉）的婦女切身謀生經驗。除此之外，「纏足有助於閨房之樂」的說法，也是薛紹徽從婦女身體的感受出發所抒發的感受，高彥頤說她「用含蓄而婉轉的措辭，抒發了一種罕見的、前所未聞的女性觀點。」[42]

薛紹徽的發聲位置是婦女的發聲位置，而且是大家閨秀、家庭主婦的位置，為晚清現代化過程所衍生的種種細緻的、複雜的問題，提供了一個不同的視域。

五　結語

薛紹徽病逝於宣統三年辛亥閏六月初一（1911），這一年正好也是晚清的終點。她四十六歲的精彩人生，以一個晚清的閨秀才女、女翻譯家，同時也是家庭主婦的婦女角度，見證了晚清世變之際的現代化過程，以及此過程所衍生的種種問題。由於陳壽彭家族的新式教育背景與留洋經驗，薛紹徽的作品中隨處可見新物件、新知識、新空間、新視野、新教育與新傳媒。尤其是戊戌時期她對女學堂、《女學報》的參與和發揮的影響力，以及《八十日環遊記》、《外國列女傳》

---

42 〔美〕高彥頤：《纏足：「金蓮崇拜」盛極而衰的演變》，頁306。

的翻譯，皆說明薛紹徽在晚清女作家中的重要性。和傳統的閨閣才女相較，她的文學作品充滿令人驚艷的現代性表現。但是，透過對《黛韻樓遺集》的研究，筆者發現在接受現代性的過程中，薛紹徽有她來自於婦女立場的細緻、獨特的思考和視域。這表現在她對當時所關注的婦女核心議題——興女學和廢纏足上，她肯定傳統中國女教，以為和新興女子教育相較流弊甚少；她甚至也為婦女的纏足行為作辯護。但是，這些主張並不適合以傳統與現代二元對立框架來檢視，將薛紹徽的想法視為不能夠「衝破舊道德的約束」、「以偏概全地反對當時正在興起的婦女解放的呼聲」。

　　晚清現代化過程中，傳統與現代間存在著一個複雜的對話過程。雖然在後來進化史觀的影響下，中國現代化過程最終走向了「追西趨新」，傳統與現代成了斷裂的兩截。在薛紹徽身上傳統與現代其實並不是斷裂的，錢南秀評論薛紹徽「一方面護持中國傳統，另一方面批判吸收西域新知，以審慎的態度，將西方價值匯入中國系統中。」走的是一條平實然而意義深遠的路。薛紹徽的婦女論述是針對晚清男性知識分子的主張而發聲。在過去→現在→未來的單線進步觀念下，同時置入對中國與西方文化優劣的理解，視之為不同的時間進程，西方文化等同於現代化，現代化在西化的同時也是否定中國傳統的。薛紹徽以傳統為基礎來吸收西方新知的現代化主張，面對整個時代的走向有其補偏救弊的用意。除此之外，薛紹徽的婦女論述「導引出一項極為重要，但卻備受巨型史觀忽略的向度：內在於女性身體的主觀感受。」（高彥頤）世變之際「救亡圖存」的宏大敘事，女性主義與民族主義一路同行，固有其不得不然的歷史脈絡，但「救亡圖存」目標下的婦女既是待解放的客體、他者，也是使中國達到由積弱而富強目標下進化的工具。在解放與批判之外，婦女自己的切身感受是什麼，

其實是被忽略的。而這正是薛紹徽以女作家的視角在與現代性的對話過程中，所導引出來的要求正視婦女切身感受的重要訴求。

薛紹徽是受過良好教養的大家閨秀，她本身是纏足的，並且接受傳統女教、讀《女四書》長大，因此，她對興女學與廢纏足這兩個當時最顯題化的婦女議題有不同於男性知識分子的思考。她的這些思考若單純以「保守」、傳統視之，是非常可惜的。她的文學有現代性，而且還是女性的。在晚清文化轉型期與現代性的複雜對話中，她以其切身經驗與內在感受做了一個婦女角度的思考，有其獨特的婦女發聲位置。

附錄

《送行者：禮儀師的樂章》與
《納棺夫日記》的死亡書寫與生
死意象

一　前言：《納棺夫日記》與《送行者》

　　《送行者：禮儀師的樂章》[1]是二〇〇八年上映的日本電影，全劇主要描述原本在東京交響樂團擔任大提琴手的主角小林大悟，因樂團解散而突然面臨失業的打擊，在妻子的支持下，回到故鄉山形縣。謀職過程中，在報上看到「旅途協助工作」的徵人廣告而前往應徵，卻誤打誤撞而成為納棺師。毫無面對死亡經驗的大悟，在一次又一次為往生者清洗大體、更衣、妝扮的過程中，從一開始的十分排斥、恐懼，到終於了解這份「協助走向來生旅途」納棺工作具有神聖的價值。《送行者》有大量的喪葬儀式與遺體處置畫面，是碰觸死亡議題的經典之作。除了直接面對死亡議題之外，並藉由遺體的妥善處理，表現生死兩安之境地，因此被認為是日本「生死學之後續發展踏出重要的一步」之作。[2]《送行者》除了為日本獲得奧斯卡金像獎的殊榮外，也在世界各地引起迴響。二〇〇九年來臺上映後，同樣感動了臺灣觀眾，並對臺灣的殯葬從業人員帶來了即時性的影響。[3]透過納棺師

1　《送行者：禮儀師的樂章》（日語：おくりびと；英譯：Departures）由瀧田洋二郎導演、小山薰堂編劇、本木雅弘主演，是日本首次獲得奧斯卡金像獎最佳外語片的作品。本片在大陸譯為《入殮師》，香港譯為《禮儀師之奏鳴曲》。以下本文將簡稱為《送行者》。

2　林素英：〈《送行者——禮儀師的樂章》的儒學義理詮釋——愛你一生一世的實踐範例〉，《生命教育研究》8卷1期（2016年6月），頁52。

3　《送行者》對臺灣殯葬業的即時性影響，如：2009年3月龍巖人本招考禮儀師，立即出現戲劇性的轉變，殯葬服務原本是乏人問津的冷門工作，突然一躍成為搶手的熱門行業；對於禮儀師的素質要求也產生了不小的質變。此片對臺灣殯葬業的影響脈絡之探討，可另參林素英：〈創新與古典：臺灣「禮體服務」與古禮之關係〉，收入賈磊磊、楊朝明：《第六屆世界儒學大會學術論文集》（北京市：文

敬業、專業的入殮儀式展演，除了展現日本的職人精神，也改變了殯葬業長久以來被視為是「賤業」、「汙穢」的刻板印象。藉由與死亡的睹面相逢，彰顯了對生命的終極關懷與尊重，乃是極具探討意義與價值的生命教育題材。

《納棺夫日記》[4]則是電影《送行者》的原著小說。此書乃是一位在日本富山縣擔任納棺（入殮）、淨身工作的禮儀師——青木新門，將自己從事納棺工作，所遇到的種種悲歡離合的故事，以及他從中所體悟到的生死觀念與心路歷程，寫成的自傳體小說。林景淵說：

> 從內容上來看，《納棺夫日記》可以說是《送行者》的主角大悟年老之後，所寫下的一本真實回憶。雖然電影在人、事、地等各方面都做了改編（比如說故事發生的地點由富山轉移到更北邊的山形），但原案故事的基本精神仍然被充分的保留下來，且電影中的許多情節也都是取自《納棺夫日記》——比如說大悟看著鮭魚溯流而上、被妻子責罵，以及處理獨居老人長蛆的遺體等，都是來自青木先生的真實遭遇。如果說電影是以淺顯易懂的方式，讓人們明白一般被視為「賤業」的葬儀工作的話，那麼這本書就是更進一步，闡述作者在這樣的過程中所感受到、體會到的事物。[5]

化藝文，2014年），頁622-633。

4　〔日〕青木新門著，蕭雲菁、韓蕙如、廖怡雅譯：《納棺夫日記》（臺北市：新雨出版社，2009年）。此版本整理自作者1993年3月由桂書房出版的《納棺夫日記》一書，雖然沿用了原書名，不過一部分內容已經過修訂，同時加入新章節〈關於納棺夫日記〉，與作者對特定詞彙的注釋。

5　林景淵：〈與不可思議的光相遇的人生〉，《納棺夫日記》推薦序，頁5-6。

　　真實世界中的青木新門原本是一位詩人。不同於電影中的主角大悟在入行前毫無死亡體驗，青木幼年時即因俄軍攻陷東北而與父親死別。隨著日本戰敗，他與家人在集中營裡度過了一段坎坷歲月。在那裡，母親病得奄奄一息，年幼的弟妹也相繼死去。八歲的他揹著弟妹的遺體，將他們放在臨時火葬場的熊熊烈焰之上，這是他面對死亡深刻的原始經驗（青木稱之為「原體驗」）[6]。經歷了一段放浪的文學人生與經營茶店生涯後，如同《送行者》所描述的，在現實生活中落魄的青木，偶然間在報紙上看到「冠婚喪祭互助會」（即婚喪喜慶公司）的徵人廣告，從此踏入這個世人眼中的「禁忌」領域。隨著時光流逝，在與大體不斷接觸的過程中，他愈來愈覺得往生者其實是「寧靜而美麗」的，甚至，他常常在往生者的臉上看到不可思議的「光」。因此，一如電影中火葬場老伯所說「死亡只是跨過一扇門，走向另一個地方。」青木認為如果不使用一般人慣用的「生者視線」看待死亡，那麼與死亡睹面相逢時將不會只是恐懼與嫌惡，而只是「從吹著清爽微風的世界，前往透明的世界。」罷了！生死是一體的，就如同「霙」同時帶著雨和雪一樣。由於視線的轉移，作為人生最後旅程上的一名送行者，青木因此能夠以真誠的愛與關懷，對待每一個往生者；也能夠以灑脫自在的心來面對死亡本身。《納棺夫日記》原本只是青木想把自己的感受記錄下來，因此初稿使用日記體的方式呈現，剛開始也只找了當地的小出版社「桂書坊」出版，沒有想到後來會大受歡迎。一九九六年本木雅弘（《送行者》的男主角）拜訪青木，表明想將《納

6　青木說：「據說少年時期的原體驗，會深深影響往後的一輩子。我之所以會選擇納棺工作，並且就算在叔叔厲聲警告下也沒有辭掉它。或許就是因為我將弟弟的遺骸放在火葬場裡時，直立不動地咬緊下唇抬頭仰望到的天空，是那樣清澈又明亮的緣故吧。」（《納棺夫日記》，頁227。）

棺夫日記》改編成為電影。青木因為擔心「電影無法表現出書中所要傳遞的宗教觀念」，以及改編後所產生的差異，因此拒絕了他的請求，最後在多次拜訪之後，青木終於同意，附帶條件是電影必須使用《納棺夫日記》以外的名稱，他也不掛原著者之名。[7]這部歷經本木雅弘十三年奔走與聯繫而成的電影，即是《送行者》。《納棺夫日記》雖然是《送行者》的原著小說，但二者之間，除了人物與情節的異動外，著墨點也不盡相同。它們有同質性，也有差異性。因此，本文將同時以《納棺夫日記》與《送行者》作為文本，由死亡書寫與生死意象的使用，探討其對生死觀點，與對生命教育的啟發。

二 死亡書寫

《納棺夫日記》與《送行者》的書寫方式，可以稱之為「死亡書寫」。嚴格說起來「死亡書寫」本身是一個矛盾的概念，因為「死亡」並不能（即無能、沒有能力）「書寫」，「死亡」讓「書寫」一事成為不可能；這是因為只有活著才有能力書寫，「書寫」乃是「生命」之事。如同青木自己承認：「雖說我也是面對著死亡過了十年，但那到底是別人的死，而不是以極近的距離凝視自己的死。」[8]「死亡」與「書寫」之間的斷裂，猶如一道生命的傷口。雖然如此，這卻沒有真的使「死亡書寫」一事成為不存在。生者透過「書寫」主動的與「死亡」交鋒，勇敢遭遇並注視著「死亡」，反而使「死亡書寫」成為一種莊嚴的存在。以下本文將從兩方面來探討《納棺夫日記》與《送行者》

---

7 林景淵：〈與不可思議的光相遇的人生〉，《納棺夫日記》，頁5。

8 《納棺夫日記》，頁115。

的死亡書寫。

（一）「死亡書寫」是有意識地以「死亡」為表現的主題

「死亡」不能「書寫」，但本文仍然使用「死亡書寫」一詞，其概念除了指此「書寫」乃是有意識的以「死亡」為表現的主題之外；也和主角是「納棺師」有關。「納棺」工作進行的對象是亡者，只是喪葬儀式中的一環，而不是喪儀的全部，負責為亡者擦拭大體、更衣、入殮的工作。因此，納棺師雖然也同樣未曾自身親歷死亡，但與一般人相較，其視角確實是更常接觸死亡、靠近死亡，而能夠正面直視死亡。

《納棺夫日記》正是以納棺為職的人所寫的自傳體小說。其起點是作者青木以日記的方式記錄下來的，書寫他在不斷接觸他人死亡過程中的見聞與感悟。在擁抱大體、為之納棺的生涯中，青木「被人當成處理屍體的專家」（頁64），經常被人叫去各個地方，處理有關屍體的各種事物。閱讀小說文本時，可以看到青木描述他如何處理各式各樣的屍體，其中他對異常屍體的描述更是令人印象深刻，如臥軌自殺的屍體：

> 那時是具跳火車臥軌自殺的輾死屍體，拿著大塑膠袋邊走邊撿的，是我和鑑識部門的資深員警S先生。屍體的頭蓋骨粉碎破裂，宛如鱈魚白子（精巢）般的大腦，散亂遍布在枕木之間。而在這時，折下鐵軌旁的樹枝代替筷子，一點一點撿取著碎片的，就只剩S先生跟我兩個人而已。[9]

9　《納棺夫日記》，頁66。

又如獨居老人長滿蛆的屍體：

> 在放好棺木，掀開棉被的那一瞬間，某種毛骨悚然的感覺剎那
> 間流竄過我的全身。我身後的警官別過臉直往後退，送掃把來
> 的工作人員則像似不要命似地往外狂奔。無數的蛆在肋骨間，
> 像浪潮一般蠢動著。我跟警官合力抬著棉被的兩端，就這樣將
> 屍體與棉被一起倒進棺中。[10]

長滿蛆的獨居老人屍體，也被保留到電影《送行者》中。只是合
力抬著棉被兩端的人——青木與警官，被改編成為老社長與年輕的大
悟。社長是電影出現的虛構人物，但其實可以被視為是年老時的青
木。面對令人毛骨悚然的屍體之蛆，相對於大悟的極端驚恐作嘔，他
是冷靜的。在社長（年老的青木）對大悟（年輕的青木）的逐漸引導
下，大悟終於漸入佳境，學會如何面對屍體，以及如何成為冷靜、理
性、細膩、專業的納棺師。《送行者》劇中口白：

> 喚醒冰冷的往生者，賦予永遠的美麗，需要納棺師冷靜、正確
> 的處理，同時，更需要納棺師充滿溫柔的感情，和眾人一起為
> 往生者送行。

除了獨居老人的死亡，觸及到現代老年化社會的孤獨死問題之
外，《送行者》編劇小山薰堂也選取了各種不同類型的入殮對象，除
了一般正常老病而死的勞苦長輩、為家庭付出一生的家庭主婦之外，

---

10 《納棺夫日記》，頁71。

也包括因車禍意外往生的年輕人，甚至是因性別認同問題而自殺的非正常死亡者等等。有意的多元取樣，既能反映社會的現實問題，也能和現代人的生活經驗做連結，讓觀眾即使未曾親自處理遺體，也能感同身受。

（二）「死亡書寫」是站在「死」的立場（非生者視線）的書寫

《納棺夫日記》與《送行者》的「死亡書寫」視角是非「生者視線」的。一般人看待死亡的視線，《納棺夫日記》稱之為「生者視線」。何謂「生者視線」？青木說：

> 生者恐懼死亡，卻又戰戰兢兢窺視著他的醜惡，則讓人不免介意。每當我在進行淨身時，背後總會感受到驚愕、恐懼、悲傷、憂鬱、憤怒等種種錯綜複雜，黏稠混雜的生者視線。[11]

所謂「生者視線」是指一般人習慣於只站在「生」的立場上思考死亡，只肯定「生」具有絕對的意義與價值，而排斥、嫌惡、恐懼「死」的視角。青木認為在談論生死議題時，往往是「片面性地將立場置於『生』那一面來發言，而不會站在有『死』的立場所做的發言。」[12]「若不移動視點，只是單單立足於『生』，就算是在怎麼思索『死』，也只不過是『生』的延長思考罷了，而人在談論死亡世界時，也只不過是推論或假設而已。」[13]因此，青木主張應該要「移動視

---

11 《納棺夫日記》，頁92。

12 《納棺夫日記》，頁95。

13 《納棺夫日記》，頁96。

點」，不從「生」，而是站在「死」的立場來看待死亡。他的死亡書寫
即是一種站在「死」的立場所做的發言。他引用宮澤賢治的臨死體驗
作品〈以眼訴說〉：

> 從你看來會是慘澹無比的景色嗎
> 從我這裡看到的
> 仍是綺麗的青空
> 和澄澈的風而已[14]

　　不同於「生者視線」慣於站在「生」的一面，只願意肯定「生」
的絕對價值，而抗拒、恐懼「死」；《納棺夫日記》的死亡書寫則主張
應該移動視點，以一種直視往生者、直視死亡的方式來觀看死亡，接
納死亡、與死亡和解而共在。此或許可以稱之為「非生者視線」。青
木說：

> 當日復一日只看著往生者的時候，就會發覺往生者看上去竟是
> 如此的寧靜而美麗。[15]
> 人對待討厭的事物、害怕的事物、忌諱的事物，總是會盡量避
> 免清楚地目睹它。我過去一定也是本能地，用如此態度在接觸
> 往生者。但現在的我，卻一心關注著往生者的面容。在注意著
> 往生者面容的同時，在每天和往生者接觸的過程中，我注意

---

14 《納棺夫日記》，頁101。
15 《納棺夫日記》，頁91。

到，往生者的面容幾乎都是安詳的神情。[16]

這是青木在一次又一次正面凝視往生者的臉而體悟到的。不同於一開始本能的凝視往生者的臉時，他看到的不是恐懼，而是「不可思議的光」。包括曾經辱罵他是家族之恥的叔父，臨死前握著他的手向他道謝的臉，都充滿了不可思議的生命之光。《納棺夫日記》的死亡書寫因此被高史明稱為「滿溢光明之書」，青木在往生者身上看到的生命之光，高史明認為這說明：「人類的生與死，本來就是同一件事；既沒有不死的生，也沒有與生無緣的死。人類的生，完全可以說成是『生死』。但我們卻偏偏參不透，在戰後硬將這種『生死』拆開成生與死，甚至誤以為背對著死，就是在追求生，這種追求生的方式，完全是一種虛構的生。」[17]

「生者視線」是片面的，只看到「生」與「死」，生就是生，死就是死，並且黏滯於生，恐懼於死；「非生者視線」看到的是「生死」，生與死是一體的。移動視線的結果，青木說：

> 至於活在慘澹世界的人們所特別關心的屍體、靈魂和死後的世界這些事情，對死者而言，也不過就是從吹著清爽微風的世界前往透明的世界罷了。在那裡死亡已不存在，所以稱為「往生」。[18]

---

16 《納棺夫日記》，頁92。

17 高史明：〈滿溢光明之書──從《納棺夫日記》中感受的喜悅〉，《納棺夫日記》，頁272。

18 《納棺夫日記》，頁137。

《送行者》的火葬場從業人員（澡堂大叔），親自送走相依為命多年的澡堂大嬸，按下火葬按鈕前，以哲學家的口吻如是說：

> 死亡就像是一道門。死亡並不是結束，而是通過這道關卡，進入下一個世界。身為火葬場的工作者，我總在按下火葬開關時，對往生者說：「一路好走，來生再見！」（《送行者》劇中口白）

「生」與「死」不是兩個世界，東方宗教因此稱「死亡」為「往生」，此概念即是視「生死」為一體而來。

三　生死意象

以下本文將探討《納棺夫日記》與《送行者》對「生死意象」的使用。何謂「生死意象」？對「生死」的認知上，青木說：

> 在西洋思想裡，生就是生，死就是死，沒有所謂「生死」這樣的說法。而在這一點上，東洋的思想——尤其是佛教——則是將生死視為一體來看待的。在這種觀點下，我們可以將生與死的關係，比喻成霙裡雨和雪的關係，也就是「生死一如」＝「霙」；若把雨和雪分開，霙就不再是霙了。[19]

青木認為「生死」＝「生死一體」，此是東方宗教與哲學，尤其

19　《納棺夫日記》，頁54。

是佛教所特有的思路之下產生的概念。所謂「生死意象」即是指是「生死一體」、「生死一如」的意象。

（一）《納棺夫日記》的生死意象

1.「霙」意象

「霙」，是青木使用的最重要的「生死意象」。他很自覺的在《納棺夫日記》中使用「霙」作為「生死意象」，並將第一章命名為〈霙的季節〉。而電影《送行者》中，一開始出現的畫面即是大悟開著車，身旁坐著老社長，車窗之外，一片朦朧，似與非雨、似雪非雪。電影呈現這樣的一個畫面，但沒有多做解說。此一似與非雨、似雪非雪的自然現象，《納棺夫日記》稱之為「霙」。[20]青木說：

> 「霙」這個字，在英文裡沒有相應的詞，雖然辭典裡有SLEET這個單字，但SLEET指的是「凍雨」的意思，而不是像霙這樣，指的是「介於雨和雪之間的現象」。換句話說，在英語系圈子裡，像霙這樣非雨非雪的曖昧現象，並沒有成為慣用語固定下來。究其緣故，大概是英語圈的人較不擅長以言語捕捉時時刻刻不斷變化的現象吧！[21]

---

20 汪雁秋：「全劇不以原作者所寫一個平凡文人從商失敗為始，而以煙雨茫茫的天氣為引介（作者稱之為『霙』，『霙』者是指又下雨又下雪的天氣。）」汪雁秋：〈一本令人感動的好書：青木新門《納棺夫日記》──電影「送行者：禮儀師的樂章」原案〉，《全國資訊月刊》（2009年9月），頁57。

21 《納棺夫日記》，頁53。

青木說「生死一如」＝「霙」。「生死一如」意味著「生」與「死」本質是一，一如「雨」、「雪」雖有狀態之不同，但本質都是水一樣。青木對「雨」、「雪」、「霙」的描述，很容易讓人聯想到佛教的「水冰喻」。[22]水與冰，或雨、雪、霙，狀態不同（不一），本質卻無差別(不異)。除了「水冰喻」，佛教也經常使用「水波喻」（海漚喻）說法，《楞嚴經》：「譬如澄清百千大海，棄之，唯認一浮漚體，目為全潮。」海水與水泡（浮漚）除了本質不一不異，同時也是一個全體的概念。「生」與「死」無法切割，都是生命的整體，「霙」是「雨雪」，「若把雨和雪分開，霙就不再是霙了。」[23]此謂之「生死一體」、「生死一如」。

這個既不是雪，也不是雨，接在手裡就變成水的自然現象就是「霙」。「霙」，除了隱喻「生」與「死」是一個整體的概念之外，也是一個動態的變化概念。青木說：

> 若是像膠卷定格一般，將霙從天而降的每一個靜止的瞬間捕捉下來，那麼，它既會是雪，也會是與和水；然而，將它放在時間之流裡，就會成為毫無間斷、持續變化的狀態。[24]

無論是四季或人的生死，有無顯隱之間，宇宙萬物生命皆在時間之流中持續地消長與轉移變幻，未曾有霙時的停頓。此變化莫測，佛

---

22 《論》九云：「生死、涅槃之所依故」謂「真如」是生死、涅槃之所依。《心要》卷九，舉出四喻：一者濕水冰喻──生死如冰，涅槃如水，真如則如濕性。智果：《唯識三十研究》（128），《明倫月刊》。

23 《納棺夫日記》，頁54。

24 《納棺夫日記》，頁62。

教稱之為「諸行無常」。非雨非雪，卻又是雨是雪，「霙」作為一個「介於雨和雪之間的現象」，隱喻著送行者穿梭在「生」與「死」之間。楊濟襄評論《送行者》的殯儀展演時說：

> 「納棺」工作的進行對象是亡者，但是「納棺」儀式的觀眾卻是亡者親友（生者），「生」（日常）與「死」（非「日常」）的兩個世界；原本疏遠而冷漠；卻在「納棺師」嫻熟而溫暖的技術下，使亡者重新以熟悉的面貌（日常）甦活於家屬不捨的情緒裡。[25]

納棺師以亡者為入殮儀式展演的對象，作為一名穿梭於生死間的送行者，好的納棺師　　並非所有的殯葬業者都是如此，比如《送行者》中處理大悟父親遺體的粗暴業者——除了能以寧靜而美麗的方式，協助亡者走完人生最後的旅程；同時也能夠幫助生者（喪家），銜接並跨越與亡者之間的鴻溝。

2.「蛆」意象

「蛆」的意象皆出現於《納棺夫日記》與《送行者》文本中，但卻有不同的詮釋方式。如前所述，「蛆」來自於「死亡」——死亡數月未被發現，毛骨悚然、令人作嘔的獨居老人之腐爛屍體。「蛆」作為死亡意象，確實突顯了死亡的可怖畏、粗暴地撞擊了人們的視覺經驗。在人們的刻板印象中，看待殯葬從業人員往往帶著「污穢」的嫌

---

25 楊濟襄：〈亞洲電影中的喪儀符碼與生死意象——電影《父後七日》（臺灣）與《送行者》（日本）文化意涵之比較分析〉，中山大學社會科學院主辦：臺日國際研討會「朝往東亞的生死學」（2011年10月），頁78。

惡。青木的叔叔因為他從事「納棺」的工作，而宣布與之絕交，他描述自己曾經因此憎恨叔叔：

> 說人是家族之恥，把人當成蛆蟲一樣辱罵的行為，那是我絕對無法原諒的。[26]

不僅「蛆」＝「死亡」，日本的殯葬業者（包括納棺夫、火葬工等）也因為接觸死亡，而被視為是像「蛆」一樣，污穢、令人嫌惡的存在。小說與電影中的妻子在獲知丈夫從事「納棺」工作時，都強烈拒絕他的肢體碰觸，脫口而出的語言是：「骯髒死了，別靠近我！」[27]讓大受打擊的青木感到十分的震撼與憤怒，有如被利刃刺傷一般，因為：

> 「污穢」這個詞，正是一種從古代社會直至今日，盤踞在日本民族的心底最深處，強烈地鼓動著、生存著，不論怎樣的外來思想或異文化流入這個島國，都絕對不會消滅的觀念。它就像是被輸入生物染色體裡的基因情報般，在我們身上精確而綿延不絕地，一代又一代傳承下來。……關於「穢」的內容，在古代的《延喜式》（譯註：平安時代中期醍醐天皇命藤原時平等人，編纂的律令施行條則）中已經有了詳細的規定。其中，「死穢」和「血穢」被認為式污穢中之尤其甚者。「死穢」，是將死亡或死者視為不潔之物，同時，與死亡或死者相關的一切事物

---

26 《納棺夫日記》，頁86。

27 《納棺夫日記》，頁48。

也都被視作不潔。[28]

納棺師在日本有其特殊的歷史傳統與艱難的社會處境，妻子罵他「髒死了！」完全不是偶發的情緒之語。殯葬業者在日本，正是屬於「穢多」的「部落民」（賤民）階級。楊楊在〈看似和諧平等的日本，歧視問題可能比誰都嚴重：這三百萬「部落民」被當作社會的穢物〉一文中提到：

> 當七世紀末日本執行律令制時，人民分良賤兩種，賤民稱為五色之賤（陵戶、官戶、家人、公奴婢、私奴婢），這種分別是因登記戶籍形成。五色之賤在封建時代稱為部落民，當中包括「穢多」和「非人」。日本部落民在人種上和日本人沒有什麼區別。部落民的形成來源於日本幕府統治時期，當時，當權者把社會分成許多階層，地位最低的奴隸就成為今天的部落民。部落民大都住在貧窮的少數民族居住區裡。普通人選擇結婚物件時，都怕對方有部落民血統。部落民是過去封建時期賤民階級的後代，主要從事被認為是宗教上「不潔」的工作，而且他們傳統上居住在對外隔絕的村莊或貧民區（多不適於農耕），分為非人與穢多。非人多數是乞丐、算命、監獄看守，穢多則是處理與死亡有關的工作。穢多乃成形于平安時代、確立于江戶時代，雖然該稱呼廢止於明治時代，但現代日本人對此蔑稱帶有「士農工商之外的最下層身分」的歧視。關西大學講師上杉聰認為，鎌倉時代奈良和京都對於穢多便出現歧視，室町時代

---

28 《納棺夫日記》，頁49-50。

的歷史文獻更出現「不要跟卑賤者結婚，一旦弄髒血液的話就無法乾淨，穢多的子女永遠還是穢多」等歧視性字句。[29]

　　小說中叔叔宣告與他絕交的行為，正來自於「穢多」在日本歷史上，本來就是士農工商共同的絕交對象。妻子的憤怒也是因為丈夫選擇以納棺為業，無異於迫使自己，也包括未來的子女都一併進入了「穢多」階級，成為被社會歧視的「蛆」一樣的存在。
　　自己認為被歧視如「蛆」的青木，又是怎麼樣看待「蛆」的呢？《納棺夫日記》的描寫如下：

> 當我清掃蛆的時候，一隻又一隻的蛆蟲看起來愈加鮮明。而後，我注意到蛆正為了不被捕捉而拼命逃亡，其中甚至還有攀上柱子企圖逃走的。蛆也是一種生命。只要想到這點，我就覺得這些蛆看起來是那麼地耀眼。[30]
> 當我一想起我在清掃蛆時所見到的蛆的光，在竹林裡所見到的蜻蜓的光、井村醫師在公寓的停車場所見到的閃耀光景，以及高見順在電車窗外所見到的光時，我就忍不住覺得，他們都是同樣的光。[31]

　　一般人視「蛆」為令人作嘔的存在，只有腐爛的屍體才會長蛆

---

29 楊楊：〈看似和諧平等的日本，歧視問題可能比誰都嚴重：這300萬「部落民」被當作社會的穢物〉網址https://buzzorange.com/2017/08/30/300-tribe-people-discriminized-in-japan/

30 《納棺夫日記》，頁72。

31 《納棺夫日記》，頁115。

蟲。青木感受到的卻是「蛆也是一種生命」，而且閃閃發光。蛆的光、蜻蜓的光（處理完另一件令他難過有感的案例時所見）、井村與高見順（兩人同樣面臨死亡的威脅）所見的光，乃至於他在許多往生者臉上看到的，「在他們的臉龐上，都散發著猶如那種光的餘暉一般的微光。」[32]這些同樣的「光」是「生命之光」，唯有「和死亡對峙、和死亡徹底搏鬥，最後在生與死和解的那一瞬間，也許就會和那不可思議的光景相遇吧！」[33]

《納棺夫日記》正文有三章，分別為：〈霙的季節〉、〈關於人之死的種種〉與〈光與生命〉，從章節安排來看是青木想要表達的乃是他在納棺的生涯中，從接觸死亡、看盡生死，從而在「死亡」本身看到「生命」之「光」。青木從蛆身上看到生命之「光」，他對「光」的描述，如果使用史泰司的名著《冥契主義與哲學》，對冥契經驗（神秘經驗）的解說來檢驗，青木在「死亡」或與死亡有關的人、事、物之上所看到的「生命」之光的經驗，確實可以構成一種「外向型冥契經驗」。[34]《納棺夫日記》是青木的生死之書，也是他的宗教之書。在體悟「光」的過程中，他認同佛教的「無常」觀與「生死一如」觀，最後將全書收束於皈依佛教：

32　《納棺夫日記》，頁115。

33　《納棺夫日記》，頁115。

34　史泰司引用一位美國人N.M.的經驗描述：「此時任何事物都『盈滿了生命』（此句乃N.M.的重點）：貓、黃蜂、破瓶子無不皆然。生命只是在這些不同的個體中隨之表現出差異而已（但這些個體不會因此即不再是個體）。萬事萬物似乎都從內在發出了亮光。」〔美〕史泰司（W.T.Stance）著、楊儒賓譯：《冥契主義與哲學》(臺北市：正中書局，1998年)，頁80-81。如果我們試著比照青木在《納棺夫日記》中，引用井村醫師與詩人高見順面臨死亡威脅時所見的光，將會發現青木對「光」與「生命」的描述，正是史泰司所界定的「外向型的冥契經驗」。

皈依

歸命無量壽如來（永恆的生命）

南無不可思議光（不可思議的光）[35]

（二）《送行者》的生死意象

1.「章魚」、「鮭魚」、「鳥」意象

相較於《納棺夫日記》，宗教議題顯然並不是《送行者》關心的重點——這也是電影一直沒有得到青木認可，而不能以同名小說改編的形式呈現的主要理由。「霙」與「蛆」意象，是青木用來說明他所體悟到的「諸行無常」、「生死一如」與神秘的如來之「光」。相形之下，「霙」與「蛆」雖然亦在電影中出現，但並非其重點意象。大悟在耶誕夜拉著大提琴準備演奏前，詢問社長和同事，兩位有宗教信仰的問題嗎？兩人笑著回答：完全沒有！這也為《送行者》的宗教觀做了定位。《納棺夫日記》以「霙」與「蛆」意象，表達青木對宗教的體悟；《送行者》則透過「章魚」、「鮭魚」、「鳥」等意象，呈現萬物生命的自然消長。

（1）「章魚」意象

電影中章魚出現在大悟應徵工作那一天，誤打誤撞入行，被社長軟硬兼施、直接錄用，拿著錢無奈的回家時，妻子以為已經死亡，準備當成當日晚餐食材的章魚，突然之間活過來，年輕夫妻在廚房裡驚嚇而慌亂的捉起牠，決定將牠放生。在河邊，兩人將章魚丟入河中，

35　《納棺夫日記》，頁181。

期待牠能好好活下去，卻馬上看到章魚翻肚而亡，變成浮沉於河面的屍體。章魚在死而生、生而死之間掙扎與浮沉，隱喻著人浮於世的種種辛酸無奈。

（2）「鮭魚」意象

鮭魚意象的使用在小說文本中已出現，而被電影保留。小說中青木如此描述：

> 在光線漸漸變暗的河面上，點點散布的漁舟，看起來就像皮影戲的畫面一般。在河川裡，鮭魚正在溯流而上。鮭魚也在這一瞬間，因為相信永恆的生命，所以不斷沿著河川，奮力逆流前行。[36]

鮭魚奮力逆流而行的一生，隱喻人在現實世界中，為了生命延續而忙碌不已的宿命。但由於相信「永恆的生命」，鮭魚的逆流前行可以是深刻而有價值的。電影中鮭魚意象的使用則出現在初入行，經歷過獨居老人充滿蛆的腐爛惡臭屍體之震撼，無奈的大悟在橋上看著河裡奮力溯流而游，然後迎接死亡。澡堂大叔（火葬員）正好從旁經過，兩人看著載浮載沉的鮭魚屍體，不免興起悲哀之感。此時，電影中努力一生，最終一死的鮭魚，不同於小說文本以追求「永恆的生命」（彼岸），所賦予鮭魚逆流前行之意義；澡堂大叔的解讀是：或許牠們就算是死，也要游回故鄉（此世）吧！

---

36 《納棺夫日記》，頁37-38。

（3）「鳥」意象

相較於「章魚」與「鮭魚」意象，《送行者》更頻繁地使用「鳥」的意象。電影裡為生活而浮沉的大悟，在河岸拉著大提琴時；以及一次又一次為往生者送行時，天空中總是不斷地出現「鳥」自由飛行的意象。「鳥」在神話中，經常以象徵精神的自由意義而出現，如果以中國哲學作為參照來看，《莊子》也喜用「鳥」的意象來象徵精神的自由。楊儒賓說：

> 論及「鳥」的意義，首先，我們發現《莊子》書中凡言及精神自由處，它往往使用了鳥的意象，如〈養生主〉言「澤雉十步一啄，百步一飲，不蘄畜乎樊中，神雖王，不善也。」〈至樂〉言「昔者海鳥止於魯郊，魯侯御而觴之於廟，奏九韶以為樂，具太牢以為膳。鳥乃眩視憂悲，不敢食一臠，不敢飲一杯，三日而死。」這是從反面立論，突顯鳥的自由本性。……而且「乘」的意象很容易令我們聯想到《楚辭》的巫術世界，也很容易令我們聯想到廣大的薩滿世界，令我們聯想到中所見的「動物助靈、載人昇空」的主題。[37]

大悟送走對待自己如親人的澡堂大嬸，火葬員（澡堂大叔）以哲學家口吻說著：「死亡就像是一道門。死亡並不是結束，而是通過這道關卡，進入下一個世界」「一路好走，來生再見。」按下火葬鈕後，焚燒大體的熊熊烈焰之氤氳紅光中，畫面瞬間一轉，滿天的白色候

---

[37] 楊儒賓：〈莊子與東方海濱的巫文化〉，《儒門內的莊子》（臺北市：聯經出版事業公司，2016年），頁100-101。

鳥，重疊飛升而出。溫柔地撫慰哀傷難捨的生者：肉體死亡，並非斷滅，而是精神自由、靈魂飛昇的時刻。

生死之間，雖然有著章魚欲死還生、欲生而死的無奈；鮭魚努力逆流前行，最終等待牠的也許是生命的延續，也許是死亡的哀傷。但是，從另一個角度來看，候鳥來去，萬物消長，乃是自然界的平衡法則。《送行者》在一次次納棺送行之中，看盡人世聚散，逐漸歷練成熟而能泰然任之。

2.「肉」意象

海德格說：「人是向死的存在」，死亡是人生於世無可逃避的宿命。但，人們總希望至少還能夠「美好的死去」。《納棺夫日記》對於「美好的死去」提出了以下的思考：

> 不論是誰，都會希望死的時候能美好的死去。但，「美好的死去」究竟是甚麼樣的情況，誰也說不清楚。……「美好的死去」所指的究竟是死亡的方式，或是死後的屍體狀態，其間的區別，顯得十分的曖昧不明。更進一步說，就連屍體的處理方式，也會影響到對於死的印象。[38]

「肉」也是一種屍體。《送行者》以「肉」的意象，說明所謂的「美好的死去」，也包括了屍體的處理方式對於死亡印象的影響；同時也隱喻「納棺」工作在人們面對死亡課題的挑戰時，有其重要性與價值。「死亡」經常是在人們仍未做好心理準備之前，以人們無法接受

38　《納棺夫日記》，頁72-73。

的方式，帶來視覺上的、心理上的種種衝擊。電影中「肉」第一次出現，是在大悟接了第一個客人之後。對「死亡」仍然懵懂無知的大悟，第一次真正出任務之後。他被社長強迫，必須協助處理獨居老人那具長滿蛆的恐怖屍體，飽受視覺與嗅覺的感官震撼與驚嚇。回家後，大悟看著餐桌上那一大盤生雞肉，與雞皮鶴髮老人屍體間的高度相似性連結，大悟只能無法克制的作嘔不已。

「肉」意象的第二次出現則是在耶誕夜，大悟處理完留男（因家人無法認同其性向，因而自殺者）的納棺工作，在公司與同事們歡聚，享用那一桶屬於節慶歡樂的美味炸雞。對於納棺師的工作已逐漸上手的大悟，從老納棺師——社長對納棺儀式嫻熟的展演中，看到一名好的納棺師如何以他的專業，用最美好的樣貌送走往生者。面對留男的屍體，在老社長的引領下，大悟第一次不再只是擔任助理，而是勇敢的親自上陣、讓屍體以美好的形象呈現在觀禮的家人之前。儀式結束後，原本不和諧的家庭氣氛被改變了，感動的父親對著納棺師們哭著道謝。因為，屍體的安詳美好，讓他重拾天倫之愛，雖然遲了些，但父親終於領悟：不論是男是女，留男終究都是他的骨肉至親。而後，電影畫面帶到正在歡慶耶誕夜的公司，已確認納棺師是自己天職的大悟，一面與同事津津有味地享用炸雞，一面拉著大提琴演奏著，大家都陶醉於那如泣如訴、盪氣迴腸的悠揚樂音之中。

一樣是「肉」，不一樣的呈現方式，賦予人完全不同的感受。一樣是屍體。也可以有美好的呈現方式。「納棺」，正是可以讓屍體以最美好的死亡方式呈現的工作。在生與死之間的關鍵時刻，好的納棺師除了送死，也可以安生。透過入殮禮儀的展演，表達對生死的終極關懷；協助生者以滿懷溫馨之情，沒有遺憾地送別摯愛。

3.「石頭」意象

《送行者》有兩條主線，除了藉由「納棺師」工作，呈現主角從被迫與殘酷的現實妥協，蟄伏於社會底層中，不得不以「納棺」為餬口之業；到不斷的自我探索，而能漸入佳境，最終找尋到自己的生命意義與價值。另一條主線則放在大悟的親子課題上。大悟一生最大的遺憾乃來自於父親的缺席。這個天倫之「愛」的匱乏，是他最大的創傷經驗。他恨他那外遇而拋妻棄子、不負責任的父親。在一次又一次的回憶畫面中，父親的臉都是模糊的。不記得父親的臉，因為年幼，也因為創傷。「恨」是「愛」的匱乏，恨父親也正來自於對父愛的期待落空。

「石頭」的意象不見於《納棺夫日記》，卻在《送行者》反覆出現。主角大悟恨父親，不願意提起父親，卻始終沒有丟掉六歲那年父親送給他的那一塊石頭。並且在妻子懷孕後，回到充滿他記憶中最溫馨的天倫之樂——牽著他的小手的，一邊是父親，一邊是母親——的河邊，並且複製父親的行為，拾起一顆光滑圓潤的小石頭，放在妻子手上，讓妻子感受「石頭」的語言。「石頭」的語言——大悟稱為「石文」，所蘊含的是贈石人深藏的「愛」。而賦予贈送「石頭」的行為意義之人，正是大悟的父親。他們約定每一年都要互送「石文」：粗糙不平的大石頭象徵我很擔心你，光滑圓潤的石頭代表我的心裡很平靜……。隨著電影進入尾聲，大悟收到父親的死訊，他不想記起又丟不下的天倫之「礙」，被迫又鮮血淋漓的剝開。一番掙扎後的大悟，終於決定帶著妻子，來到父親陌生的屍體前。看不慣其他同業粗暴的納棺方式的大悟，決定自己接手，親自操辦父親的喪儀，為父親送行。在入殮的動作中，牽引著父親的手，忽然察覺父親的手中握有物品，搬動手指時，大悟當年送給父親的石頭滑落，一切盡在不言中。

有「愛」無「礙」，已經往生的父親的臉，與幼時河邊父親的臉重疊。父愛不再缺席，大悟在淚眼婆娑之中，終於記起父親的臉，重新找回它的天倫之愛。

在納棺工作中，一次又一次地面對屍體，看盡人間百態、生死流轉，《納棺夫日記》在「光」的神祕體驗中，循著「不可思議之光」而行，青木最終將生命的意義與價值，安頓於宗教彼岸之上。而《送行者》肯定「愛」，認為天倫之「愛」才是足以安生慰死的最佳解方。納棺師，能以「美好的方式」為亡者送行，也能幫助其他家庭的生者找回天倫之「愛」。因為大悟的納棺，留男的父親找回被遺忘的天倫之「愛」，哭著對納棺師道謝；看著辛勞一生的母親栩栩如生的慈顏，澡堂大嬸的兒子哭著對母親道歉。因為大悟的納棺，最終也幫助自己找回父親的「愛」。如果他不是納棺師，不會有機會親自確認這一份至死不忘的父愛。大悟的妻子見證丈夫的納棺儀式展演後，也終於由強烈反對，到安然接受這一份被世人視為「禁忌」的工作。父親的屍體旁，懷孕的妻子微笑地伸出握著「石頭」的手朝向丈夫，大悟將光滑圓滿的「石頭」放在妻子的肚子上。大悟完成了自我探索，圓滿了自己的生命。作為納棺師的大悟終於明白：他要傳承給自己孩子的不是一份「賤業」，而是「愛」。

四　結語：在宗教之「光」與倫理之「愛」中安頓生死

「死亡」無可避免。但人們執著於生存，而將「死亡」視為禁忌、不潔，連帶的歧視從事與「死亡」有關的工作者。大悟與妻子第一次激烈的衝突，對於妻子和其他人一樣，對「納棺」工作極度嫌惡，大悟憤怒的喊著：我會死、你會死、大家都會死！為什麼我不能做這份

工作？對於納棺師的惡劣處境與辛酸，青木沉痛地提出他的控訴與呼籲：

> 職業無分貴賤。然而，縱使再怎麼闡述這個道理，只要將死亡視為禁忌的現實依然存在，納棺夫與火葬工的淒慘處境就難有翻身之日。以前被當作「河原乞食」，為人所輕蔑的藝能界，現在一躍而成了當紅的「演藝圈」。在「士農工商」的時代被視作「末業」的商業，如今則成了能夠操縱政治的經濟界。那麼，就算不用向上提升到那種層次，能不能透過種種的努力，讓這個職業變成至少不會受到社會白眼的職業呢？[39]

　　人們對「死亡」的禁忌需要再教育，以及出於將「死亡」視為「穢」而來的職業歧視傳統，也是應正視與改變的。電影中大悟曾想逃離這一份「令人作噁」的工作，卻被社長半脅迫式的繼續帶回工作現場，服務他的第二個客人尚美。僅因遲到五分鐘，就被死者的丈夫輕蔑地厲聲斥責：「你們是靠死人吃飯的吧！」清楚地呈現出一般社會大眾對殯葬工作者的鄙視態度。但在為尚美入殮的過程中，老納棺師不卑不亢的，以極為細緻、溫柔的專業態度與手法，為死者翻身、擦拭、更衣，神乎其技地捕捉死者的生前神韻，靈光乍現的他突然提出使用死者生前慣用口紅的要求。當他補上口紅，死者的生前風采，栩栩如生的重現於家屬之前，丈夫的冷漠瞬間被融化，而流淚痛哭不已。老納棺師以他的超高職業水平，感動死者的丈夫與在場的親屬，為自己贏得敬重；也感動了大悟的心，改變了他的職業認知。對於此，林素

39　《納棺夫日記》，頁41。

英表示：

> 此一安排，已凸顯禮儀師在從事入殮工作時，不應以冰冷無感
> 覺的死肉視之，而應投入真摯之情感與死者做特殊之感通。以
> 感受、捕捉死者平日之神韻與風采。禮儀師甚至還應運用理
> 性，準確地判斷如何將死者之特質細緻地表現出來，以達到使
> 死者容顏常存、莊嚴死者之效果，同時也應適時引導喪家，如
> 何在死者入棺前為死者盡心地做最後服務。[40]

　　老納棺師不執著於喪儀，而能與時並進，此一精神也影響到大
悟，後來的電影劇情中，我們可以看到大悟與亡者家屬的溫馨互動，
他可以同意讓老奶奶依其生前心願，改穿時髦的泡泡襪離開；老爺爺
的臉上也可以印上深愛他的家人，留下來的大大小小唇印。這說明了
現代納棺師除了因循古禮，以冷靜理性的專業為喪家服務之外；也應
該讓自己與時變化，因時制宜，設身處地的融入每一個特殊的情境
中。

　　比較小說與電影，同樣穿梭於生死之間，相較於《送行者》的視
角始終是此世的；《納棺夫日記》隨著神祕的「光」之冥契經驗，將
納棺人的視角與關懷移到宗教的彼岸。追尋那「不可思議之光」，青
木認為與這種「不可思議的光」相遇，就會產生不可思議的現象。他
說：

---

40 林素英：〈《送行者——禮儀師的樂章》的儒學義理詮釋——愛你一生一世的實踐
　　範例〉，《生命教育研究》，頁66。

> 首先是對生的執著消失，同時對死亡的恐懼也會消失，心情變得安詳、清淨，什麼都可以原諒，對萬物懷滿感謝之情。[41]

因此，青木最終皈依於佛教——親鸞的日本淨土宗，在「不可思議之光」的力量中安頓生死。

如果說《納棺夫日記》的生死學視角是宗教的，那麼《送行者》則是哲學的。楊濟襄說：

> 「送行者」則是透過「納棺師」的自我探索，在「送往迎來」的人世聚散中，淬鍊出生命的深刻思考。影片中多次呈現大自然四季的更迭，透過候鳥的遷徙、鮭魚的溯源，形象暗示宇宙萬物的共消共長。在年輕納棺師歷練成熟的同時，資深社長安然的老邁；在父親故去的那一刻，妻子肚子裡的嬰兒又茁然新生。……「送行者」的情節是「哲學」的，引領觀眾在感動中，莊嚴虔誠的面對人我生命。[42]

人的死生、萬物的消長，如同《老子》所說：「天地不仁，以萬物為芻狗；聖人不仁，以百姓為芻狗。」（《道德經》第五章）「死亡」是人與萬物生命無可避免的宿命，而同樣無可避免的還有各式各樣的「生命」之缺憾。《莊子》說：「子之愛親，命也，不可解於心；臣之事君，義也，無適而非君也，無所逃於天地之間。是之謂大戒。」（〈人間世〉）《送行者》除了以「納棺師」的工作與處境，作為呈現

---

41 《納棺夫日記》，頁128-129。

42 楊濟襄：〈亞洲電影中的喪儀符碼與生死意象——電影《父後七日》（台灣）與《送行者》（日本）文化意涵之比較分析〉，頁79。

主軸外，大悟與缺席父親的倫理議題，則是另一條主軸。一開始，抗拒成為納棺師，卻又無奈的無法掙脫，社長找到在河邊散心，想逃避這份工作的大悟時，以智慧老人的口吻預言式的告訴他：「這是你的天職！」在萬物共消共長、人世的命限之中，「生命」的莊嚴正來自於勇於面對與承擔。

《納棺夫日記》安頓生死於宗教不可思議的如來之「光」，《送行者》則肯定生命的莊嚴乃是來自於人間的倫理之「愛」，在一個家庭與一個家庭間流轉納棺，看盡人間生死離合悲歡，除了修復夫妻情感，取得妻子的諒解與認同之外（《納棺夫日記》中支持青木能繼續從事納棺的，不是嫌惡他的妻子，而是初戀情人的眼睛）；最後因此有機會彌補自己天倫之愛的大缺角（大悟對缺席的父親的恨），並將這份「生死」之愛，傳承給等待出世的孩子。

參考文獻

一 古典文獻：

〔晉〕干寶撰，汪紹楹校注，《搜神記》（北京市：中華書局，1979年）。

〔南朝宋〕范曄著、楊家駱主編：《後漢書》（臺北市：鼎文書局，無出版年）。

〔南朝宋〕劉義慶撰、（梁）劉孝標注：《世說新語》（臺北市：世界書局，1987年）。

〔南朝梁〕宗懍：《荊楚歲時記》，《歲時習俗資料彙編》第30冊（臺北市：藝文印書館，1970年）。

〔唐〕魏徵撰：《隋書·柳彧傳》，收入《二十五史》（上海市：上海古籍出版社，1986年），第5冊，卷62。

〔唐〕孔穎達正義：《周易注疏及補正》（臺北市：世界書局，1987年）。

〔唐〕劉肅：《大唐新語·文章第十七》（上海市：商務印書館，1937年），第2冊，卷8。

〔唐〕闕名撰：《輦下歲時記》，《歲時習俗資料彙編》第30冊（臺北市：藝文印書館，1970年）。

〔宋〕陳元靚：《歲時廣記》，收入《叢書集成初編》（上海市：商務印書館，1930年），第36冊，卷10。

〔宋〕王溥：《唐會要》（臺北市：世界書局，1974年），上冊，卷23。

〔宋〕周密：《武林舊事》，收入《筆記小說大觀》（臺北市：新興書局，1962年），第28編，第2冊，卷2。

〔宋〕釋普濟：〈龍潭信禪師法嗣〉，《五燈會元》卷7（臺北市：德昌出版社，1976年）。

〔宋〕朱熹：《四書章句集註·孟滕文公上》（臺北市：大安出版社，1999年）。

〔明〕沈德符：《萬曆野獲編》（北京市：中華書局，1959年）。

〔明〕沈德符：《萬曆野獲編補遺》（北京市：中華書局，1959年）。

〔明〕吳承恩原著、徐少知校、朱彤、周中明注：《西遊記校注》（臺北市：里仁書局，1996年）。

〔明〕笑笑生著：《金瓶梅》（臺北市：里仁書局，2007年）。

〔明〕張岱：《陶庵夢憶》（臺北市：漢京文化事業公司，1984年）。

〔明〕劉侗、于奕正：《帝京景物略》（上海市：上海古籍出版社，2001年）。

〔明〕沈榜：《宛署雜記》，收入《筆記小說大觀》（臺北市：新興書局，1986年），第35編，第4冊，卷17。

〔清〕郭慶藩輯：《莊子集釋》（臺北市：華正書局，1985年）。

〔清〕南村：〈聊齋志異跋〉，〔清〕蒲松齡撰，張有鶴整理：《聊齋志異》（會校、會註、會評本）（臺北市：漢京文化事業公司，1984年）。

〔清〕張廷玉等撰：《明史》第6冊卷70《志四十六·選舉二》（北京市：中華書局，

1974年）。

〔清〕張履祥著、陳祖武點校：《楊園先生集》（北京市：中華書局，2002年）。

〔清〕趙翼撰：《陔餘叢考》（上海市：商務印書館，1957年12月初版）。

趙爾巽等撰：《清史稿》第12冊卷180《志八十三・選舉三》（北京市：中華書局，2003年）。

〔清〕蒲松齡撰，張有鶴整理：《聊齋志異》（會校、會註、會評本）（臺北市：漢京文化事業公司，1984年）。

〔清〕薛紹徽著、陳壽彭編：《黛韻樓遺集》（陳氏家刻本，1911年。哈佛燕京圖書館館藏）。

〔清〕薛紹徽著、林怡點校：《薛紹徽集》（北京市：方志出版社，2003年）。

二　專書

〔日〕須藤瑞代：《中國「女權」概念的變遷：清末民初的人權和社會性別》（北京市：社會科學文獻出版社，2010年）。

〔日〕青木新門著，蕭雲菁、韓蕙如、廖怡雅譯：《納棺夫日記》（臺北市：新雨出版社，2009年）。

〔美〕史泰司（W. T. Stance）著、楊儒賓譯：《冥契主義與哲學》（臺北市：正中書局，1998年）。

〔美〕高彥頤：《纏足：「金蓮崇拜」盛極而衰的演變》（江蘇人民出版社，2009年）。

〔俄〕巴赫金著，李兆林、夏忠實譯：《拉伯雷研究》，收入《巴赫金全集》（石家莊：河北教育出版社，1998年）。

上海古籍出版社編：《話說清明》（上海市：上海古籍出版社，2008年）。

王玉超：《明清科舉與小說》（北京市：商務印書館，2013年）。

王利器、王慎之、王子今：《歷代竹枝詞》（西安市：陝西人民出版社，2003年），第1冊。

王沐：《〈悟真篇〉丹法要旨（下）》（中國道教出版社，1982年）。

王慶華：《話本小說文體研究》（上海市：華東師範大學，2006年）。

石育良：《怪異世界的建構》（臺北市：文津出版社，1996年）。

朱一玄、劉毓忱編：《西遊記資料彙編》（天津市：南開大學出版社，2002年）。

李子廣：《科舉文學論》（北京市：中國社會科學出版社，2012年）。

李道和：《歲時民俗與古小說研究》（天津市：天津古籍出版社，2004年）。

李劍國：《中國狐文化》（北京市：人民文學出版社，2002年）。

邱運華主編：《文學批評方法與案例》，北京市：北京大學出版社，2005年）。

胡萬川：《真假虛實——小說的藝術與現實》（臺北市：大安出版社，2005年）。

胡適：《中國章回小說考證》（上海市：實業印書館，1942年）。

徐志平：《清初話本小說之研究》（臺北市：台灣學生書局，1998年）。

馬瑞芳：《馬瑞芳趣話聊齋愛情》（上海市：上海文藝出版社，2010年）。

康笑菲著、姚政志譯：《狐仙》（The Cult of the Fox）（臺北市：五南圖書股份公司，2009年）。

曹炳建：《《西遊記》版本源流考》（北京市：人民出版社，2012年）。

陳寅恪：《柳如是別傳》（上海市：上海古籍出版社，1980年）。

陶思炎：《祈禳：求福、除殃》（臺北市：台灣珠海出版，1993年）。

喬繼堂：《中國歲時禮俗》（天津市：天津人民出版社，1991年）。

彭恒禮：《元宵演劇習俗研究》（廣州市：廣東高等教育出版社，2011年）。

游國恩等主編：《中國文學史》（臺北市：五南圖書出版公司，1990年）。

葉慶炳：《談小說妖》（臺北市：洪範書店，1977年）。

趙園：《明清之際士大夫研究》（北京市：北京大學出版社，1999年）。

鄭明娳：《西遊記探源》（臺北市：里仁書局，2003年）。

魯迅：《中國小說史略》（上海市：上海古籍出版社，1998年）。

魯迅：《中國小說史略》（上海市：上海古籍出版社，2011年）。

魯迅：《中國小說史略》（上海市：上海古籍出版社，2011年）。

魯迅先生紀念委員會編：《古小說鉤沉》，《魯迅全集》（上海市：人民文學出版社，1973年）。

蕭放：《話說春節》（上海市：上海古籍出版社，2008年）。

蕭欣橋、劉福元：《話本小說史》（杭州市：浙江古籍出版社，2003年）。

錢穆：《中國歷史研究法》第三講（北京市：生活、讀書、新知三聯書店，2001年）。

霍現俊：《《金瓶梅》藝術論要》（天津市：天津古籍出版社，2010年）。

謝明勳：《六朝志怪小說研究述論：回顧與論釋》（臺北市：里仁書局，2011年）。

藍慧茹：《從《聊齋志異》論蒲松齡的女性觀》（臺北市：秀威資訊科技公司，2005年）。

王力堅：《清代才媛沈善寶研究》（臺北市：里仁書局，2009年）。

夏曉虹：《晚清女性與近代中國》（北京市：北京大學出版社，2004年）。

梁啟超：《飲冰室文集》，《飲冰室合集》（北京市：中華書局，2003年）。

❸ 單篇論文

毛曉陽、金甦：〈《西遊記》與三教合流觀〉，《運城高等專科學校學報》2000年第18卷

第4期（2000年8月），頁20-23。

王汝梅：〈《鴛鴦鍼》及其作者初探〉，收錄於李昭恂點校本：《明末清初小說選刊‧鴛鴦鍼》（瀋陽市：春風文藝出版社，1984年），頁223-232。

王紀人：〈成長與救贖——《西遊記》主題新解〉，《江西社會科學》（2007年12月），頁56-62。

王國良：〈從《解慍篇》到《笑廣府》——談一部明刊笑話書的流傳與改編〉，《漢學研究集刊》第6期，頁113-128。

王德威：〈沒有晚清，何來五四？——被壓抑的現代性〉，收入氏著：《如何現代，怎樣文學？——十九、二十世紀中文小說新論》（臺北市：麥田出版公司，1998年），頁23-42。

宋德志、張建霖：〈《聊齋志異》中「狂人」分析——巴赫金狂歡視野下的重新解讀〉，《安徽文學》2010年第12期（2010年12月），頁130-131。

李文慧、王恆展：〈論《聊齋志異》中兩性關係的錯位〉，《聊齋志異研究》（2006年3月），頁5-14。

李亦園：〈寒食與介之推——一則中國古代神話與儀式的結構學研究〉，收入李亦園：《宗教與神話論集》（臺北市：立緒文化事業公司），頁303-321。

李安綱：〈心路歷程——《西遊記》主題新論〉，《晉陽學刊》1993年第5期。

李琨：〈從《聊齋志異》看狐仙的女性形象〉，《文化縱橫》總第274期（2009年11月），頁93-94。

李奭學：〈兩腳踏東西文化，一心評宇宙文章——《余國藩西遊記論集》編譯序〉，收入余國藩著、李奭學譯，《余國藩西遊記論集》（臺北市：聯經出版事業公司，1989年），頁1-29。

李豐楙：〈由常入非常：中國節日慶典中的狂文化〉，《中外文學》（臺北市：中外文學月刊社，1993年），22卷第3期，頁116-150。

李艷：〈狐意象之演進——《聊齋志異》中狐的人性美新探〉，《陝西廣播電視大學學報》第11卷第4期（2009年12月），頁48-51。

汪雁秋：〈一本令人感動的好書：青木新門《納棺夫日記》——電影「送行者：禮儀師的樂章」原案〉，《全國資訊月刊》（2009年9月），頁54-58。

尚繼武、董淑朵：〈論《聊齋志異》文士人格的移位〉，《聊齋志異研究》（2006年10月），頁50-57。

林怡：〈簡論晚清著名閩籍女作家薛紹徽〉，《東南學術》（2004年增刊），頁282-285。

林素英：〈《送行者——禮儀師的樂章》的儒學義理詮釋——愛你一生一世的實踐範例〉，《生命教育研究》8卷1期（2016年6月），頁51-71。

林素英：〈創新與古典：臺灣「禮體服務」與古禮之關係〉，收入賈磊磊、楊朝明：《第六屆世界儒學大會學術論文集》（北京市：文化藝文，2014年），頁622-633。

金璐璐：〈漢代女訓比較研究〉，《教育評論》2010年第2期，頁122-124。夏曉虹：〈戊戌前後新興的婦女教育——以上海中國女學堂為中心〉，《紀念戊戌變法一百周年》，頁58-65。

俞士玲：〈清初擬話本小說有關造假的書寫與批判——以《五色石》、《八洞天》為中心〉，收入曹虹、蔣寅、張宏生主編：《清代文學研究集刊》第五輯（北京市：人民文學出版社，2012年），頁368-390。

柳存仁：〈全真教和小說《西遊記》〉，《明報月刊》233期（1985年5月），頁55-62。234期（1985年6月），頁59-64。235期（1985年7月），頁85-90。236期（1985年8月），頁85-90。237期（1985年9月），頁70-74。

夏曉虹：〈晚清女性典範的多元景觀：從中外女傑傳到女報傳記欄〉，《中國現代文學研究叢刊》（2006年第3期），頁17-45。

徐志平：〈明末清初話本小說的勸懲意識——一個接受美學的觀點，並以《清夜鐘》和《鴛鴦鍼》為例〉，收入中國社會科學院文學研究所中國古代小說研究中心主編：《中國古代小說研究》第四輯（北京市：人民文學出版社，2010年），頁115-125。

翁敏華：〈清明與清明劇〉，《政大中文學報》第5期（2006年6月），頁67-88。

馬瑞芳：〈《聊齋志異》的男權話語和情愛烏托邦〉，《文史哲》2000年第4期（總第259期）（2000年8月），頁73-79。

高莉芬：〈漢畫像西王母配屬動物圖像及其象徵考察〉，《政大中文學報》第15期（2011年6月），頁57-94。

張朋園：〈社會達爾文主義與現代化——嚴復、梁啟超的進化觀〉，食貨月刊社編輯委員會論文作者史學及法學家二十三位：《陶希聖先生八秩榮慶論文集》（臺北市：食貨出版社，1979年），頁187-230。

張玲：〈論《聊齋志異》中窮書生的物質世界〉，《語文學刊》2008年第1期，頁13-15。

張瑞：〈《金瓶梅》的節日描寫與敘事框架〉，《文學評論》（2011年9月），頁40-41。

張瑞：〈論《金瓶梅》中的節日意象——以元宵節意象為中心〉，《蘭州教育學院學報》第27卷第5期（2011年10月），頁15-17。

張灝：〈晚清思想發展試論——幾個基本論點的提出與檢討〉，收入張灝等著：《近代中國思想人物論——晚清思想》（臺北市：時報文化出版事業公司，1981年），頁19-33。

張艷君：〈論《聊齋志異》對傳統狐仙題材的拓展與超越〉，《聊齋志異研究》（2004

年6月），頁5-14。

郭正昭：〈達爾文主義與中國〉，收入張灝等著：《近代中國思想人物論——晚清思想》（臺北市：時報文化出版事業公司，1981年），頁669-686。

郭璉謙：〈試論「醒心覺世」影響話本小說衰落夭折說〉，《東華人文學報》第16期（2010年1月），頁37-66。

陳大康：〈書生的困惑、憤懣與墮落——從小說筆記看明代儒賈關係之演變〉，收入氏著：《古代小說研究及方法》（北京市：中華書局，2006年）。

陳俊啟：〈晚清小說的現代性追求：以公案/偵探/推理小說為探討中心〉，收入王瓊玲、胡曉真編：《經典轉化與明清敘事文學》（臺北市：聯經出版事業公司，2009年），頁389-425。

勞榦：〈上巳考〉，《中央研究院民族學研究所集刊》29期（1970年），頁243-262。

彭娟：〈中國古代小說的狐精色誘母題簡論〉，《湖南第一師範學院學報》第10卷第5期（2010年10月），頁97-101。

彭偉：〈從民俗文化學的角度看《聊齋志異》中的「人狐之戀」〉，《聊齋志異研究》（2006年6月），頁56-62。

楊峰：〈20世紀80年代以來「佛教與《西遊記》的關係」研究綜述〉，《明清小說研究》2008年第1期（總87期），頁133-143。

楊楊：〈看似和諧平等的日本，歧視問題可能比誰都嚴重：這300萬「部落民」被當作社會的穢物〉網址：https://buzzorange.com/2017/08/30/300-tribe-people-discriminized-in-japan/。

楊萬里：〈薛紹徽呂碧城異同論〉，《南陽師範學院學報（社會科學版）》第6卷第1期（2007年1月），頁66-71。

楊儒賓：〈莊子與東方海濱的巫文化〉，《儒門內的莊子》（臺北市：聯經出版事業公司，2016年）。

楊曉：〈中國傳統女學的終結與近代女子教育的興起——戊戌變法時期女學思想探析〉，《學術研究》（1995年第5期）。

楊濟襄：〈亞洲電影中的喪儀符碼與生死意象——電影《父後七日》（臺灣）與《送行者》（日本）文化意涵之比較分析〉，中山大學社會科學院主辦：臺日國際研討會「朝往東亞的生死學」（2011年10月），頁66-83。

劉辰瑩：〈《西遊記》中三教地位辨析〉，《華僑大學學報》（人文社科版）2001年第3期，頁83-90。

劉瓊云：〈聖教與戲言——論世本《西遊記》中意義的遊戲〉，《中國文哲研究期刊》第36期（2010年3月），頁1-43。

潘慎、王曉瓏：〈修身‧煉性‧悟空‧正心‧澄心‧無心〉，收入《西遊記文化學刊》

編委會：《西遊記文化學刊（1）》（北京市：東方出版社，1998年），頁255-263。

蔡欣欣：〈歲時長生／忉利情永——清傳奇《長生殿》「死與再生」的節令意涵〉，收入《紀念俞大綱先生百歲誕辰戲曲學術研討會論文集》，頁641-674。

魯小俊：〈《西遊記》的宗教「誤讀」及解構性質〉，《哈爾濱工業大學學報》（社會科學版）第13卷第3期（2011年5月），頁98-102。

魯迅：〈中國小說的歷史變遷〉，《魯迅中國小說史論文集及其他》（臺北市：里仁書局，2003年）。

賴錫三：〈《莊子》的雅俗顛覆與文化更新——以流動身體和流動話語為中心〉，《台大文史哲學報》第77期（2012年11月），頁73-113。

錢南秀：〈重塑「賢媛」：戊戌婦女的自我建構〉），《書屋》第12期（總第122期）（2007年），頁46-49。

錢南秀：〈清季女作家薛紹徽及其《外國列女傳》〉，收入張宏生編：《明清文學與性別研究》（南京市：江蘇古籍出版社，2002年），頁932-956。

謝明勳：〈《西遊記》修心歷程詮釋：以孫悟空為中心之考察〉，《東華漢學》第8期（2008年12月），頁37-62。

謝明勳：〈《西遊記》與明世宗：以「比丘國」故事為中心考察〉，收入徐志平主編，《傳播與交融：第二屆中國小說戲曲國際學術研討會論文集》（臺北市：里仁書局，2006年），頁681-706。

謝明勳：〈百回本《西遊記》之唐僧「十世修行」說考論〉，《東華人文學報》第1期（1999年7月），頁115-130。

魏遠征：〈歲時節日在《金瓶梅》中的敘事意義〉，《安慶師範學院學報》（2004年），第23卷，第6期，頁86-90。

羅列：〈女翻譯家薛紹徽與《八十日環遊記》中女性形象的重構〉，《外國語言文學（季刊）》（2008年第4期，總第98期），頁262-288。

嚴正道：〈道德與色欲的平衡——論《聊齋志異》中狐女形象的調節作用〉，《唐山學院學報》第22卷第4期（2009年7月），頁53-55。

四　學位論文

許珮甄：《明清節慶中的女性節俗與性別文化——以元宵節為中心》，臺灣師範大學歷史學系碩士論文（2009年6月）。

陳宏：《福建清代女詩人薛紹徽思想與詩詞創作研究》，《福建師範大學高等學校教師在職攻讀碩士學位論文》（2009年11月）。

五 引用報紙

薛紹徽：〈創設女學堂條議並序〉，《求是報》第9冊，1897年12月18日。

文化生活叢書 1300006

明清文學散步

作　　者　王雪卿
責任編輯　蘇　輗
特約校稿　林秋芬

發 行 人　林慶彰
總 經 理　梁錦興
總 編 輯　張晏瑞
編 輯 所　萬卷樓圖書股份有限公司
　　　　　臺北市羅斯福路二段 41 號 6 樓之 3
　　　　　電話 (02)23216565
　　　　　傳真 (02)23218698

發　　行　萬卷樓圖書股份有限公司
　　　　　臺北市羅斯福路二段 41 號 6 樓之 3
　　　　　電話 (02)23216565
　　　　　傳真 (02)23218698
　　　　　電郵 SERVICE@WANJUAN.COM.TW
香港經銷　香港聯合書刊物流有限公司
　　　　　電話 (852)21502100
　　　　　傳真 (852)23560735

ISBN 978-986-478-414-1
2020 年 12 月初版
定價：新臺幣 380 元

如何購買本書：

1. 劃撥購書，請透過以下郵政劃撥帳號：
　　帳號：15624015
　　戶名：萬卷樓圖書股份有限公司
2. 轉帳購書，請透過以下帳戶
　　合作金庫銀行 古亭分行
　　戶名：萬卷樓圖書股份有限公司
　　帳號：0877717092596
3. 網路購書，請透過萬卷樓網站
　　網址 WWW.WANJUAN.COM.TW

大量購書，請直接聯繫我們，將有專人為您
服務。客服：(02)23216565 分機 610

如有缺頁、破損或裝訂錯誤，請寄回更換

國家圖書館出版品預行編目(CIP)資料

明清文學散步 / 王雪卿作. -- 初版. -- 臺北市 ：
萬卷樓圖書股份有限公司, 2020.12
　　面 ；　　公分. -- (文化生活叢書 ; 1300006)
ISBN 978-986-478-414-1(平裝)

1.明清文學　2.文學評論　3.文集

820.906　　　　　　　　　　　109017886